HEIKE WOLPERT

Schlüsselreiz

SCHNÜFFELNASE Heimtiermesse in Hannover. Das will sich Kater Socke genauer anschauen, vielleicht trifft er ja einen lang vermissten Verwandten. Aber statt der erwarteten Tiere findet er eine menschliche Leiche. Der Wachmann Dennis Dragowski liegt tot im Schnee. Erschlagen, mit seinem eigenen Schlagstock? Hauptkommissar Peter Flott und sein Team nehmen die Ermittlungen auf. Auch Socke und seine tierischen Freunde interessieren sich für den Fall. Sie sind überzeugt: der Mord steht im Zusammenhang mit dem Verschwinden eines prämierten Rassekaters. Indessen nehmen die menschlichen Ermittler das Liebesleben des Mordopfers unter die Lupe und finden schnell heraus, dass sich der Tote nicht nur unter den Frauen Feinde gemacht hat. Aber vielleicht stimmt doch eher die Theorie der Katzen? Als neben dem Rassekater der Verlust weiterer wertvoller Tiere zu beklagen ist, müssen die Menschen diesen Aspekt zumindest mit in Betracht ziehen … Wie schon in seinem ersten Fall trägt Kater Socke wieder einiges zur Lösung des Falles bei und bringt sich dabei nicht zuletzt sogar in tödliche Gefahr.

© Marianne Kaindl, See-Marketing

Heike Wolpert wurde 1966 in Bad Mergentheim geboren. Inzwischen lebt und arbeitet sie in Hannover. Abwechslung von ihrem Alltag als Businessanalystin bei einer großen Landesbank findet sie im Schreiben von Krimis und Kurzgeschichten. An ihrer Reihe rund um den tierischen Schnüffler Kater Socke erfreuen sich Katzen- und Krimifreunde gleichermaßen. 2019 wirkte sie außerdem an dem kriminellen Freizeitführer »Mörderisches aus Hannover« mit. In »Taubertaltod« widmet sich die Autorin ihrer Heimatstadt Bad Mergentheim, in der sie bis zu ihrem 19. Lebensjahr lebte und in die sie nach wie vor gern zurückkehrt.

HEIKE WOLPERT
Schlüsselreiz

KRIMINALROMAN

GMEINER

Die automatisierte Analyse des Werkes, um daraus Informationen insbesondere über Muster, Trends und Korrelationen gemäß § 44b UrhG (»Text und Data Mining«) zu gewinnen, ist untersagt.

Bei Fragen zur Produktsicherheit gemäß der Verordnung über die allgemeine Produktsicherheit (GPSR) wenden Sie sich bitte an den Verlag.

Immer informiert

Spannung pur – mit unserem Newsletter informieren wir Sie regelmäßig über Wissenswertes aus unserer Bücherwelt.

Gefällt mir!

Facebook: @Gmeiner.Verlag
Instagram: @gmeinerverlag

Besuchen Sie uns im Internet:
www.gmeiner-verlag.de

© 2016 – Gmeiner-Verlag GmbH
Im Ehnried 5, 88605 Meßkirch
Telefon 0 75 75 / 20 95 - 0
info@gmeiner-verlag.de
Alle Rechte vorbehalten
6. Auflage 2025

Lektorat: Claudia Senghaas, Kirchardt
Satz: Mirjam Hecht
Umschlaggestaltung: U.O.R.G. Lutz Eberle, Stuttgart
unter Verwendung eines Fotos von: © fraufleer / photocase.de
Druck: Custom Printing Warschau
Printed in Poland
ISBN 978-3-8392-1954-6

Personen und Handlung sind frei erfunden.
Ähnlichkeiten mit lebenden oder toten Personen
sind rein zufällig und nicht beabsichtigt.

KAPITEL 1,
FREITAGABEND

»Glückwunsch.«

Die Gratulation fiel mehr als spärlich aus, und die Gratulantin schaute angestrengt an Edeltraud Hempel vorbei. Ihr Mann verzichtete sogar ganz auf solche Höflichkeiten und turtelte demonstrativ mit dem Norwegischen Waldkater Oasis, der diesmal nur zweiter Sieger geworden war.

»Danke!«, Edeltraud nickte huldvoll und heftete die Siegerschleife an Champions Käfig. Der »Best in Show« bei den Langhaarkatzen hatte ihr wenig gesellig den Rücken zugedreht und drückte damit überdeutlich seine Meinung zu der Show aus, die er über sich ergehen lassen musste.

Ganz entgegen den typischen Wesenszügen von Norwegischen Waldkatzen war dieses Exemplar Menschen gegenüber mürrisch und verschlossen. Vielleicht lag das an dem winzigen dunklen Fleck in seiner Ahnenreihe, der wahrscheinlich verhindern würde, dass der Kater mit dem Namen Champion ebendiesen Titel jemals erlangen würde. Heute war er das erste Mal zum »Anwärter auf einen Titel« gekürt worden. Um die Auszeichnung »Champion« zu erlangen, benötigte er drei solche Anerkennungen – und zwar von verschiedenen Preisrichtern. Genau das war das Problem, denn nicht jeder Juror würde einen Makel im Stammbaum so großzügig übergehen wie der heute. Viel Eigeninitiative und das entsprechende Quäntchen Glück hatten die Katzenzüchterin Edeltraud Hempel dahin gebracht, wo sie jetzt war. Sie seufzte und nahm noch mehr Beglückwünschungen entgegen. Sie würde wohl keine weitere Ausstellung mit dem Norwegischen Waldkater besuchen, aber schon die Ehrerweisung heute würde Geld in ihre Kassen spülen. Champion, wie sie ihn in ihrer ersten Euphorie getauft hatte, war ein gefragter Deckkater, und mit der Schleife an seinem Käfig konnte sie locker das Dreifache als bisher für seine Liebesdienste verlangen. Das und die Tatsache, dass sie ihre ärgsten Konkurrenten, die Krupkas, heute aus dem Feld geschlagen hatte, hoben ihre Stimmung um einiges. Sie stellte ihrem desinteressierten Schützling noch eine Portion Trockenfutter in seine geräumige Unterkunft und wandte sich dem nächsten Gratulanten zu.

Schließlich kam die Siegerin von den British Kurzhaarkatzen zu einem Schwätzchen herüber und lud sie auf ein Glas Sekt abends an der Bar ein. Man logierte im selben Hotel, in dem im Übrigen auch die Krupkas, ein Großteil der anderen Züchter und der eine oder andere Preisrichter wohnten.

*

»Musst du nicht zur Arbeit?« Marietta Kühlmann schloss die Haustür hinter sich und pellte sich aus ihrem schicken neuen Mantel.

Ihr Mann Hans-Jürgen erhob sich vom Küchentisch. »Ich habe noch auf dich gewartet, du bist spät dran.«

Marietta ignorierte seinen missbilligenden Ton, warf ihren Mantel über einen Stuhl und wandte sich dem Kühlschrank zu. »Es war noch eine eilige Bestellung reingekommen, die auf jeden Fall heute fertig werden sollte«, murmelte sie, Hans-Jürgen den Rücken zudrehend.

»Du machst in letzter Zeit ganz schön viele Überstunden.« Er ärgerte sich selbst über seine quengelnde Stimme.

Seine Frau wandte sich um, in einer Hand eine Packung Magerquark, in der anderen ein Glas saure Gurken. »Sei doch froh, dass es so gut läuft, andere Firmen müssen entlassen.« Sie stellte Quark und Gurken auf den Tisch und inspizierte den Inhalt des Brotkastens.

»Ich geh dann mal.« Hans-Jürgen nahm ihren Mantel vom Küchenstuhl und entfernte sich Richtung Haustür, aus dem Augenwinkel sah er noch, wie Marietta sich eine Scheibe Vollkornbrot auf einen Teller legte. Sie achtete in letzter Zeit sehr auf ihre Figur und hatte schon sieben Kilo abgenommen, wie sie noch am Morgen stolz verkündet hatte. Beim Friseur war sie auch gewesen, ihre neue Frisur war ihm eine Idee zu modern und die Farbe ein bisschen zu schrill. Er hängte den Mantel an die Garderobe und zog sich seinen dunkelblauen Parka über.

Tütelütütüü. Während er nach seinen pelzgefütterten Handschuhen griff, erklang eine leise Melodie. Das Zeichen, dass Marietta eine SMS erhalten hatte. Sie schien ihr Handy in der Manteltasche vergessen zu haben. Einem plötzlichen Impuls folgend griff er in die Tasche und rief die Kurznachricht ab: »Schön, dass du noch vorbeigekommen bist. GLG D.« Die Nummer war nicht gespeichert, denn es stand kein Name im Display, nur eine Ziffernfolge, die er sich schnell einprägte. Er hatte ein ausgezeichnetes Zahlengedächtnis. Mit nur geringfügig schlechtem Gewissen löschte er anschließend die Mitteilung, wie es Marietta offenbar bei früheren Nachrichten dieses Absenders ebenfalls getan hatte. Dann steckte er das Mobiltelefon wieder zurück und machte sich auf den Weg zur Arbeit.

※

»Willkommen in der Messestadt Hannover. Sie haben Anschluss an Züge des Nah- und Fernverkehrs …«

Fred Zaunkamp bahnte sich einen Weg durch die Menschenmenge. Es war tatsächlich gerade Messe in Hannover, das wusste er aus dem Internet, und das war mit ein Grund, warum es so schwer gewesen war, kurzfristig ein Hotelzimmer zu bekommen. Aber er kannte niemanden in Hannover, bei dem er hätte unterkommen können. Obwohl sein früherer Kollege und damals bester Kumpel Dennis aus Hannover kam, war Fred noch nie hier gewesen. Zähneknirschend hatte er ein Zimmer im Intercity-Hotel direkt am Bahnhof gebucht, wo er natürlich den regulären Preis zahlen musste. Während der Messezeiten gab es keine Sonderangebote, zumindest nicht, wenn man so kurzfristig dran war wie er. Die Unterkunft hatte er für zwei Nächte reserviert. Das musste reichen. Die junge Frau am Empfang war höflich, aber restlos überlastet. Dauernd klingelte das Telefon, und es dauerte ewig, bis die Formalitäten erledigt waren. Sie hatte rote Haare und unzählige Sommersprossen trotz der winterlichen Temperaturen. Ihr Lächeln wirkte nett, aber angestrengt. Endlich bekam er seinen Personalausweis zurück und die Zugangskarte für sein Zimmer ausgehändigt.

»Können Sie mir vielleicht ein nettes Restaurant in Hannover empfehlen, in das man eine hübsche rothaarige Dame ausführen kann?«, versuchte er zu flirten.

»Ich kann Ihnen gerne im hoteleigenen Restaurant einen Tisch reservieren lassen«, war die unverbindliche Antwort. Das Telefon vor ihr klingelte erneut. »Für wie viele Personen?«, fragte sie ihn dienststeifrig, während sie bereits den Hörer abnahm. »Intercity-Hotel Hannover, Susanna Krämer, was kann ich für Sie tun?«

Fred nahm die Abfuhr hin und verbuchte sie unter »Aufwärmübung«. Es war schon eine Weile her, dass er sich mit einer Frau verabredet hatte. Er winkte ab und schulterte seine Reisetasche.

Sein Zimmer war geräumig. Der pure Luxus, verglichen mit seiner Bleibe der letzten 18 Monate. Als Erstes schaltete er den Fernseher ein, danach inspizierte er die Minibar. Die ließ keine Wünsche offen. Zumindest nicht die eines Ex-Knastis, der gerade mal seit drei Wochen wieder die normale Zivilisation genoss. Er holte sich ein Glas aus dem Badezimmer und genehmigte sich einen Whisky. Eine angenehme Schwerelosigkeit umfing ihn schon nach wenigen Schlucken. Er war Alkohol nicht mehr gewöhnt. Dann suchte er aus seiner Tasche die Unterlagen heraus. Von einem ehemaligen gemeinsamen Kollegen hatte er erfahren, dass Dennis wieder in seine Heimatstadt Hannover gezogen war und eine Stelle als Wachmann in einer Security-Firma angenommen hatte. Der Rest war dank Internet kein Problem gewesen. Inzwischen kannte er den Sitz der Firma und wusste durch ein Telefonat mit deren Sekretariat, wo sich Dennis' erster Einsatzort befand. Jetzt galt es, alte Rechnungen zu begleichen. Er schenkte sich einen Cognac ein, nahm das Telefon vom Nachttisch und wählte.

※

»Was ist jetzt, will jemand mit?«, fragte Socke in die Runde.

»Das ist ziemlich langweilig dort, versprich dir nicht zu viel.« Mikey, ein grau getigerter Kater mit blauem Halsband, schüttelte verneinend den Kopf, und auch die anderen anwesenden Katzen schienen kein Interesse zu haben.

Socke, ein schwarzer Kater mit weißen Pfoten, der seit dem Sommer im Haus des Kriminalhauptkommissars Peter Flott wohnte, hatte seinen tierischen Nachbarn einen Ausflug zum Messegelände vorgeschlagen. Dort hatte heute Morgen, einen Tag vor dem Start der bekannten Messe »Auto Boot Freizeit«, kurz ABF, die Heimtiermesse begonnen. Diese kleine Ausstellung dauerte nur drei Tage und beanspruchte neben der großen ABF lediglich eine Halle. Im Verlauf des heutigen Tages standen verschiedene Schauen und Prämierungen auf dem Programm, im Anschluss daran konnten sich übers Wochenende Tierfreunde über alles rund ums Haustier informieren. Unter anderem war dort das Tierheim Krähenwinkel aus Langenhagen bei Hannover mit einem Messestand vertreten. Peters Freundin, Tierärztin und ehrenamtliche Mitarbeiterin im Tierheim, hatte beim Abendessen davon gesprochen. Neugierig hatte Socke ihren Ausführungen gelauscht. Was eine Messe war, wusste er ja inzwischen, seit er quasi in der Nachbarschaft des Messegeländes in Hannover wohnte, aber eine, in der Tiere die Hauptrolle spielten, das musste er sich näher anschauen. Bisher hatte er das angrenzende Gelände gemieden, aber jetzt wollte er die Umgebung dieser Tiermesse in Augenschein nehmen, und vielleicht ergab es sich sogar, einen Blick in die besagte Halle zu werfen.

»Ferdinand, der Hund von der Freundin meiner Familie, ist letztes Jahr dort gewesen und sagt, es ist für Tiere furchtbar öde. Er musste an ganz kurzer Leine gehen, und als er an einem Katzenkäfig hochgesprungen ist, hat man ihn sogar rausgeschmissen«, entrüstete sich Mikey.

»Dieser Hund ist ein ungezogener Flegel!« Die Perserin Suleika blickte missbilligend auf die anderen Katzen herunter. Wie sie da auf der Mauer des Nachbarhauses saß, sah sie ein bisschen aus wie ein aufgeplatztes graues Sofakissen. Ein Vergleich, den die mollige Katze Clooney, Sockes direkte Nachbarin, gestern gezogen hatte. Der weißfüßige Kater musste zugeben, dass eine gewisse Ähnlichkeit nicht von der Pfote zu weisen war.

»Da kann er hundertmal ein reinrassiger Boston Terrier sein, an Benehmen fehlt es ihm«, lamentierte das Sofakissen gerade.

»Er hat sie in den Schwanz gezwickt«, erklärte die grau getigerte Clooney schadenfroh.

»Er ist an der Mauer hochgehüpft«, ergänzte Mikey, »ich hätte nicht gedacht, dass er so hoch springen kann.« In seiner Stimme schwang Hochachtung.

»Suleika ist vor Schreck hinten runtergefallen«, kicherte Clooney.

»Unmöglich war das. Und ihr müsst euch noch darüber lustig machen! Ich habe mir eine Prellung am, äh, Hinterteil zugezogen.« Die Perserin verzog ihr Gesicht und legte die Ohren an. Jetzt glich sie einem langhaarigen Buddha. »Aber um wieder auf dein Vorhaben für heute Nacht zurückzukommen«, wandte sie sich an Socke, »du solltest es lieber nicht tun. Der Wetterbericht meldet Schnee, und du kannst dir eine böse Erkältung holen. Und du in deinem Zustand …«

Mit »Zustand« meinte Suleika Sockes gelähmten Schwanz. Seit einem Unfall als junges Kätzchen hatte der Kater dieses Handicap, was ihn aber so gut wie gar nicht beeinträchtigte. Trotzdem konnte es Suleika, die selbst unter zahlreichen, allerdings durchwegs eingebildeten, Krankheiten litt, nicht lassen, immer wieder damit anzufangen.

Socke ignorierte den letzten Halbsatz der Perserin. »Wozu habe ich denn meinen dicken Winterpelz?«, protestierte er.

»Mehr als 50 Prozent der Wärme gehen über die Pfoten verloren«, dozierte Suleika.

»Woher die das wieder weiß?«, flüsterte Clooney, »lesen kann sie nicht und angeblich sieht sie auch nicht fern.« Laut fuhr sie fort: »Ich muss dir leider absagen, Socke. Ich habe keine Lust, die ganze Nacht im Freien zu verbringen. Ich habe schließlich keine Zaubertür, die immer aufgeht, wenn ich komme.«

Damit spielte sie auf die Katzenklappe an, die Peter Flott im vergangenen Herbst in die Wand zur Terrasse eingebaut hatte. In seinem Beruf konnte sich der Hauptkommissar der Mordkommission leider nicht immer über geregelte Arbeitszeiten freuen, und so hatte er für den Kater diesen jederzeit möglichen Zugang geschaffen.

»Das ist keine Zaubertür«, belehrte Suleika die pummelige Grautigerin, »es handelt sich lediglich um eine chipgesteuerte Katzenklappe.«

»Häh?«

»Fast alle Haustiere wie wir haben einen Chip im Nacken implantiert. Die Klappe wiederum liest diesen Chip aus und …«

»Also Chips, die darf Louisa manchmal vorm Fernseher essen, wenn sie die ›Sendung mit der Maus‹ schaut«, warf Mikey ein.

»Sendung mit der Maus?«, fragten Socke und Clooney wie aus einem Mund. »Das klingt aber sehr interessant, könnte fast eine von diesen Kochshows sein«, fügte Clooney hinzu. Mit dem Fernsehprogramm kannte sie sich aus, seit ihr Sohn Gismo herausgefunden hatte, wie man mit den Tasten der Fernbedienung umgehen muss.

»Bin ich hier denn nur von Ignoranten umgeben?«, kam es von der Mauer.

*

Er war spät dran. Die Spionageaktion am Handy seiner Frau und die dadurch verpasste Straßenbahn hatten Hans-Jürgen eine gute Viertelstunde gekostet. Zum Glück fuhr die Linie 8 Richtung Messe Nord um diese Uhrzeit noch alle zehn Minuten. Seine Kollegen Achmed Özgur und Stefan Maurer standen schon mit dem Neuen vor dem Verwaltungsgebäude und warteten auf ihn. Dietmar Heisenberg, der Älteste der kleinen Truppe, fehlte noch. Hans-Jürgen verkniff sich einen Kommentar, war er doch selber nicht ganz pünktlich erschienen.

»Mir ist leider zu Hause noch das Telefon dazwischengekommen«, entschuldigte er sich im Näherkommen, und das war ja noch nicht mal wirklich gelogen. »Habt ihr euch schon bekannt gemacht?«, erkundigte er sich dann und schloss die Tür zum Büro auf.

Seine Kollegen bejahten, und er begann, die Aufgaben für diese und die kommenden Nächte auf dem Messegelände zu verteilen. Während er den jungen Männern die für ihre Bereiche notwendigen Schlüssel aushändigte, kreisten seine Gedanken um Marietta. Seine Frau durchlebte offensichtlich eine sogenannte Midlife-Crisis, das war nicht schwer zu erraten. Sie legte überproportional viel Wert auf ihr Äußeres, gab Unmengen für Kleidung und Kosmetika aus, besuchte wieder regelmäßig das Fitnessstudio, bei dem sie schon lange zahlendes Mitglied war, und wälzte ständig Diätpläne. Etwas länger als zwei Monate ging das jetzt schon so. Nachdem er diese Entwicklung bereits mit Argwohn beobachtet hatte, war er vollends misstrauisch geworden, als sie Anfang des Jahres plötzlich immer mehr Überstunden machen musste. Neulich sogar samstags. Seine Frau arbeitete bei einer Spedition, und da war Wochenendarbeit nicht ganz abwegig, aber bisher hatte es Marietta nicht betroffen. Außerdem passierte es in letzter Zeit öfter, dass er sie nicht erreichte, wenn er versuchte, sie im Büro anzurufen. Ihre Begründungen dafür erschienen ihm fadenscheinig. Und jetzt diese SMS.

Es gab keine andere Erklärung: Sie betrog ihn. Die Nachricht klang eindeutig.

Inzwischen hatten sich seine Kollegen Kaffee aus dem Automaten gezogen und wärmten sich auf, bevor es an die Arbeit ging. Bis auf Dietmar und ihn selber musste jeder von seinen Mitarbeitern einen Teil des Außengeländes im Auge behalten, und die Temperaturen waren heute Abend zum ersten Mal in diesem Winter auf einen Wert deutlich unter null Grad gesunken.

Hans-Jürgen schaute auf die Uhr. »So, Leute, an die Arbeit.«

Die jungen Männer erhoben sich. »Dennis, wir machen deine erste Runde gemeinsam«, wandte er sich an den Neuen. Der verzog das Gesicht. Ob wegen des bitteren Automatenkaffees, oder weil er diese Bevormundung für überflüssig hielt, war nicht klar zu erkennen. Hans-Jürgen tat so, als habe er es nicht bemerkt. Er musterte den Neuling unauffällig. Schon beim Kennenlernen hatte ihn dessen überhebliche Art abgestoßen. Das Vorstellungsgespräch mit Dennis Dragowski war kurz vor Weihnachten gewesen. Ausgerechnet an diesem Tag hatte seine Frau ihn von der Arbeit abgeholt, weil sie gemeinsam ein Weihnachtsgeschenk für ihre seit Kurzem in Berlin studierende Tochter aussuchen wollten. Die bewundernden Blicke Mariettas, als er ihr diesen arroganten Muskelprotz vorstellte, hatten Hans-Jürgen vollends gegen den Neuzugang eingenommen. Wäre es nach ihm gegangen, hätte man ihn nicht eingestellt, aber seine Chefin war, genauso wie Marietta, dessen Charme erlegen.

An der Tür prallten die beiden Männer regelrecht mit Dietmar zusammen.

»Da bist du ja endlich«, schnauzte Hans-Jürgen ungehalten, noch ganz im Einfluss seiner negativen Gedanken.

Der ältere Kollege sah die beiden nur stumm und ohne ein Wort des Grußes an, bevor er sich an ihnen vorbei in den Aufenthaltsraum schob.

»Wir sprechen uns noch«, rief ihm Hans-Jürgen hinterher, dann verließ er mit Dennis den Raum.

KAPITEL 2, SAMSTAG

Der erste Schritt war getan. Es war ihm ein Leichtes gewesen, das Schloss zu öffnen. Diese Fertigkeit hatte er bisher immer verheimlicht, niemand ahnte davon. Vielleicht waren sie deshalb so nachlässig geworden. Ja, sie wussten vieles nicht über ihn und zeigten auch kein Interesse daran.

Die Verbitterung über seine Gefangenschaft hatte die Erinnerung an eine Zeit davor fast vollständig ausgelöscht. Vom ersten Tag an erwartete ihn der immer gleiche Ablauf – kein Unterschied, ob es sich um Arbeitstage, Wochenende oder Feiertage handelte. Täglich feste Mahlzeiten, kontrollierter Freigang. Der Wunsch, dem zu entrinnen, war mit jedem dieser wiederkehrenden Tagesverläufe stärker geworden. Sein Plan war gereift, als er von der Veranstaltung erfuhr. Er wusste, dass es hier einen Moment geben würde, in dem die Aufmerksamkeit gering war. Diesen Augenblick hatte er genutzt. Dass es bei seiner Flucht Opfer gegeben hatte, tat ihm leid, war aber nicht zu ändern. Er hielt sich nicht lange mit reumütigen Gedanken auf. Sein Blick schweifte über die nur spärlich beleuchteten Flure, in denen er im Notlicht gerade noch die weiteren Verliese ausmachen konnte. Die anderen schienen ihn gar nicht zu bemerken, schliefen oder taten zumindest so. Keiner schlug Alarm. Noch war er nicht ganz frei, doch er hatte seinen Plan. Wenn der Wachmann käme, würde er ihn austricksen, und mit etwas Glück würde es keine weiteren Verluste geben. Es konnte nicht mehr lange dauern, sein Zeitgefühl trog ihn selten – er brauchte keine Uhr.

*

Socke tat es nur ungern, aber er musste Suleika recht geben. Seine Pfoten waren eiskalt, und so langsam begann er zu frieren. Und wo er schon mal beim »Rechtgeben« war, Mikeys Einschätzung entsprach ebenfalls der Realität. Es wär öde und langweilig hier. Das einzig Spannende war der Weg zum Messegelände gewesen. Socke hatte den Fußgängerüberweg über die Hermesallee, eine vierspurige Straße, genommen. Mit wohligem Gruseln hatte er eine ganze Weile die vielen Autos beobachtet, die direkt vor seinen Augen und doch in sicherer Entfernung unter ihm vorbeigerast waren. Autos stellten für ihn die ärgsten Feinde dar, war es doch ein solches Ungetüm gewesen, das damals seinen Unfall verursacht und ihn fast das Leben gekostet hätte. Der gelähmte Schwanz war da ein kleiner Preis im Tausch gegen die Ewigkeit gewesen.

Eine gewisse Herausforderung hatte es dann noch dargestellt, auf das eigentliche Messegelände zu kommen, das von hohen Zäunen und Mauern umgeben war. Doch der sprunggewandte und klettergeübte Kater meisterte auch dieses Hindernis. Hinter der Einfassung empfingen Socke Asphalt und Beton. Die riesigen Gebäude verfügten nur über wenige und sehr kleine Fenster, die zudem so hoch waren, dass man sie nur schwer erreichen konnte. Er versuchte es ein paarmal und riskierte einen Blick ins Innere der Hallen, aber das Ergebnis war enttäuschend. In keiner entdeckte Socke Tiere, vielleicht mal von Spinnen abgesehen. Nicht einmal eine Maus ließ sich blicken, nur leblose Gegenstände oder gähnende Leere. Seine Nase sagte ihm an der einen oder anderen Stelle der asphaltierten Wege, dass sich noch vor Kurzem Menschen dort befunden hatten, von Tieren oder gar von den Rassekatzen, die Chris beim Abendessen erwähnt hatte, fand er keine Spur.

Dabei waren es hauptsächlich diese erwähnten Rassekatzen, die Socke aufs Messegelände getrieben hatten. Der Kater hatte kaum noch eine Erinnerung an seine eigene kleine Familie, von der er nach seinem Unfall getrennt worden war. Man hatte ihn im Tierheim medizinisch versorgt und damit sein Leben gerettet, doch als er wiederhergestellt war, hatten sowohl seine Mutter als auch seine beiden Geschwister bereits ein neues Zuhause gefunden. Über seine Herkunft wusste Socke demzufolge nur das Wenige, was seine Mutter ihm vor ihrer Trennung erzählt hatte – »sein Name war Hashiro. Er kam aus gutem Hause, hat sogar bei Ausstellungen Preise gewonnen«, hatte sie über seinen Vater gesagt – und was er aus den Gesprächen der Menschen aufgeschnappt hatte. Unter anderem war ihm da eine Unterhaltung zwischen den Tierpflegern im Gedächtnis geblieben: »Bei der Narkose war er schnell weg«, wusste die dunkelhaarige Alexa über Socke zu berichten, »da muss eine Rassekatze drin sein, die Wilden brauchen immer eine höhere Dosis.« – »Ich tippe auf einen Orientalen«, war die Antwort von Arno gewesen, »er ist ziemlich gesprächig und von der langgliedrigen Statur käme es auch hin.« Was genau ein Orientale war, hatte Sockes Lieblingspfleger leider nicht ausgeführt, aber seither dachte er oft darüber nach. Wie vielen Menschen, war es auch ein Bedürfnis des Katers, seine Wurzeln zu kennen. Und so war es nicht nur die reine Neugier gewesen, die ihn heute hierher verschlagen hatte.

Er horchte auf. Irgendwo hörte er Stimmen. Ein Mann und eine Frau. Tonfall und Lautstärke nach zu urteilen, führten sie kein angenehmes Gespräch. Socke beschloss, in die Richtung der beiden zu gehen, und gelangte auf eine breitere Straße mit Bäumen in der Mitte. Hier hatten zumindest ein paar Hunde ihre Markierung hinterlassen, aber nichts von Bedeutung. Nur der alberne hündische Drang, sich überall zu verewigen. Socke rümpfte verächtlich die Nase. Die menschlichen Stimmen verstummten.

Zu allem Übel begann es jetzt auch noch zu schneien. Der Kater spazierte zwischen zwei Gebäuden hindurch auf der Suche nach einem trockenen Plätzchen, als er Schritte näherkommen hörte. Er drückte sich eng an die Wand. In einer tierfreien Zone wie dieser war er als Kater sicher nicht gerne gesehen. Doch die Sorge, entdeckt und verjagt zu werden, war unbegründet. Der Mann, der an ihm vorbeihastete, hatte keine Augen für seine Umgebung. Er schien ebenfalls dem Schneetreiben entfliehen zu wollen und eilte zielstrebig um die nächste Häuserecke. Socke folgte in einigem Abstand und erblickte endlich ein erleuchtetes Fenster. Der Mann verschwand im zugehörigen Gebäude, und der weißpfotige Kater schwang sich auf das Fenstersims. Hier drang etwas Wärme nach draußen und er saß einigermaßen geschützt. Er wartete, dass das Schneetreiben nachließ, und beobachtete, wie der Mann und ein weiterer sich im Inneren an einer zischenden Maschine zu schaffen machten. Das Ergebnis waren zwei Becher mit einer dampfenden braunen Brühe. Kaffee, wie Socke vermutete. Die Männer schlürften mit sichtlichem Wohlbehagen. Der Kater konnte nicht verstehen, was die Menschen an diesem Getränk fanden, aber überall wurde es konsumiert. Peter machte da keine Ausnahme, ohne seinen morgendlichen Kaffee war er nicht zu gebrauchen, wie er selber behauptete. Einmal hatte Socke versucht herauszufinden, was es mit diesem Zaubertrank auf sich hatte. In einem unbeobachteten Moment war er auf den Frühstückstisch gesprungen und hatte sich an Peters Tasse zu schaffen gemacht. Leider war der genau zu diesem Zeitpunkt in den Raum gekommen, und bei dem Versuch, den Kater zu verjagen, hatte sich ein Großteil der braunen Brühe über Socke ergossen. Der Kater schüttelte sich bei dem Gedanken daran. Das Zeug war nicht nur heiß, sondern auch bitter wie Mäusegalle. Da half es auch nicht, wenn die Menschen es mit Zucker (überhaupt nicht sein Ding) oder Milch (lecker, aber für Katzen schwer verdaulich) versetzten.

*

Simon Hertrich blickte von seinem Handy auf. Es hatte zu schneien angefangen. Eigentlich mochte er Schnee, doch solange er im Dienst war, galt winterliches Wetter als Störfaktor. Simon arbeitete als Straßenbahnfahrer bei den Hannoverschen Verkehrsbetrieben, und sein Beruf machte ihm großen Spaß. Nachtdienste so wie heute störten ihn nicht. Die Bezahlung war gut, und mit seinen 27 Jahren verkraftete er unterschiedliche Tagesrhythmen noch problemlos. Er wusste durchaus, dass ältere Kollegen mehr Schwierigkeiten hatten, die Nacht sozusagen zum Tag zu machen. Vor allem wechselnde Schichten gingen vielen an die Substanz. Er dagegen genoss die Nachtarbeit sogar. Vor allem am Wochenende, wenn die Nachtschwärmer unterwegs waren, gab es immer was zu sehen. Aber ein verschneiter Nachtdienst konnte Stress bedeuten. Gerade wurde über Funk ein Unfall auf der Hildesheimer Straße, Höhe Döhrener Turm, gemeldet. Das lag auf seiner Strecke. Er hoffte, dass der Straßenbahnverkehr dadurch nicht beeinträchtigt werden würde. Der Kollege, der die Meldung durchgegeben hatte, konnte dazu noch keine Aussage machen.

Um auf andere Gedanken zu kommen, widmete Simon sich wieder seinem Handy und las lächelnd die letzte Nachricht, die vor einer knappen Stunde eingetroffen war. Sabrina hatte seinem Vorschlag, sich zu treffen, zugestimmt. Sie hatten sich gestern in der Disco am Raschplatz kennengelernt. Die zierliche Blondine studierte eigentlich BWL, verdiente sich in den nächsten Tagen aber ein paar Euro als Messehostess dazu. Simon hatte sie vor einem zudringlichen Betrunkenen quasi gerettet, und so waren sie ins Gespräch gekommen. Für morgen, nein, schon heute, waren sie auf der ABF zu einem Kaffee verabredet. Da sie zurzeit beide in Messenähe arbeiteten, lag der Treffpunkt nahe. Gut gelaunt steckte er sein Mobiltelefon weg und sah in den Rückspiegel. Eine einzelne Frau näherte sich dem Bahnsteig, die Kapuze ihres roten Mantels zum Schutz gegen die Schneeböen tief ins Gesicht gezogen. Hier an der Endstation der Linie 8, der Haltestelle Messe Nord, stiegen um diese Uhrzeit selten Gäste zu. Am ehesten fanden sich zum Ende einer Messe hin, wenn die sogenannten »Standfeten« stiegen, noch späte Fahrgäste ein. Heute blieb es bei der einzelnen Dame. Simon setzte den Blinker und fuhr los.

*

Socke wusste nicht, wie lange er schon hier saß. Die Männer hinter der Scheibe hatten währenddessen einige Tassen Kaffee getrunken, und die anfängliche Unterhaltung war eingeschlafen. Der ältere der beiden blätterte in der Zeitung, der jüngere beschäftigte sich mit seinem Mobiltelefon. Jeder der zwei war zwischendurch für einige Zeit in einem anliegenden Raum verschwunden, und einmal war der jüngere zum Rauchen vor die Tür gegangen. Dort hatte er sein Handy gezückt und war damit trotz Schneefalls für eine Weile in der Nacht und damit aus Sockes Blickfeld verschwunden. Ihren pelzigen Beobachter entdeckten die Männer nicht. Das Schneetreiben war leichtem Schneefall gewichen und hatte schließlich ganz aufgehört. Zurückgeblieben war eine zentimeterdicke Schneedecke. Socke hatte eigentlich keine Lust auf nasse Füße, aber er musste wohl in den sauren Apfel beißen, wenn er nicht die ganze Nacht auf diesem Fenstersims verbringen wollte. Gerade als er sich dazu durchgerungen hatte, den Rückweg anzutreten, erhob sich der jüngere der beiden Männer und zog Jacke und Handschuhe an. Der Kater beschloss, noch ein paar Minuten zu warten, um ihm nicht in die Arme zu laufen. Außerdem näherten sich Schritte. Socke hielt die Luft an, aber der in Mütze und Schal gehüllte näher kommende Mann hatte nur Augen für die warme Stube. Er trat ein und zog seinerseits die Handschuhe aus. Dabei sprach er noch ein paar Worte mit dem Aufbrechenden, bevor der verschwand. Die Zurückbleibenden tranken den unvermeidlichen Kaffee.

Socke fasste sich ein Herz und hüpfte auf den schneebedeckten Fußweg. Brrr! Eiskalt und nass, der Heimweg würde kein Vergnügen werden, zumal er nur eine vage Vorstellung hatte, in welche Richtung er gehen musste. Wenn sein Orientierungssinn ihn nämlich nicht trog, war er auf einem Umweg hierhergelangt und hoffte in der anderen Richtung auf eine Abkürzung. So was konnte natürlich nach hinten losgehen, wenn plötzlich Häuser oder andere Hindernisse den Weg versperrten, aber Socke beschloss, es zu riskieren und bei der Gelegenheit ein letztes Mal nach der ominösen Tierhalle Ausschau zu halten.

Es war still, der Schnee schien sämtliche Geräusche zu schlucken. Die Feuchtigkeit kroch ihm ins Fell, und seine Pfoten froren, der Kater beschleunigte seine Schritte. Weder

Mensch noch Tier ließen sich blicken, das Messegelände schien wie ausgestorben. Gewohnheitsmäßig schnüffelte Socke an der nächsten Häuserecke: keine Duftmarke. In einiger Entfernung war jetzt allerdings eine merkwürdige Erhebung im Schnee zu erkennen. Irgendjemand hatte etwas Unförmiges liegen lassen, das vom Schnee bedeckt worden war. Socke witterte und hastete auf das Gebilde zu. Es roch nach Mensch und nach Blut. Die letzten Meter näherte er sich geduckt.

Was da fast vollständig eingeschneit den Zugang zu einer Messehalle versperrte, war ein toter Mensch.

Socke untersuchte vorsichtig den leblosen Körper. Es handelte sich um einen Mann. Er lag auf dem Bauch nahe bei einem der Messegebäude und mit dem Kopf in Richtung der Eingangstür. Neben ihm erschnüffelte der Kater einen metallenen blutgetränkten Stock. Am Hinterkopf des Toten befand sich eine Wunde, die man ihm wahrscheinlich mit jenem Stock beigebracht hatte. Neben seiner rechten Hand lag ein Schlüsselbund. Die Tür zu der Halle war zu und, Sockes Herz begann aufgeregt zu klopfen, vor der Tür roch es nach Tieren, nach vielen Tieren. Er hatte endlich die gesuchte Messetierhalle gefunden. Doch dem Kater war die Lust auf Erkundungsgänge gründlich vergangen, er hatte kalte Pfoten und einen nassen Schwanz. Er wollte nur noch nach Hause ins Warme. Er würde Peter wecken und versuchen, ihn auf die Leiche aufmerksam zu machen. Vermutlich ein hoffnungsloses Unterfangen. Peter war zwar Hauptkommissar bei der Mordkommission und eigentlich ein feiner Kerl, aber manchmal einfach schwer von Begriff. Socke machte sich auf den Heimweg. Ein paar Meter neben dem Toten nahm er erneut dessen Geruch wahr. Wieder pirschte er sich heran, fand aber nur einen kleinen Plastikgegenstand, der den Duft des Mannes trug. Das Teil sah aus wie ein kleiner blutroter Knochen, allerdings unecht und damit nicht essbar. Wahrscheinlich war ihm das Ding aus der Hand gefallen, als er niedergeschlagen worden war.

*

Er fuhr mit dem Motorrad. Er trug keinen Helm, und ein leichter Wind wehte ihm um den Kopf. Es war angenehm warm, er trug nur ein T-Shirt ... Plötzlich ein Stoß gegen seine Schulter, etwas Eiskaltes, Feuchtes an seinem Hals.

»Miau!«

Peter fuhr hoch. Neben ihm im Bett saß Socke. Der Kater verbreitete einen frostigen Hauch, und an seinem Schwanz entdeckte der Kommissar Eisklümpchen.

»Du Scheusal, du weißt genau, dass du nicht ins Bett hüpfen sollst und schon gar nicht ...« Entsetzt betrachtete Peter die Spur, die sein pelziger Hausgenosse auf der Bettdecke hinterlassen hatte.

»Miau!« Socke stand auf und machte sich auf den Weg zur Tür, zwischendurch sah er sich immer wieder nach dem Hauptkommissar um. Der wischte sich den nassen Hals trocken und sank zurück in die Kissen. Sofort war der Kater wieder neben ihm. »Miau!«, brüllte er ihm direkt ins Ohr.

»Raus! Es ist halb drei, und ich will noch eine Weile schlafen«, entrüstete sich Peter, schubste den Kater von der Bettkante und zog sich die Decke über den Kopf.

Socke resignierte. Selbst wenn es ihm gelänge, diese Schlafmütze von einem Menschen richtig wachzubekommen, würde der nie kapieren, was er von ihm wollte. Er bedauerte, dass Chris heute nicht hier übernachtete. Peters Freundin übte zwar als Tierärztin nicht gerade Sockes Lieblingsberuf aus, war aber, was Tiere anging, wesentlich schneller von Begriff. Vorsichtig begann er, sich die Eisklumpen aus dem Fell zu putzen. Er würde bis zum Morgen warten und eventuell mithilfe Clooneys und der anderen Katzen einen neuen Versuch starten, auf den Toten aufmerksam zu machen. Letzten Sommer war ihnen das in einem ähnlichen Fall geglückt. Die gleichmäßigen Atemgeräusche vom Kopfende signalisierten, dass Peter wieder eingeschlafen war. Socke wagte es, zu seinen Füßen unter die Decke zu schlüpfen.

»Ahh! Verschwinde von meinen Füßen, du Schneemonster!«

Das war wohl nicht unauffällig genug gewesen. Socke wich dem Kissen, das angeflogen kam, aus und gab Fersengeld. Der Kommissar stöhnte. In diesem Moment klingelte das Telefon …

*

Peter war als Erster am Tatort. Er hatte schließlich den mit Abstand kürzesten Weg. Er wurde von einer kleinen Gruppe Wachmänner empfangen.

»Da vorne ist es.« Einer der Männer, der sich als Hans-Jürgen Kühlmann vorstellte, deutete vage hinter sich und ging dann in die angezeigte Richtung.

Peter und die beiden anderen folgten ihm. Die Situation wirkte gespenstisch. Das Gelände lag im Halbdunkel, die wenigen Straßenlampen erhellten ihren Weg nur unvollständig. Noch war es still, der Schnee schluckte das Geräusch ihrer Schritte, und um diese Zeit war außer dem Wachdienst niemand auf dem Messegelände unterwegs.

»Hier.« Kühlmann leuchtete mit einer Taschenlampe den Toten an. »Es ist Dennis Dragowski, ein Kollege«, fügte er leise hinzu.

»Darf ich?« Peter ließ sich die Lampe geben und betrachtete den am Boden Liegenden aus circa zwei Metern Entfernung. Den Abdrücken zufolge hatten sich ihm mindestens schon zwei Personen genähert, er wollte nicht noch mehr Spuren verwischen. Der Tote war noch immer zum Großteil von Schnee bedeckt. Die Wunde am Kopf aber hatte jemand freigewischt. Daneben lag ein Schlagstock. Hinter sich hörte er Stimmen. Ein weiterer Wachmann näherte sich zusammen mit dem Chef der Spurensicherung, Ulrich Zeitler. In einigem Abstand folgten mehrere Polizeibeamte, und Peters Kollegin Lisa Sander war im Gespräch mit einem ziemlich verschlafen wirkenden Dr. Eilig von der Pathologie der Medizinischen Hochschule Hannover. Man begrüßte sich und stellte sich gegenseitig vor, dann machten sich die Herren von der Spusi ans Werk.

»Das ist die Halle für die Kleintiermesse«, hörte Peter Lisa neben sich sagen, »und schau mal hier, sind das nicht Katzenspuren?« Sie deutete auf eine einzelne Tierspur, die zu der Leiche hin und von ihr weg führte.

Peter ging ein Licht auf. »Socke!«, grinste er. »Siehst du die Schleifspur?« Tatsächlich war im Schnee zwischen den Pfotenabdrücken eine Furche zu erkennen, die sehr wahrscheinlich von Sockes gelähmtem Schwanz herrührte. Dem Kater war das unförmige Gebilde unter dem Schnee offenbar suspekt gewesen und er hatte sich an den Toten herangepirscht, denn normalerweise schleifte sein Schwanz nicht auf dem Boden.

»Er ist also mal wieder Zeuge«, spielte Lisa auf einen Fall im Sommer an, bei dem Socke Ohrenzeuge eines Mordes gewesen war.

»Sieht fast so aus.« Der Kommissar richtete seine Aufmerksamkeit auf eine einige Meter entfernte Stelle, an der der Kater, den Spuren nach zu urteilen, haltgemacht hatte.

»Uli, kannst du da mal schauen?« forderte er seinen Kollegen von der Spurensicherung auf. »Da liegt noch was.«

Einer der Männer mit den weißen Anzügen kam seiner Aufforderung nach, und die beiden Kommissare wandten sich den vier Wachmännern zu, die in einer Gruppe beisammenstanden und das Geschehen beobachteten.

»Wer hat ihn gefunden?«, eröffnete Lisa das Gespräch.

»Das war ich«, meldete sich ein etwa 40-jähriger Mann mit modisch blond gefärbten Haaren. »Stefan Maurer«, stellte er sich dann erneut vor und fuhr auf Lisas aufmunterndes Nicken hin fort: »Ich habe telefoniert und bin dabei ein bisschen rumgelaufen.«

»Haben Sie Ihren Kollegen gleich erkannt?«, wollte Lisa wissen.

Der Wachmann schüttelte den Kopf. »Er war ja fast völlig zugeschneit. Ich hab noch gedacht, dass hier jemand eine alte Plane oder was in der Art entsorgt hat. Als ich näher gekommen bin, hab ich bemerkt, dass da ein Mensch liegt und dass es Dennis ist. Am Kopf war der Schnee geschmolzen oder weggewischt worden. Da waren Spuren. Von Tieren, Ratten womöglich …?« Fassungslos presste er seine Faust vor den Mund.

Peter nickte nachdenklich, das waren keine Ratten, aber sollte wirklich Socke wieder als Erster am Tatort gewesen sein? Er schauderte, als er an die Weckversuche des Katers dachte, der möglicherweise kurz zuvor die Leiche abgeschnüffelt hatte.

»Ist Ihnen sonst noch etwas aufgefallen?«, erkundigte sich Lisa.

Stefan Maurer verneinte.

Ein junger Polizeibeamter näherte sich mit einer korpulenten Mittvierzigerin, deren fliederfarbenes Businesskostüm die überzähligen Pfunde nur schlecht kaschierte.

»Was ist denn hier passiert? Warum rufen Sie mich mitten in der Nacht an?«, wandte sie sich an Kühlmann, offenbar den Chef der Wachleute.

»Einer der Wachmänner hat einen toten Kollegen gefunden, es handelt sich höchstwahrscheinlich um ein Gewaltverbrechen«, erklärte Peter das Offensichtliche und stellte sich und seine Kollegin vor. »Darf ich Sie um Ihren Namen bitten?«, beendete er dann seine Ausführung.

»Johanna Weiß. Ich bin für Planung und reibungslosen Ablauf der Messe verantwortlich. Moment«, sie kramte in ihrer farblich passenden Handtasche und förderte eine Visitenkarte zutage. »Wir müssen doch nicht …«, sie ließ den Satz unbeendet.

Der Hauptkommissar zuckte mit den Schultern, er konnte ihr zum jetzigen Zeitpunkt sowieso nicht sagen, was der augenscheinliche Mord für Konsequenzen für die aktuelle Messe haben würde. Der Pathologe gesellte sich zu der Gruppe. Mit einem »Sie entschuldigen« lotste er Lisa und Peter etwas zur Seite und berichtete: »Er wurde erschlagen. Tatwaffe war vermutlich der Schlagstock, der neben ihm liegt. Aber das muss die Spusi feststellen.«

»Tatzeit?«, kam es von Lisa.

»Aufgrund von Körpertemperatur versus Außentemperatur würde ich sagen so gegen 1 Uhr oder etwas früher. Auf jeden Fall, kurz bevor der Schneefall eingesetzt hat. Der hat ihn weiter runtergekühlt und ist dann auf der Leiche liegen geblieben. Alles Weitere muss die Obduktion ergeben. Morgen im Lauf des Tages. Ich melde mich am frühen Nachmittag bei Ihnen.«

Peter und Lisa dankten ihm, und Dr. Eilig machte sich gähnend auf den Heimweg.

»Der hat es gut!«, seufzte Lisa, der fast die Augen zufielen.

Die beiden gingen wieder zu dem Grüppchen der Wachleute und der Messemanagerin zurück, die ihren Blick nicht von der Leiche abwenden konnten.

»Der Schlagstock«, deutete der Hauptkommissar auf die mutmaßliche Tatwaffe, »gehört der zur Ausrüstung der Wachmänner?«

»Ja«, bestätigte Kühlmann. »Den hat er am Nachmittag in unserer Zentrale ausgehändigt bekommen. Dort haben wir eine Quittung vorliegen.«

»Und hier? Haben Sie hier auch ein Büro oder einen Raum, in dem wir uns aufwärmen können?«, wollte Peter wissen, der vor allem die kleine Gruppe gerne etwas vom Tatort weglotsen wollte.

»Wir könnten in den Aufenthaltsraum gehen«, schlug Johanna Weiß schlotternd vor. Sie trug keinen Mantel und fror augenscheinlich.

»Gut«, ordnete der Kommissar an. »Dann gehen wir da jetzt hin, und Sie können uns noch ein paar Fragen beantworten.«

※

Er hatte die Gegend erkundet. Er befand sich in der Nähe des Messegeländes. Es war tiefe Nacht und nicht der richtige Zeitpunkt, Menschen gegenüberzutreten. Sowieso war es schwierig, er konnte nicht an irgendeinem der hübschen Reihenhäuser klingeln. So genau er seine Flucht und deren Ablauf geplant hatte, so wenig war ihm in den Sinn gekommen, wie es in Freiheit weitergehen sollte. Zunächst brauchte er einen warmen und trockenen Platz, an dem er die Nacht verbringen konnte. Dann würde er weitersehen. Als es zu schneien begann, hatte er sich in das parkähnliche Gelände zurückgezogen und dort versucht, eine geschützte Stelle zu finden. Aber Feuchtigkeit und Kälte drangen überallhin und trieben ihn weiter. Dann entdeckte er das Hotel. Die Nacht wich langsam der Dämmerung, und mit dem Licht kam seine Hoffnung zurück. Wenn er es geschickt anstellte, würde er hier eine Weile unterschlüpfen können.

*

Peter hatte die Wachmänner mit der Aussicht auf eine spätere intensivere Befragung nach Hause geschickt. Ebenso wie seine Kollegin, die so vor der für 10 Uhr anberaumten Besprechung im Präsidium noch eine Mütze Schlaf bekommen konnte. Blieb Johanna Weiß. Die aufgebrachte Messemanagerin ließ sich nicht so einfach abfertigen. Während sich die Zeugen verabschiedeten, holte sie zwei Kaffee aus dem Automaten und drückte Peter ungefragt einen der Pappbecher in die Hand.

»Und wie sieht das weitere Vorgehen aus?«, verlangte sie dann zu erfahren. »Ich muss wissen, ob wir hier so weitermachen können wie geplant. Wenn nicht, wäre das ein großer Verlust für Hannover als Messestadt. Finanziell sowieso.«

Peter nippte an seinem Kaffee. Eigentlich trank er ihn mit Milch, aber jetzt tat er, stark und schwarz, ganz gut – der Tag hatte früh angefangen und würde noch so einiges mit sich bringen. Vor ihm wippte die resolute Managerin ungeduldig auf den Spitzen ihrer tatsächlich ebenfalls fliederfarbenen Pumps.

»Sie entschuldigen mich.« Er stellte den Becher ab und trat vor die Tür.

»Was …?« Frau Weiß versuchte, ihm zu folgen.

»Ich muss den diensthabenden Staatsanwalt informieren, er wird entscheiden, wie es hier weitergeht.« Er drehte ihr demonstrativ den Rücken zu.

Die Messemanagerin verzog sich ohne ein weiteres Wort wieder in den Aufenthaltsraum, ließ den Kommissar aber nicht aus den Augen.

Der telefonierte indes mit Dr. Joachim Breithaupt von der Staatsanwaltschaft, der über die frühe Störung verständlicherweise wenig begeistert war. Nachdem er jedoch die Situation erfasst hatte, reagierte er professionell und forderte auf seine ruhige, beinahe behäbige Art sämtliche Details. Peter zählte gähnend auf, was er wusste.

»Der Tatort befindet sich vor dem Eingang der Messehalle 17«, referierte er und beobachtete dabei, wie Johanna Weiß drinnen ungeduldig herumtigerte, den Blick stets auf ihn gerichtet.

»Die Halle der Kleintiermesse, jawohl«, bestätigte er eine Rückfrage des Staatsanwalts. »Die Eingangstür, vor der wir die Leiche gefunden haben, war verschlossen.«

Er lauschte und beendete schließlich das Telefonat.

»Gibt es noch einen weiteren Zugang zu dem Gebäude?«, fragte er kurz darauf die ungeduldige Managerin.

Die nickte atemlos. »Heißt das …?«

»Der Tatort wird abgesperrt, und die Besucher können auf den zweiten Eingang ausweichen, wenn Sie mir das garantieren können.« Er konnte die korpulente Mittvierzigerin gerade noch davon abhalten, ihn zu umarmen. »Bedanken Sie sich beim Staatsanwalt«, murmelte er verlegen.

»Wissen Sie was, ich lade Sie zum Frühstück ein. Das neue Hotel gleich hier vorne hat ein hervorragendes Buffet.«

Lisa Sander gähnte zum wiederholten Male. Sosehr sie ihren Beruf als Kommissarin bei der Mordkommission liebte, solche nächtlichen Eskapaden waren nichts mehr für ihre beinahe 55-jährigen Knochen. Ihr Mann war kaum ein Jahr älter als sie, aber bereits in Vorruhestand gegangen. Eine Tatsache, die sie sehr begrüßte, denn er nahm ihr seither sämtliche Hausarbeiten ab. Früher hatten sie sich die Aufgaben geteilt, und da war natürlich viel fürs Wochenende liegen geblieben. Seit Michaels Vorruhestand waren die Sonnabende und Sonntage frei. Wenn nicht, so wie heute, ihre Arbeit ihr einen Strich durch die Rechnung machte. Sie lachte leise vor sich hin. Für den heutigen Samstag hatten sie einen Besuch der beliebten Freizeitmesse ABF geplant. Na, der Besuch würde, zumindest für sie, anders ausfallen, als gedacht. Michael würde sicher nicht begeistert sein. Sie nickte dem uniformierten Beamten zu, der im Eingangsbereich dafür sorgte, dass keine Unbefugten das Gelände betraten, und verließ dieses über den Vorplatz an einer der silbrig glänzenden Straßenbahnen vorbei. Der Fahrer beobachtete sie und hielt sie für einen Fahrgast, denn er öffnete die automatischen Türen, als sie näher kam. Einem Impuls folgend, stieg Lisa ein.

Der Straßenbahnfahrer, der sich als Simon Hertrich vorstellte, warf einen flüchtigen Blick auf ihren Dienstausweis, dann einen neugierigen auf sie. »Ist was passiert? Hier sind einige Polizisten vorbeigekommen. Wurde eingebrochen?«

»Einer der Wachmänner wurde überfallen.« Die Kommissarin musterte ihr Gegenüber genau, der schien noch immer eher interessiert als beunruhigt.

»Hat er jemanden beim Einbrechen ertappt, oder was wollten die von dem?«

Lisa zuckte bedauernd die Schultern. »Das kann er uns leider nicht mehr sagen, er ist tot.«

Simon riss entsetzt die Augen auf.

»Daher meine Frage, Herr Hertrich, haben Sie irgendetwas Ungewöhnliches beobachtet oder gehört? Tatzeit war so gegen 1 Uhr.«

Langsam schüttelte der junge Mann den Kopf. »Nein. Also 1 Uhr? Da ist hier normal gar nichts los. Nicht mal, wenn Messe ist.«

»Haben Sie unter Ihren Fahrgästen vielleicht etwas gesehen? Mich haben Sie ja auch gleich in Augenschein genommen.« Die Kommissarin lächelte aufmunternd.

»Da gab es nicht viel zu beobachten. Seit Mitternacht hatte ich genau einen Fahrgast, eine junge Frau, also ich vermute, dass sie jung war.« Simon runzelte die Stirn. »Bei dem Wetter laufen ja alle vermummt durch die Gegend.«

Lisa zückte Block und Kugelschreiber. »Können Sie sie trotzdem, so gut es geht, beschreiben? Was hat sie getragen? Und weshalb sind Sie der Meinung, dass sie jung war?«

»Ich habe es an ihrem Gang erkannt. Junge Menschen gehen anders als alte. Und an der Figur. Sie war schlank und hatte so einen schicken taillierten Mantel an in Knallrot. Das tragen eher die Jüngeren.«

Die Kommissarin nickte zustimmend. »Schuhe? Kopfbedeckung?«, fragte sie weiter.

»Der Mantel hatte eine Kapuze mit so schwarzem Pelzbesatz, den hatte sie sich ins Gesicht gezogen. Hatte ja gerade so ein bisschen angefangen zu schneien. Und sie hatte, glaube ich, schwarze Stiefel an. Da bin ich mir aber wirklich nicht ganz sicher.«

»Und um wie viel Uhr war das?« Bei der guten Beobachtungsgabe erhoffte sich Lisa eine präzise Auskunft, wurde aber enttäuscht.

»Tut mir leid. Entweder war es die Fahrt um kurz vor eins oder die eine Stunde später. Es war glücklicherweise ruhig, und dann ist eine Fahrt wie die andere.« Entschuldigend hob der junge Mann die Schultern.

»Schade!«, bedauerte Lisa. »Ich meine, es ist natürlich schön, dass es ruhig war trotz des Wetters.«

»Ja, es ist zwar einiges los gewesen auf den Straßen, aber nicht auf meiner Strecke. Das heißt, Moment mal. Jetzt wo sie es sagen, die haben einen Unfall gemeldet, über Funk. Ich dachte noch, dass das Behinderungen geben könnte, aber es war dann alles frei. Das war genau in dem Moment, als die Frau den Bahnsteig lang gekommen ist. Ich könnte in der Zentrale nachfragen, wann das war.«

Lisa notierte. »Das machen wir schon.«

»Meinen Sie denn, die Frau hat etwas mit dem Überfall auf den Wachmann zu tun? Die sah gar nicht so aus«, interessierte sich der junge Straßenbahnfahrer.

Die Kommissarin schüttelte den Kopf. »Sie könnte auf jeden Fall eine wichtige Zeugin sein.«

*

Nachdem Peter so überstürzt von zu Hause aufgebrochen war, hatte Socke es sich noch eine Weile in seinem Bett gemütlich gemacht. Der Kater hatte wenig Mitleid mit dem Hauptkommissar, der nach dem Anruf hektisch seine Sachen zusammengesucht hatte und dann, ohne an Frühstück für sich oder wenigstens für den Kater zu denken, davongelaufen war. Mit Absicht legte er sich mitten auf Peters Bettdecke, normalerweise strikt untersagte Zone, und fand jetzt endlich Zeit, sich zu putzen. Langsam wurden seine Pfoten wieder warm, und er streckte sie genüsslich aus. Anschließend rollte er sich zusammen und träumte, wie man nur an solch kuscheligen und verbotenen Plätzen träumen konnte.

Die Haustür wurde aufgeschlossen, und Socke hörte kurz darauf jemanden in der Küche rumoren. War Peter zurückgekommen und kümmerte sich um das längst überfällige Frühstück? Besser, er würde sich in Erinnerung bringen. Nur zur Sicherheit, Haustiere wurden doch gerne mal bei der Verpflegung vergessen. Er schlenderte in Richtung der Geräusche. Aber er fand nicht Peter bei der Zubereitung der Morgenmahlzeit vor, sondern dessen Freundin Christa Eisele, kurz Chris genannt. Chris war Tierärztin, und in dieser Funktion war sie Socke nicht in bester Erinnerung. Sie war es gewesen, die ihn damals nach seinem Unfall verarztet hatte. Aufmerksame Mitmenschen hatten dafür gesorgt, dass man das schwer verletzte, offensichtlich ausgesetzte Kätzchen ins Tierheim brachte und dort aufnahm. Als ehrenamtliche Mitarbeiterin des Tierheims war es Chris gewesen, die ihn dort mit bitterer Medizin quälte, ihn Tag für Tag mit Spritzen piesackte und unnachgiebig seinen schmerzenden Körper abtastete. Zwar hatte er in dem halben Jahr, in dem er nun bei Peter wohnte, eine ganz andere Seite der Tierärztin kennengelernt und empfand sogar so etwas wie Zuneigung ihr gegenüber, aber vergessen hatte er ihre ersten Begegnungen nicht.

Chris war gerade dabei, eine Tüte mit Brötchen in den dafür vorgesehenen Korb zu füllen, als sie den Kater bemerkte. »Guten Morgen, Socke, hast du Hunger?«

»Miau!« Der so Angesprochene kam näher und wischte an ihrem Hosenbein entlang. Eins musste man dieser Ärztin lassen, sie kapierte schneller, was Tiere für Bedürfnisse hatten, als ihr Freund Peter.

»Na, komm«, Chris schnappte sich Sockes Napf und füllte ihn mit »Huhn in delikater Soße«. »Wo hast du denn Herrchen gelassen?«

Herrchen! So ein blödes Wort! Der Kater tat so, als habe

er nichts gehört, und ließ sich sein Frühstück schmecken. Chris schaute derweil im Schlafzimmer nach.

»O-o! Das sieht nach einem hastigen Aufbruch aus!«, hörte er Peters Freundin ausrufen. »Da muss ich wohl alleine frühstücken.« Sie kam zurück in die Küche und begann den Tisch zu decken.

Chris biss herzhaft in ihre erste Brötchenhälfte. Socke hingegen hatte längst seinen Napf geleert und widmete seine Aufmerksamkeit seiner Lieblingsspielzeugmaus. Konzentriert trieb er das Stofftier in die Ecke unter dem Küchentisch, zog es dann mittels einer Kralle wieder dort hervor, wirbelte es durch die Luft und fing es mit einer gewagten Pirouette auf, bevor es den Boden berührte. Dieses Schauspiel wiederholte sich in mehreren Interpretationen. Training war alles, auch wenn die Nase kribbelte.

»Hatschi!« Mit einem kümmerlichen »Plopp« landete die Maus auf den Küchenfliesen.

»Na, Socke, hast du dich erkältet?«, Chris beäugte den Kater besorgt.

Der begann hektisch, seinen hinteren Rücken zu putzen. Bloß keine Schwäche zeigen, ein eiserner Katzengrundsatz und die einzige Möglichkeit, sich bittere Medizin vom Leib zu halten, zumal von einer Tierärztin. Ein Schlüssel drehte sich im Schloss. Beider Aufmerksamkeit wandte sich der Tür zu.

»Guten Morgen, ah, lecker Frühstück«, grüßte Peter erfreut in die Runde, hatte er doch soeben die Einladung der Messemanagerin zu einem opulenten Buffet ausgeschlagen. Er gab Chris einen Kuss.

Socke strich ihm um die Beine, apropos Frühstück, diese lächerliche Portion Hühnchen war eine gefühlte Ewigkeit her.

»Alles klar?«, erkundigte sich der Kommissar bei seiner Freundin.

Chris hatte die letzten zwölf Stunden Rufbereitschaft gehabt, und in solchen Nächten blieb sie lieber in ihrer eigenen Wohnung und hielt sich in der Nähe ihrer Tierarztpraxis auf, sehr zu Peters Leidwesen, denn einer von ihnen beiden hatte in der kurzen Zeit ihrer bisherigen Beziehung fast immer Dienst gehabt. »Bei mir schon. Es war ganz ruhig trotz vermehrtem Kleintieraufkommen in der Stadt«, spielte die Tierärztin auf die namensgleiche Messe an. »Aber du hattest wohl nicht so viel Glück?«

»Ein toter Wachmann auf dem Messegelände.«

»Oh nein!« Chris ließ die Kaffeetasse, aus der sie gerade einen Schluck hatte nehmen wollen, sinken. »Und wahrscheinlich kein Herzinfarkt?«, mutmaßte sie.

»Leider nein.« Peter nahm am Küchentisch Platz und angelte sich ein Brötchen aus dem Korb. »Eindeutig ein Gewaltverbrechen.«

Seine Freundin schenkte ihm gedankenverloren Kaffee ein. »Heißt das, die Messe wird abgeblasen?«

Der Kommissar schüttelte den Kopf. »Nein, der Staatsanwalt meint, es reicht, wenn wir den betroffenen Bereich absperren.«

»Und du?«

»Die Spusi arbeitet auf Hochtouren, und wir gehen davon aus, dass sich alles im Freien abgespielt hat. Also, ich sehe ebenfalls keine Notwendigkeit, die Messe abzusagen. Aber du musst wohl heute alleine dorthin.« Er grinste schief und bestrich ein halbes Brötchen mit Butter.

Wie viele Hannoveraner hatten die zwei für den heutigen Eröffnungstag einen Besuch auf der ABF geplant. Die Tierärztin winkte ab. »Das ist das kleinste Problem.«

Peter nickte nachdenklich. Im Gegensatz zu seiner Ex-

Frau machte es Chris nichts aus, wenn er überraschend Termine absagte und aufgrund seiner Arbeit Wochenendaktivitäten hintenangestellt werden mussten. Ganz im Gegenteil, seine Freundin hatte als Tierärztin und ehrenamtliche Mitarbeiterin des Tierheims sogar noch weniger Freizeit als er selber. Eine Tatsache, die ihm, wie er sich in einer stillen Stunde eingestand, manches Mal zu schaffen machte. Gemeinsame Abende waren selten und Wochenenden noch rarer. Auch heute nahm Chris seine Absage mit einer Gelassenheit hin, die an Gleichgültigkeit grenzte, und die dem Hauptkommissar einen kleinen Stich versetzte.

»Dann gehe ich eben alleine«, verkündete sie.

Socke war unterdessen auf einen Stuhl gesprungen und schielte mit langem Hals nach dem Schinken, der dort auf einem Teller angeordnet war und für den sich niemand außer ihm zu interessieren schien.

»Grüß mir Alexa und Arno auf ihrem Messestand«, trug Peter Chris auf und versuchte, sich seine Enttäuschung über die unbeschwerte Reaktion seiner Freundin nicht anmerken zu lassen. Er griff nach der Marmelade und schob dabei zerstreut Sockes Kopf zur Seite, der inzwischen halb über den Tisch ragte.

Der Kater trollte sich beleidigt unter den Küchenstuhl. Wo die beiden doch sowieso nur dieses süße Zeug frühstückten, warum überließen sie ihm nicht den Schinken? Dann wanderten seine Gedanken zu Alexa und Arno – für den Kater keine Unbekannten. Die beiden Mitarbeiter des Tierheims würden also heute auf der Messe anwesend sein. Arno hatte sich bei Socke als Physiotherapeut betätigt. Er hatte mit ihm nach seinem Unfall geübt, buchstäblich wieder auf die Beine zu kommen. Alexa kümmerte sich mehr um das leibliche Wohl der tierischen Schützlinge in Krähenwinkel, wozu nicht nur Beköstigung, sondern auch

Fellpflege und Reinigung der Katzenklos gehörten. Beide – vor allem aber Arno – hatte der Kater ins Herz geschlossen, und er zog nach der Information, die zwei seien vor Ort, ernsthaft einen weiteren Ausflug auf das Messegelände in Erwägung.

*

Das Telefon klingelte. Antonia Boccabella, von Freunden zumeist Toni genannt, zog sich das Kopfkissen über die Ohren. Bestimmt wieder ein Anruf für Francesco. Ihr Cousin war seit drei Tagen in Hannover, angeblich um Badezimmerarmaturen auszusuchen. Francescos Vater, ihr Onkel, betrieb ein gut gehendes Hotel am Gardasee und nutzte den Winter für diverse Umbauarbeiten und Reparaturen. Unter anderem sollten die Aushängeschilder des noblen Hauses, die drei sogenannten Königssuiten, neu ausgestattet werden, und sein Sohn hatte es höchstpersönlich übernommen, die Nasszellen zu bestücken. Angeblich zu ebendiesem Zweck war der junge Italiener nach Hannover gereist. Zwar stellte die niedersächsische Landeshauptstadt nicht gerade das Mekka für Badezimmereinrichtungen dar, aber der Vater verzieh seinem Sohn die Eskapade, war der doch kostengünstig bei seiner Cousine untergeschlüpft. Toni hingegen war genervt. Francesco zeigte weder Interesse an irgendwelchen Badezimmerarmaturen noch an geregelten Tagesabläufen. Schon in der ersten Nacht hatte sie ihm ihren einzigen Ersatzschlüssel ausgehändigt, als er nämlich morgens um drei ziemlich angetrunken Sturm geklingelt hatte. Seit ihr Cousin im Haus war, sah es in ihrem Arbeitszimmer, in dem er auf einer Luftmatratze nächtigte, aus, als habe eine Bombe eingeschlagen, ihr Kühlschrank war leer, und selbst vor ihren Körperpflegeutensilien inklusive Kosmetika machte ihr Gast nicht Halt. Außerdem entfielen seit dessen Auftauchen in ihrer Wohnung von circa zehn Anrufen täglich mindestens acht auf ihren Verwandten. Ein Umstand, der die junge Kommissarin das jetzige Klingeln ignorieren ließ. Natürlich nahm auch Francesco zu dieser frühen Stunde das Telefonat nicht entgegen, und so sprang der Anrufbeantworter schließlich an.

»Hallo, Toni, hier ist Peter. Es gibt leider Arbeit …«

Mit einem Satz war die attraktive Halbitalienerin aus dem Bett. »Was gibt's?«, verlangte sie atemlos zu wissen.

Peter erklärte ihr in kurzen Sätzen, worum es ging.

Toni lauschte und beendete schließlich mit einem »alles klar, bis zehn« das Gespräch. Sie schaute auf die Uhr. »Eigentlich hatte ich mir mein Wochenende anders vorgestellt«, murmelte sie dann. Viertel vor acht, wenigstens hatte sie zu dieser Stunde das Badezimmer noch für sich allein und bis 10 Uhr war noch Zeit für ein ausgiebiges Frühstück, das sie sich im Café gegenüber gönnen würde.

*

Nachdem er Peter ein zweites Frühstück abgebettelt hatte, war Socke nach draußen gegangen, wo er seine beiden Nachbarinnen Clooney und Suleika antraf. Der Kater erzählte von seinem Besuch auf der Messe.

»Einen Toten? Hast du ihn denn auch gründlich untersucht?« Clooney ärgerte sich, dass sie nicht mitgekommen war.

»Er hatte eine Wunde am Kopf mit Blut dran. Er wurde erschlagen«, berichtete Socke.

»Du klingst etwas heiser«, mischte sich Suleika ein, die wie immer auf der Mauer zu ihrem Wohnhaus Hof hielt.

»Hast du dich erkältet? Jasper ist auch krank.« Jasper war ein Hund, der zusammen mit Suleika im selben Haushalt lebte. Der Riesenschnauzer war selten persönlich anzutreffen, aber glaubte man den Berichten der Perserin, so hatte er eine äußerst angegriffene Gesundheit, und Suleika wachte stets über sein Wohl. Die Beziehung hatte sich allerdings etwas abgekühlt, seit Jasper eine Freundin hatte.

»Jasper ist krank?«, murmelte Clooney. »Gestern Vormittag machte er noch einen ganz gesunden Eindruck, als er mit, ähm, diesem Dackel um die Häuser gezogen ist.«

»Angelique«, soufflierte Socke, »der Dackel heißt Angelique.«

»Pah, dieses Flittchen hat ganz schön blöd geschaut, als sie am Abend mit ihrem Herrn ihre Runde gedreht hat«, kam es hämisch von Suleika. »Ich habe ihr erzählt, dass Jasper unpässlich und nicht zu sprechen ist.«

»*Unpässlich!*«, imitierte Clooney den blasierten Tonfall der Perserin. »Jasper ist also *unpässlich*. Liegt die Leiche noch dort?«, wandte sie sich dann an Socke.

»Wohl eher nicht mehr. Inzwischen ist Peter auf sie aufmerksam gemacht worden, und die Menschen lassen so einen Toten nicht länger als nötig liegen.«

»Hm, da hast du recht, aber wir sollten uns den Tatort trotzdem anschauen«, schlug die Grautigerin vor.

Und vielleicht mal in die Messetierhalle schauen, dachte Socke an Arno und Alexa. Im Schutz seiner beiden Mentoren aus dem Tierheim würde er dort eventuell auch etwas über seine möglichen Vorfahren herausbekommen. Immerhin kannte er den Namen seines Vaters, und der war nicht eben häufig.

»Salbei«, kam es von der Mauer, »am besten hilft Salbeitee gegen Heiserkeit.«

»Salbei?«, fragte der Kater skeptisch.

»Was'n das?«, nuschelte Clooney, während sie sich über die rechte Vorderpfote leckte.

»Salbei ist ein Heilkraut und als Sud besonders wirksam gegen Halsschmerzen«, dozierte Suleika.

»Hast du Halsweh?«, verlangte Clooney von ihrem Nachbarn zu wissen.

»Ja, also …« Socke musste zugeben, dass es etwas kratzte. Verlegen begann er seinen Schwanz zu putzen.

»Ich habe dir gleich gesagt, du sollst bei diesem Wetter nachts nicht zur Messe gehen!«, triumphierte Suleika, die sein Zögern richtig interpretierte.

»*Ich hab es dir gleich gesagt*«, äffte Clooney sie nach, »jetzt bist du *unpässlich*!«

*

Hans-Jürgen Kühlmann hängte seinen Parka neben den Mantel seiner Frau und befühlte wie zufällig dessen Taschen. Offenbar hatte sie ihr Handy herausgenommen.

»Jürgen, bist du das?«, hörte er Marietta aus der Küche rufen. Wen hatte sie erwartet?

Er ging zu ihr. Sie saß am Tisch, vor ihr auf dem Teller lag eine angebissene Scheibe Knäckebrot mit Hüttenkäse.

Hans-Jürgen nahm sich eine Tasse aus dem Schrank und beäugte misstrauisch die Kanne auf dem Küchentisch.

»Kräutertee.« Seine Frau zuckte bedauernd mit den Schultern, als sie seinen Blick sah. »Zur Entschlackung.«

Resigniert wandte sich Hans-Jürgen der Kaffeemaschine zu. »Du bist aber früh auf den Beinen«, stellte er mit dem Rücken zu ihr fest.

»Doris kommt gleich. Wir wollen zusammen ins Fitnessstudio und anschließend noch shoppen in der Ernst-

August-Galerie. Du hast zu so was ja nie Lust«, verteidigte sich Marietta, bevor ihr Mann etwas sagen konnte.

Der gab noch einen Extra-Löffel Kaffeepulver in den Filter. »Auf dem Messegelände hat es heute Nacht einen Überfall auf einen Kollegen gegeben.« Er drehte sich um.

Marietta, die sich soeben den letzten Bissen Knäckebrot in den Mund gesteckt hatte, hörte auf zu kauen und sah ihn entgeistert an. »Ist er schwer verletzt?«, brachte sie schließlich mit vollem Mund hervor.

»Er ist tot. Du hast ihn übrigens kennengelernt.« Jetzt genoss Hans-Jürgen ihre ungeteilte Aufmerksamkeit.

Seine Frau versuchte, den viel zu großen Brocken hinunterzuschlucken. Sie begann zu husten. Tränen schossen ihr in die Augen.

»Dennis Dragowski«, ergänzte Hans-Jürgen. »An seinem ersten Arbeitstag mit dem eigenen Schlagstock erschlagen.« Diese Information hatte er sich aus den Fragen der Polizei zusammengereimt und wunderte sich selbst darüber, dass er bei der Weitergabe so ungerührt blieb.

Marietta röchelte und presste sich, von einem erneuten Hustenanfall geschüttelt, die Hände vors Gesicht.

»Geht es?«, fragte ihr Mann eilfertig und reichte ihr ein Papiertaschentuch. »Dieses Knäckebrot ist wohl ziemlich trocken.«

*

Trotz kurzer Nacht mit wenig Schlaf war Edeltraud Hempel bester Laune. Sie und Rosi, wie sie die Züchterin der preisgekrönten British Kurzhaar seit gestern nannte, hatten zusammen zwei Flaschen Prosecco in der Hotelbar geleert. Die erste hatte Rosi ausgegeben, die zu diesem Zeitpunkt noch Frau Müller für sie gewesen war. Bei der zweiten, die auf Edeltrauds Rechnung gegangen war, hatten sie Brüderschaft getrunken und waren ins Plaudern geraten. Als Letzte hatten die beiden Frauen die Bar verlassen, das musste so gegen 1 Uhr gewesen sein. Auf die genaue Zeit hatte Edeltraud Hempel in ihrer Hochstimmung nicht geachtet. Sie war sofort zu Bett gegangen und hatte tief und traumlos geschlafen. Erst kurz vor der offiziellen Öffnungszeit betrat sie das Messegelände. Dass der Eingang zur Halle der Kleintiermesse nicht zugänglich war, nahm sie, ohne sich darüber Gedanken zu machen, zur Kenntnis. Irgendjemand hatte in dem abgesperrten Bereich sämtlichen Schnee entfernt, und auf dem Boden sah man merkwürdige Kreidemarkierungen, vielleicht plante man Bauarbeiten. Der Zeitpunkt war zwar denkbar ungünstig, doch so etwas störte die Stadtplaner bekannterweise nicht. Die Aussteller wurden jedenfalls gebeten, den Seiteneingang zu nutzen. In der Halle selber schien alles wie immer. Eilig strebte sie zu ihrem Standplatz, Champion war sicher bereits ungeduldig. Der Kater bestach nicht gerade durch sein freundliches Wesen, und Missmut gehörte zu seinen herausragendsten Eigenschaften. Sie entfernte die Decke von seinem geräumigen Käfig und erstarrte.

»Champion! Jemand hat meinen Kater gestohlen!«

»Kann ich Ihnen helfen?«, bot ausgerechnet Hannelore Krupka ihr an. Dabei schaute ihre Erzrivalin unverfroren in die leere Box. »Ja wo ist er denn?«

»Entführt! Man hat ihn entführt!«

Die anderen Standinhaber schauten neugierig zu den beiden Frauen herüber. Rudolf Krupka kam näher und versuchte, den Arm um Edeltrauds Schultern zu legen. Sie schüttelte ihn wütend ab. »Polizei! Ruf doch jemand die Polizei!«, kreischte sie.

»Nun beruhigen Sie sich doch erst einmal, er ist bestimmt

nur entwischt und versteckt sich vor diesem Krach hier.«
Hannelore Krupka nickte ihrem Mann bedeutungsvoll zu.

Jetzt kam Bewegung in die Menge. Man bückte sich und durchsuchte die nähere Umgebung des »Tatorts«. Wie der Flüchtling aussah, wusste man, hing doch ein beinahe lebensgroßes Foto von ihm an seinem leeren Käfig. Edeltraud beteiligte sich ebenfalls nach kurzem Zögern an dieser etwas planlosen Suche. Irgendjemand schüttete ihr ein paar Katzenknuspercrispies in die Hand, um den Entflohenen damit zu ködern. Champion hasste Katzenknuspercrispies, aber so hatte sie wenigstens das Gefühl, etwas zu tun.

»Die Messe öffnet gleich für Besucher. Gehen Sie bitte an Ihre Stände zurück«, forderte ein Ordner die Suchenden auf.

»Komm.« Rosi legte ihr die Hand auf den Arm. »Der kommt von alleine wieder. Du weißt doch, wie Katzen sind.«

Edeltraud schüttelte den Kopf. »Ich weiß, wie Champion ist!«, rief sie aus und schaute verzweifelt in den leeren Käfig. Der Kater hatte sein Futter von gestern Abend kaum angerührt. »Er frisst eigentlich immer alles bis zum Morgen auf, und auf sein Frühstück würde er nie freiwillig verzichten.«

Die ersten Besucher betraten die Halle. Der Ersatzeingang lag unweit des Katzenbereichs, und schon näherten sich einige ihrem Stand, von dem weithin zu erkennen war, dass er einen Sieger beherbergte. Beherbergt hatte, verbesserte sich Edeltraud in Gedanken.

»Ich muss rüber!« Rosi konnte nur schwer ihre Ungeduld verbergen. Sie beaufsichtigte schließlich ebenfalls einen »Siegerstand«.

Edeltraud nahm gar nicht wahr, wie sie sich entfernte. Schnell deckte sie Champions Käfig ab und wehrte neugierige Besucher mit einem gemurmelten »Er braucht Ruhe« ab. Der übliche Messebetrieb setzte um sie herum ein. Sie beobachtete, wie die Krupkas stolz den zweiten Sieger bei den Norwegischen Waldkatzen der Öffentlichkeit präsentierten. Sie erblickte einige Gäste, die sich die Karte der Züchter mitnahmen und interessierte Fragen stellten. Das hätten *ihre* Kunden sein sollen. Steckten die verhassten Standnachbarn hinter Champions Verschwinden? Oder hatte womöglich *er* etwas damit zu tun? War ihm der Preis zu hoch gewesen? Wenn er zur Polizei gehen würde, käme sein Geheimnis ans Licht. Wollte er stattdessen sie mit der Entführung ihres preisgekrönten Katers erpressen? Doch so leicht würde Edeltraud sich nicht unterkriegen lassen, dafür hatte sie zu viel riskiert. Sie zückte ihr Handy und rief die Polizei.

※

»Mau mau! Maumi!«, krähte der kleine Junge und strampelte vergnügt mit seinen Beinchen unter der dicken Decke.

Socke und Clooney suchten eiligst hinter einem Abfallbehälter Deckung.

»Das war knapp!«, schnaufte die Grautigerin und trat auf Sockes Schwanz.

»Pass doch auf!«, schimpfte der. Dann lugte er vorsichtig um die Ecke.

Die Mutter hatte ihren Sohn inzwischen davon überzeugt, dass das, was er da gesehen hatte, nicht »Maumi«, sondern »Wauwau« gewesen sein musste. Von dieser Spezies liefen hier schließlich jede Menge herum. Junior interessierte sich aber derweil sowieso mehr für den Bratwurststand ein paar Meter weiter, in dem ein wohlgenährter Mittfünfziger gerade das Tagesangebot auf eine Kreidetafel schrieb.

»Hammhamm!«, verlangte der kleine Junge.

»Später, Schatzi«, vertröstete ihn die Mutter.

Clooney drängte Socke zur Seite und schluckte. »Also ich könnte einen Happen vertragen«, teilte sie ihm dann mit.

»Du hast doch eben erst gefrühstückt. Komm!« Socke hatte andere Pläne.

Die Frau und das hungrige Kind verschwanden aus ihrem Sichtfeld. Die Luft war rein. Der Kater verließ die Deckung hinter dem Mülleimer, und die Grautigerin folgte ihm. Es waren zwar viele Menschen auf den Beinen, aber die hatten es alle eilig, ins Warme zu kommen; auf die Katzen achtete keiner. Nur Kinder erforderten eine gewisse Vorsicht, sie sahen ihre Umgebung aus einer anderen Perspektive und beobachteten aufmerksamer. Daneben ging für die Katzen die größte Gefahr von Hunden aus, von denen heute Morgen leider einige Exemplare unterwegs waren. Die Haustiermesse lockte vor allem Tierbesitzer an, und viele hatten ihren vierbeinigen Liebling mitgebracht.

»Schau dir den mal an!« Clooney nahm einen West Highland Terrier ins Visier, der zum Schutz gegen die Kälte ein kariertes Mäntelchen trug. »Ich lach mich schlapp!«

Der Hund wurde auf ihr Gekicher aufmerksam und zerrte in ihre Richtung.

»Na, hat dich Mami in eine Wurstpelle gesteckt?«, provozierte Clooney ihn und tänzelte mit aufgestellten Nackenhaaren in seine Richtung.

»Halt die Schnauze!« Für einen so kleinen Hund hatte er eine ziemlich tiefe Stimme. Er riss an seiner Leine. Sein Frauchen zog ihn mit einem Ruck weiter, ohne sich umzusehen.

»Na warte, wenn ich dich kriege!«, kläffte der Terrier.

»Sie meint es nicht so«, versuchte Socke zu beschwichtigen.

»Do-hoch«, trällerte die Grautigerin, machte einen Buckel und hielt genau so viel Abstand, dass der Hund sie nicht erwischen konnte.

Der knurrte bedrohlich und zerrte heftiger in ihre Richtung.

»Geh einfach weiter, kümmer dich nicht um sie«, beschwor ihn der Kater.

Clooney fauchte und hüpfte etwas zurück. Frustriert schnappte der Hund ins Leere.

»Jetzt ist aber genug. Was soll das, Spike!« Die Frau bückte sich und nahm ihren zappelnden Liebling auf den Arm, ohne die beiden Katzen zu bemerken. Dann entfernte sich der immer noch bellende Hund samt Herrin aus dem Blickfeld der beiden.

»Bist du verrückt?«, schimpfte Socke mit seiner Begleiterin. »Wenn sie uns entdeckt hätte, wären wir davongejagt worden.«

»'tschuldigung«, nuschelte Clooney. »Es ist mit mir durchgegangen. Der sah aber auch zu albern aus.« Sie kicherte. Dann richtete sie sehnsüchtig ihren Blick auf den Bratwurststand. »Wollen wir jetzt was essen?«

»Ich denke, du möchtest den Tatort sehen?«

»Ich habe es mir anders überlegt, außerdem kann ich von hier aus erkennen, dass es da nichts Besonderes gibt.«

Tatsächlich war außer ein paar Kreidemarkierungen nichts in dem abgesperrten Bereich zu entdecken.

»Ich würde mich gerne noch in der Tiermessehalle umschauen«, nannte Socke seine weiteren Pläne.

»Tu dir keinen Zwang an. Hm, wie das riecht!«, witterte die Grautigerin in Richtung des Verpflegungsstands, wo gerade die ersten Würstchen auf den Grill gelegt wurden.

Wenn es ums Essen ging, ließ Clooney nicht mit sich handeln. Der Kater machte sich also alleine auf die Suche nach dem Zugang zu besagter Halle, während Clooney bereits die Helferin des Imbissbudenbesitzers ansteuerte. Sie hatte einen siebten Sinn für katzenfreundliche Menschen, bei denen meistens ein Happen abfiel.

Der Eingang zur Kleintiermesse war schnell gefunden, die meisten Besucher steuerten diese Ausstellung zuerst an, und so ließ sich Socke mit dem Strom treiben. Drinnen herrschten ein ziemliches Gewühl von Menschen und ein Durcheinander an Gerüchen, sodass der Kater einen Moment an seiner Entscheidung zweifelte. Ob er hier Alexa und Arno vom Tierheim finden würde? Doch dann gewann die Faszination an dieser für ihn neuen Welt die Oberhand. Nur ein paar Meter von ihm entfernt hatte man Tische aufgebaut, auf denen riesige Käfige standen. In denen saßen jeweils eine oder mehrere Katzen, allesamt edle Rassetiere mit blasiertem Gesichtsausdruck. Leider konnte Socke die Schilder an ihren provisorischen Unterkünften nicht lesen, und so wusste er nicht, ob es sich bei dem einen oder anderen um einen Orientalen handelte. Vielleicht kannte einer der Anwesenden sogar seinen Vater oder war womöglich mit ihm verwandt? Der Kater traute sich nicht, sie anzusprechen, denn vor jedem Käfig stand ein Mensch, der die Tiere zu bewachen oder zu beschützen schien. Näherte ein Besucher sich beispielsweise einer der Katzen und versuchte, sie zu berühren, wurde er von diesem Wächter streng zurückgewiesen. Ob es einer von diesen »Wachmännern« war, der, laut Peter, auf der Messe den gewaltsamen Tod gefunden hatte? Jetzt entdeckte Socke zwei uniformierte Polizeibeamte und fühlte sich in seiner Theorie bestätigt. Einer der beiden unterhielt sich gerade mit einer ziemlich aufgelösten Frau. Vielleicht war das die Ehefrau des Getöteten? Der Kater schlich näher.

»Da da. Katz!« Wieder war es ein Kind, das auf ihn aufmerksam wurde und fröhlich mit dem Finger auf ihn zeigte. Glücklicherweise reagierten die Eltern nicht auf den Ausruf ihres Sprösslings, wahrscheinlich, weil das kleine Mädchen an diesem Ort dauernd derartige Kommentare von sich gab. Socke gelang es, sich unter einem der Tische mit bodenlanger Tischdecke zu verstecken.

Einer der beiden Polizisten verabschiedete sich soeben von der Frau, die, wie Socke jetzt feststellte, nicht nur traurig zu sein schien, sondern deutlich nach Angst roch. Kannte die Frau den Mörder? Oder wovor fürchtete sie sich? Handelte es sich hier möglicherweise um einen ganz anderen Sachverhalt? Das Gespräch schien leider bereits beendet. »Sie müssten dann heute Nachmittag noch vorbeikommen und das Protokoll unterschreiben«, hört Socke den Beamten soeben erklären.

Eine andere Frauenstimme sagte: »Komm, Traudl, wir gehen erst einmal einen Kaffee trinken.« Dann entfernten sich Schritte, und der Angstgeruch wurde schwächer.

»Schräge Geschichte, wer entführt denn eine Katze?« Die Polizisten schienen noch da zu sein. Socke lauschte gebannt. Eine verschwundene Katze? Es ging also nicht um Mord?

»Sie war ziemlich nervös«, antwortete sein Kollege. Der Kater gab ihm recht, die Männer hatten das also ebenfalls bemerkt.

»Hm, meinst du, sie hat da was gedreht? Aber das Vieh war nicht versichert. Was hat sie davon, wenn es verschwindet?«, äußerte der erste Mann skeptisch. »Vielleicht haben wir uns auch getäuscht.«

Auf keinen Fall!, dachte Socke.

»Wir müssen das jedenfalls den Kollegen melden. Wenn das Vieh tatsächlich geklaut wurde, muss jemand hier drin gewesen sein, und wenn der nichts mit dem Toten zu tun hat, könnte der mindestens ein wichtiger Zeuge sein.«

Der Kater erschrak in seinem Versteck. Hatte der Mörder neben dem Wachmann noch eine Rassekatze auf dem Gewissen? War ihm der Wachmann in die Quere gekommen, und er hatte ihn deshalb umgebracht?

»Vielleicht«, der erste Polizeibeamte machte eine Pause, »ist das Tier ja nur abgehauen und läuft jetzt hier noch rum.«

Seine Stimme hatte sich mit diesen Worten bedrohlich genähert, und jetzt grapschte etwas nach Sockes Hinterteil. Offenbar hatte die Spitze seines gelähmten Schwanzes unter der Decke hervorgeschaut. Ein eiserner Griff hielt ihn am Rückenfell fest.

»Miau-grrrrrr!«, stieß er einen Kampfschrei aus und hieb seine Krallen in die Hand des Mannes.

»Autsch!«, zog der sich zurück.

Socke gab Fersengeld. Im Zickzack raste er zwischen Menschenbeinen durch auf die Eingangstür zu. Immer mehr Messebesucher wurden auf ihn aufmerksam.

»Lassen Sie die Tür geschlossen!«, ordnete jemand an. Die öffnete sich gerade von außen, und bevor man ihn daran hindern konnte, rettete sich der Kater nach draußen.

»Das war aber keine Norwegische Waldkatze«, hörte er noch jemanden sagen, dann fiel die schwere Metalltür ins Schloss.

Socke suchte wieder Deckung hinter einem Mülleimer, und von dort beobachtete er die beiden Polizeibeamten, die außer Atem ins Freie traten. »Das war bloß eine ordinäre Hauskatze!«, sagte einer der beiden laut schnaufend. »Weiß der Teufel, wie die hierhergekommen ist …«

Ph, vielleicht ordinär, dachte Socke, aber immer noch schneller als ihr!

*

Punkt 10 Uhr betrat Peter den Besprechungsraum im Polizeipräsidium. Sein am Morgen zusammengetrommeltes Team war bereits vollzählig anwesend. Neben Lisa Sander, seit zweieinhalb Jahren seine feste Mitarbeiterin, hatte er einmal mehr Unterstützung durch Antonia Boccabella, kurz Toni, und Friedrich Eberhard, genannt Fritz, zugewiesen bekommen. Die Kollegen kannten sich und hatten bereits mehrere Fälle gemeinsam bearbeitet. Wie oft bei der ersten Zusammenkunft war auch heute der Chef der Spurensicherung, Ulrich Zeitler, anwesend. Auf dem Tisch stand eine Thermoskanne mit Kaffee, und Fritz hatte vom Bäcker eine Tüte mit Mandelhörnchen besorgt.

»Langt zu«, forderte er seine Kollegen auf und nahm sich ein Hörnchen.

Peter fasste kurz die nächtlichen Ereignisse für die neu dazugekommenen Kollegen zusammen und bat dann zunächst Zeitler um seinen Bericht.

»Also, das Opfer wurde erschlagen, so viel hat uns der werte Dr. Eilig schon verraten«, grinste er.

»Ach so, ja«, unterbrach ihn Peter. »Die Obduktion findet leider erst morgen Vormittag statt. In der Pathologie ist nur Wochenendbesetzung, und sie haben gleich zwei Suizide auf dem Tisch. Winterdepression, meinte Dr. Eilig.« Peter verzog das Gesicht und schenkte sich Kaffee ein. »Jedenfalls müssen wir uns bis morgen Mittag gedulden, bevor wir etwas Genaueres erfahren.«

Der Spusichef nickte. »Mit Sicherheit wissen wir aber jetzt schon«, fuhr er dann fort, »dass das die Mordwaffe ist.« Er reichte ein Foto herum. »Der Schlagstock lag neben dem Opfer. Es war höchstwahrscheinlich sein eigener, denn sein entsprechendes Gürtelholster war leer.«

»Klären wir«, warf Peter ein.

»Fingerabdrücke haben wir leider keine gefunden.« Zeitler schaute fragend nach der Gebäcktüte und Fritz schob sie ihm aufmunternd hin. »Ist aber kein Wunder, bei dem Wetter trägt jeder Handschuhe, und der Schlagstock muss wohl ganz neu gewesen sein. Jedenfalls hat dieser Dragowski erst gestern seinen Dienst angetreten.« Er biss herzhaft in ein Mandelhörnchen. »Lecker, bin noch gar nicht zum Frühstücken gekommen.«

Lisa schenkte ihm Kaffee ein, was er mit einem dankbaren Kopfnicken quittierte.

»Direkt neben dem Opfer haben wir einen Schlüsselbund gefunden. Wahrscheinlich sein eigener. Der Lage nach zu urteilen, hatte er ihn in der Hand, als er erschlagen wurde«, führte Zeitler weiter aus.

»Der Tote befand sich direkt vor der Tür zu der Messehalle«, überlegte Lisa laut, »vielleicht wollte er die gerade aufschließen und das Gebäude kontrollieren.«

»Durchaus möglich, aber da scheint ihm jemand dazwischengekommen zu sein«, stimmte Peter zu und drehte sich wieder zu Zeitler um: »Seid ihr mit dem Schlüsselbund durch?«

Zeitler schluckte den letzten Bissen Gebäck hinunter und spülte mit Kaffee nach. »Sind wir, ihr könnt ihn haben«, beschied er dann. »Das Plastikding, das etwas weiter weg lag, ist vermutlich sein Schlüsselanhänger. Hat die Form einer kleinen Hantel. Der ist beim Aufprall abgeplatzt. Jedenfalls sind seine Fingerabdrücke drauf, und nur die«, fügte er bedauernd hinzu. »Den gebe ich euch auch gleich mit, wenn ihr mir dafür unterschreibt.« Er grinste, und Lisa nickte.

»Ich komme anschließend vorbei«, erklärte sie.

»Klingt alles noch nicht spektakulär«, schaltete sich Toni ins Gespräch ein.

»Nein«, bedauerte Zeitler. »Die Uniform war neu. Und bis auf einen Fahrschein der Üstra*, einen 20-Euro-Schein und sein Handy waren die Taschen leer. Kein Portemonnaie. Nicht mal ein Päckchen Tempotaschentücher.«

»Dragowski ist erst am frühen Abend ausgestattet worden«, ergänzte Peter, »es war sein erster Arbeitstag.« Er nahm einen Schluck Kaffee und wandte sich dann an Lisa. »Er hatte einen Spind in der Zentrale der Messewatch, das ist die Wach- und Schließgesellschaft. Wenn du den bitte überprüfen könntest. Und natürlich müssen die Schlüssel zugeordnet werden.« Er diktierte ihr die Adresse der Zentrale.

Die Kommissarin notierte.

»Und du gehst die Anrufliste durch«, beauftragte er Fritz. »Und finde heraus, wann genau es angefangen hat, zu schneien. Der Mord muss kurz vor oder mit dem Einsetzen des Schneefalls stattgefunden haben. Zumindest nach ersten Angaben von Dr. Eilig.«

»Noch was«, wandte Lisa ein und berichtete von ihrem Gespräch mit dem Straßenbahnfahrer. »Die Frau könnte auf jeden Fall eine wichtige Zeugin sein«, schloss sie.

Peter stimmte ihr zu und machte sich eine Notiz, er würde die Presseabteilung bitten, einen entsprechenden Aufruf zu platzieren. Wenn das nichts brachte, musste man sich überlegen, ein Phantombild von der Dame anfertigen zu lassen.

Ulrich Zeitler erhob sich. »Leute, ich muss wieder.«

»Was ist mit Fußspuren?«, hielt Toni ihn zurück. »Es hat doch geschneit, habt ihr da nichts gefunden?«

Bedauernd zuckte der Chef der Spurensicherung die Schultern. »Der Mord ist laut Pathologie passiert, bevor

---

* Hannoversche Verkehrsbetriebe

der Schnee richtig liegen blieb, und danach sind dort zu viele Leute rumgetrampelt, als dass man noch etwas hätte zuordnen können.«

»Nur Sockes Spur konnten wir eindeutig identifizieren«, grinste Lisa.

Toni lachte. »Dann kann ja gar nichts mehr schiefgehen, wenn der wieder seine Pfoten im Spiel hat«, erinnerte sie an den Mordfall im vergangenen Sommer, bei dem der Kater eine entscheidende Rolle gespielt hatte.

»Na dann!« Mit einem Winken verließ Zeitler den Raum.

»Gut.« Peter erhob sich ebenfalls und schaute in die Runde. »Lisa kümmert sich um die Schlüssel und um den Spind des Opfers. Fritz macht wie immer den Schreibtischjob, Recherche, Telefondienst und so weiter ...«

»Und hast du auch eine Aufgabe für mich übrig?«, schnappte Toni. Mit der Halbitalienerin ging manchmal das Temperament durch, wenn sie meinte, zu kurz zu kommen.

»Wir beide sprechen mit der Freundin des Opfers. Dragowski hat ihre Adresse als Wohnsitz bei seinem Arbeitgeber angegeben.«

*

»Ich bin in der Dienststelle. Sie können gleich vorbeikommen«, erklärte Tanja Kraus, Chefin der Messewatch Hannover bei Lisas Anruf.

Eine Viertelstunde später betrat die Kommissarin das Büro in der Fiedelerstraße im Stadtteil Döhren. Hinter dem Schreibtisch erhob sich eine circa 40-jährige schlanke Frau. Zu dem dunkelgrauen Hosenanzug trug Frau Kraus schwarze Joggingschuhe, die hellbraunen Haare waren zum Pferdeschwanz gebunden. Die Augen hinter der randlosen Brille sahen rot und verquollen aus. Entweder war die

Messewatch-Chefin, wie so viele bei diesem Wetter, von einem Schnupfen geplagt oder sie hatte geweint.

»Furchtbare Sache«, empfing sie die Kommissarin, »kommen Sie mit.« Sie verschloss die Eingangstür und führte Lisa in ein geräumiges Hinterzimmer. »Das ist der Spind von Herrn Dragowski. Ich habe hier einen Universalschlüssel für Notfälle, und das hier ist zweifellos einer.« Ohne auf eine Erwiderung zu warten, zückte sie einen Schlüssel an ihrem Bund und öffnete den Schrank.

»Wenn Sie etwas brauchen, ich bin vorne an meinem Schreibtisch«, ließ sie der Kommissarin keine Zeit für eine Entgegnung, bevor sie verschwand.

Lisa, die eigentlich vorgehabt hatte, mit der Dame vor der Inaugenscheinnahme des Spinds ein paar Worte zu wechseln, zog sich also zunächst ein paar Einmalhandschuhe über und besah sich den Inhalt von Dragowskis Schrank. Wie zu erwarten, war die Ausbeute mager. Der frischgebackene Wachmann hatte vor seinem Dienstantritt hier offenbar seine Kleidung gewechselt. Sie fand Jeans und Pullover, beides gehobene Markenware. Dragowski schien Wert auf sein Äußeres gelegt zu haben. In den Taschen der Hose befanden sich eine Handvoll Münzgeld, die unvermeidlichen Tempos, ein Päckchen Kondome und hinten eine Brieftasche. Hatte er die vergessen oder absichtlich nicht mitgenommen? Der Inhalt war unspektakulär: eine Scheck- und eine Kreditkarte, der Mitgliedsausweis eines Fitnessstudios, seine Krankenkassenkarte und eine Premiumkundenkarte eines bekannten Herrenausstatters. Außerdem fand Lisa drei Visitenkarten – neben der seiner neuen Chefin die eines Immobilienmaklers und die eines John Tursten ohne Berufsbezeichnung – sowie einen Zettel mit einer Telefonnummer im Ausland und die Rechnung eines Ladens für Fitnessbedarf. Sie zeigte, dass Dragowski sich einen größeren Vorrat an sogenannten »Multipower Proteindrinks« zugelegt hatte. Die Kommissarin übertrug alle notwendigen Daten in ihr Notizbuch und tütete ihre Ausbeute für die Spurensicherung ein. Dann trat sie in den Vorraum, wo Tanja Kraus gerade telefonierte.

Die Messewatch-Managerin bedeutete Lisa mit dem Kinn, sich zu setzen, und beendete ihr Gespräch. »Entschuldigen Sie. Ich muss Ersatz für Herrn Dragowski beschaffen.« Sie putzte sich umständlich die Nase. »Das Leben geht weiter.«

Lisa stimmte ihr zu und legte Frau Kraus die Quittung über den Inhalt des Spinds vor.

»Das sind persönliche Dinge«, sagte die, während sie das Formular unterschrieb, »eigentlich interessieren die mich nicht. Gibt es keine Angehörigen?«

»Wir sind dabei, das herauszufinden«, hielt sich Lisa bedeckt. »Ich hätte jetzt noch ein paar Fragen an Sie.«

Frau Kraus zuckte die Schultern. »Bitte?«

»Waren Sie gestern Nachmittag anwesend, als Herr Dragowski ausgestattet wurde?«

»Selbstverständlich. Ich bin hier in Hannover allein für die Verwaltung zuständig. Wenn ich mal ausfalle, vertritt mich Herr Kühlmann, den haben Sie ja schon kennengelernt.«

Lisa nickte, der Wachmann hatte seiner Chefin also schon Bericht erstattet.

»Unser Unternehmen ist in Hannover nicht so personalintensiv aufgestellt«, fuhr Tanja Kraus fort. »Der Hauptsitz ist in Frankfurt, da laufen die Fäden zusammen. Hier gibt es nur dieses Büro, eine Handvoll Wachleute und mich.« Ihr Blick fiel auf die Tasse, die vor ihr auf dem Schreibtisch stand. »Möchten Sie auch etwas trinken?«, bot sie an.

»Ich hätte hier Erkältungstee«, sie nahm einen Schluck und verzog das Gesicht, »ich kann uns aber auch einen Kaffee kochen.«

Die Kommissarin lehnte dankend ab und zeigte der Managerin Fotos der mutmaßlichen Tatwaffe. »War der Stock bei der Übergabe dabei?«

Frau Kraus besah sich das Bild und runzelte die Stirn. »Das Modell gehört auf jeden Fall zu unserer Ausrüstung.« Sie öffnete eine Schublade ihres Schreibtischs und zog ein Blatt Papier hervor. »Das ist das Übergabeprotokoll. Ich mache Ihnen eine Kopie und dann suche ich Ihnen noch den Prospekt der Firma heraus, von der wir die Waffen beziehen.« Sie erhob sich. »Soweit ich weiß, verwendet in Hannover kein anderes Unternehmen dieses Modell, und ob man als Privatperson an so was rankommt ...« Die Messewatch-Chefin zuckte mit den Schultern.

Lisa nahm ihr ihre Unwissenheit nicht ganz ab, ein Schlagstock war keine Handfeuerwaffe, und man konnte ihn ganz einfach im Internet bestellen. Sie nahm die Kopie des Protokolls entgegen und legte ihrerseits einen Plastikbeutel der Spurensicherung mit dem Schlüsselbund des Opfers auf den Tisch. »Welchen von diesen Schlüsseln hat Herr Dragowski von Ihnen erhalten?«

Tanja Kraus besah sich den Bund genau und deutete schließlich auf ein kleineres Exemplar. »Das könnte der zu seinem Spind sein. Bei den anderen weiß ich es nicht genau. Da müssen Sie Herrn Kühlmann fragen, für die Räume auf der Messe hat er die Schlüssel ausgegeben. Die Quittungen dafür sind noch bei ihm.«

Lisa zog sich ein weiteres Paar Einmalhandschuhe über und holte den vermeintlichen Spindschlüssel aus der Plastiktüte der Spurensicherung. Eigentlich hatte Ulrich Zeitler das Beweisstück schon wieder freigegeben, aber die Kommissarin war da lieber vorsichtig. Sie erhob sich und drehte sich der Tür zum Hinterzimmer zu. »Darf ich?«

Tanja Kraus machte eine ausholende Geste. »Bitte, tun Sie sich keinen Zwang an.«

Die Vermutung der Messewatch-Büroleiterin war richtig gewesen. Der Schlüssel passte.

Lisa verstaute das Beweisstück wieder und wandte sich zum Gehen. »Danke, das wäre es fürs Erste.«

※

War das ein Klopfen? Vorsichtig hob Fred Zaunkamp den Kopf. Der dröhnte, wahrscheinlich hatte er sich das Geräusch eben nur eingebildet.

»Oh, Entschuldigung!«

Bevor er die Situation erfassen konnte, hatte sich das Zimmermädchen bereits wieder umgewandt. Fred sank in sein Kissen zurück und schloss die Augen. Hinter seinen Schläfen pochte es. Ganz langsam kehrte ein Teil seiner Erinnerung wieder. Er befand sich in Hannover; in einem Hotelzimmer. Er war gestern angereist, um mit Dennis zu sprechen – besser gesagt, um ihn zur Rede zu stellen. Dennis Dragowski hatte er die letzten eineinhalb Jahre zu verdanken. Der feine Herr hatte ihn nicht nur ans Messer geliefert, er hatte ihn auch um seinen Anteil betrogen und war selber mit weißer Weste aus der Sache herausgekommen. Zu dem Zeitpunkt, da Freds Urteil verkündet wurde und man ihn aus dem Gerichtssaal abführte, hatte er seinen ehemaligen Kumpel das letzte Mal gesehen. 18 Monate im Knast konnten einen Menschen verändern. Ihn hatten sie gelehrt, keinem anderen mehr zu vertrauen. Dennis und er waren beste Freunde gewesen, sonst hätte er sich nie auf diese Sache eingelassen. Er hatte sich zu 100 Prozent auf ihn verlassen und den Preis dafür bezahlt. In den vergangenen eineinhalb Jahren war aus Kameradschaft Hass geworden. Er wollte nicht nur seinen Anteil aus der Sache, er wollte Rache. Dennis schien zu ahnen, was ihm blühte. Er war exakt zum Zeitpunkt von Freds Haftentlassung aus Osnabrück verschwunden und nach Hannover übergesiedelt.

Vorsichtig erhob sich Fred Zaunkamp und setzte sich auf die Bettkante. Er wartete, bis das Schwindelgefühl nachlassen würde. Vage erinnerte er sich an den gestrigen Abend, seinen erfolglosen Versuch, Dennis zu erreichen, und seinen Entschluss, daraufhin seinen einstigen Freund persönlich aufzusuchen. Er besorgte sich ein Tageseinzelticket für die Straßenbahn und suchte eine Kneipe auf, um etwas zu essen. Er bestellte sich das Tagesangebot, Grünkohl, ein typisch hannöversches Gericht. Nach der fetten Mahlzeit genehmigte er sich einen Korn zur Verdauung und einen weiteren, um sich Mut für die bevorstehende Konfrontation zu machen.

Es war nicht bei den beiden Schnäpsen geblieben. Die zwei Männer an seinem Tisch erkannten in ihm einen Leidensgenossen, einen Außenseiter wie sie selber. Eine Runde Korn von jedem fürs Vergessen. Irgendwann war die Reihe an ihn gekommen, aber das reimte er sich mehr zusammen, als dass er sich tatsächlich daran erinnerte. Der Rest des Abends war nur mehr schwarzer Nebel. Er wusste weder, wie er die Kneipe verlassen hatte, noch, wie er ins Hotel gelangt war. Und dazwischen? Sosehr er sich anstrengte, sein Gedächtnis ließ ihn im Stich.

Sein Kopfschmerz steigerte sich zur Übelkeit. Er taumelte ins Badezimmer und hielt sein Gesicht unter den Wasserhahn. Das kalte Wasser dämpfte Schmerz und Übelkeit, aber es brachte die Erinnerung an die letzte Nacht nicht zurück.

*

Socke traute seinen Augen nicht. Clooney machte Männchen. Sie saß vor der Imbissbuden-Frau, reckte die Vorderpfoten in die Höhe und beobachtete wie hypnotisiert das Bratwurststückchen in ihrer Hand. Die Frau lachte und beschrieb Kreise und Achten, die mollige Katze verrenkte sich beinah den Hals. Der Besitzer der Bude schien Pause zu machen, jedenfalls glänzte er durch Abwesenheit. Die Würstchen brutzelten unbeaufsichtigt auf dem Grill. Schließlich warf die Frau das Stückchen hoch. Clooney machte einen Satz, fing den Happen geschickt in der Luft auf, schluckte und nahm augenblicklich wieder ihre Ausgangsposition ein.

Ihre Dompteuse klatschte begeistert in die Hände. »Genug«, beendete sie dann das Schauspiel, doch die Grautigerin gab nicht so schnell auf. Sie sprang an der blütenweißen Schürze ihrer Gönnerin hoch und maunzte. Die ließ sich davon nicht ablenken, sondern begann, die verführerisch duftenden Würstchen auf dem Rost zu wenden. Die Geräusche, die Clooney von sich gab, wurden eindringlicher. Mit der Grillzange in der Hand sah die Frau auf die mollige Katze herab und lachte. »Du gibst wohl keine Ruhe?«

Socke näherte sich der Szene.

Mit einem »das ist jetzt aber das letzte Stück« fand ein Wurstzipfel den Weg in Clooneys Schnauze. Die Grillmeisterin hob den Kopf. »Ha, das spricht sich wohl rum, dass es hier was zu holen gibt.« Dieser Kommentar galt Socke, der inzwischen den Verpflegungsstand erreicht hatte.

»Hey, da bist du ja«, begrüßte Clooney ihren Kumpel mit vollem Mund. »Du hast echt was verpasst, ich habe fast eine ganze Wurst abgekriegt.« Sie leckte sich zufrieden die Schnauze.

»Hier, du sollst auch nicht leben wie ein Hund.« Mit diesen Worten bekam Socke einen Happen zugeteilt. Der Spruch war zwar ziemlich doof, wie der Kater fand, aber die kleine Aufmerksamkeit schmeckte köstlich.

»Jetzt müsst ihr aber verschwinden. Chef ist im Anmarsch. Ksch, ksch …«, scheuchte die Frau sie einen Augenblick später davon und war nicht schlecht erstaunt, dass die beiden Katzen ihr anstandslos Folge leisteten. Kopfschüttelnd blickte sie den Tieren hinterher – fast, als hätten die ihre Worte verstanden …

*

Einen Moment hoffte Toni noch, dass niemand zu Hause wäre. Einem Menschen die Botschaft vom Tod seines Partners zu überbringen, war keine angenehme Aufgabe. Sie und Peter standen vor der Haustür von Janet Lipsi, der Freundin von Dennis Dragowski, mit der er zusammengelebt hatte.

»Ja?«, tönte es auf ihr Klingeln aus der Gegensprechanlage.

»Guten Tag, wir sind von der Kripo Hannover und würden Sie gerne sprechen«, haspelte Toni nervös. Peter zog die Augenbrauen hoch, sie hatte sich weder vorgestellt noch die Frau nach ihrer Identität befragt, das mussten sie gleich nachholen.

»Was ist los?«, die Stimme klang unsicher.

»Wir haben ein paar Fragen … äh …«, verlor die Kommissarin den Faden. Peter schob sie zur Seite, doch da ertönte bereits der Türsummer.

»Sorry«, murmelte Toni, aber Peter schnitt ihr das Wort ab: »Schon in Ordnung, es ist nicht leicht.« Die Kommissarin ärgerte sich. Sie hatte sehr unprofessionell reagiert, dabei hatte sie immer noch das Gefühl, als Jüngste im Team etwas beweisen zu müssen. Sich selbst, ihren Kollegen und, wenn sie ehrlich war, vor allem ihrem Vater. Zum Glück hatte der ihren Auftritt eben nicht miterlebt.

Da die Ermittler keine Information darüber hatten, in welcher Etage Janet Lipsi wohnte, besahen sie sich die Türschilder im Erdgeschoss und stiegen dann langsam die Treppe hoch.

Im ersten Stock erwartete sie eine junge Frau. Sie trug einen verwaschenen Jogginganzug, die schulterlangen blonden Haare hingen ihr wirr ins Gesicht, die blauen Augen waren verquollen, ihre Nase rot. In der Hand knautschte sie ein Papiertaschentuch.

»Entschuldigung, ich bin noch nicht angezogen, mir geht es nicht so gut.«

»Frau Janet Lipsi?«, begann Peter.

Die Dame nickte und betrachtete mit großen Augen die Ausweise der beiden Kommissare.

»Mein Name ist Peter Flott von der Kriminalpolizei Hannover, und das ist meine Kollegin Antonia Boccabella. Dürfen wir einen Moment reinkommen?«

Janet Lipsi drehte sich um und führte die beiden wortlos durch einen langen schmalen Flur in ein kleines Wohnzimmer. Auf dem Sofa lag eine zerwühlte Decke, daneben auf dem Boden befanden sich ein Haufen zerknüllter Taschentücher und die Fernbedienung des Fernsehers, in dem gerade eine der zurzeit allgegenwärtigen Castingshows lief. Frau Lipsi schob mit einer fahrigen Handbewegung die Decke von der Couch und deutete mit ausholender Geste auf das Sitzmöbel und einen Sessel.

»Setzen Sie sich«, forderte sie die Kommissare auf, »und entschuldigen Sie, ich ... ach, das hab ich ja schon gesagt.« Resigniert kniete sie sich neben das Sofa und angelte nach der Fernbedienung, um den Ton leiser zu stellen.

Peter nahm im Sessel Platz, Toni blieb in der Tür stehen. Sie sah sich unauffällig um, während Peter zunächst das Reden übernahm: »Frau Lipsi, kennen Sie einen Herrn Dennis Dragowski? Er hat diese Adresse bei seinem Arbeitgeber als Wohnsitz angegeben.«

»Er wohnt nicht mehr hier«, flüsterte die junge Frau. »Er ist ausgezogen, wir haben uns getrennt.« Sie sank auf ihre Fersen.

»Seit wann?«, kam es von Toni.

»Gestern.« Janet Lipsi blickte zu Boden. »Ausgezogen ist er schon vor drei Wochen«, sie schluckte, »aber gestern hat er mir den Schlüssel zurück...«, sie atmete zitternd durch, »zurückgegeben.« Langsam begann sie eines der Taschentücher zu zerpflücken, die Papierfetzen rieselten zu Boden.

»Frau Lipsi, wir müssen Ihnen leider eine traurige Mitteilung machen.« Peter atmete seinerseits durch. Das klang nach ganz schlechtem Tatort-Drehbuch. Er hatte in seinem Leben schon viele Male Menschen vom Tod eines Angehörigen unterrichten müssen, aber leichter fiel es ihm dadurch nicht. Er hatte die Situation heute unterschätzt oder, wie er sich eingestehen musste, gar nicht darüber nachgedacht. Es wäre besser gewesen, die Unterstützung eines Psychologen anzufordern.

Janet Lipsi sah ihn mit starrer Miene an. »Was ist passiert?«, murmelte sie tonlos.

Toni setzte sich neben sie aufs Sofa. »Ihr Lebensge..., äh Herr Dragowski«, begann sie sanft, »er wurde überfallen. Er ist getötet worden.«

»Das kann nicht sein, er war doch noch …« Janet Lipsi schlug sich die Hände vors Gesicht. »Das kann nicht sein!«, wiederholte sie.

»Leider doch, heute Nacht.« Toni legte vorsichtig ihre Hand auf den Arm der jungen Frau.

Die schluchzte kurz auf, nahm die Hände herunter und straffte die Schultern. »Was ist passiert?«, wollte sie wissen.

»Wir können es noch nicht genau sagen. Möglicherweise hat er einen Einbrecher überrascht«, versuchte Peter, eine Erklärung zu geben.

»Wie …? Hat er noch …?«

»Er wurde erschlagen. Er war wahrscheinlich sofort tot.« Toni hatte keine Ahnung, ob das stimmte, aber die junge Frau schien es fürs Erste zu beruhigen. Sie nickte zögernd, wirkte beinahe zufrieden.

»Frau Lipsi«, schaltete Peter sich wieder ein, »fühlen Sie sich in der Lage, uns ein paar Fragen zu beantworten?«

Erneutes Nicken, diesmal entschlossener.

»Sie sagen, Herr Dragowski hat Ihnen gestern den Schlüssel zurückgegeben. Wann war das?«

»Ich … ja also«, druckste sie herum, »gestern Abend.«

»Haben Sie sich getroffen oder war er bei Ihnen?«, hakte der Hauptkommissar nach.

»Er war … wir haben … er hat mich von der Arbeit abgeholt.« Frau Lipsi blickte starr auf den stummen Fernseher, wo sich gerade zwei Teenager jubelnd umarmten. »Ich arbeite als Friseurin im Leine Einkaufszentrum«, redete sie dann weiter, ohne ihren Blick vom Bildschirm abzuwenden. »Da hat er gestern nach Feierabend auf mich gewartet.«

»Um wie viel Uhr hatten Sie Feierabend?«, erkundigte sich Toni.

Die junge Frau riss sich von der Jubelszene im TV los und sah unentschlossen zwischen den Kommissaren hin und her. »Normalerweise um 17.30 Uhr«, antwortete sie dann vorsichtig.

Toni machte sich eine Notiz. Wenn die Zeitangabe stimmte, konnte sich Dragowski nicht lange aufgehalten haben. Er hatte um 18 Uhr seinen Dienst auf der Messe angetreten. »Haben Sie gestern ebenfalls um diese Uhrzeit Schluss gemacht?«, versuchte sie, sich ein genaueres Bild zu machen.

Bei den Worten »Schluss gemacht« schluchzte Janet Lipsi kurz auf, dann schüttelte sie heftig den Kopf und richtete sich auf.

»Bitte gehen Sie jetzt!«, stieß sie hervor.

Die Kommissare tauschten einen Blick, und Peter erhob sich. »Ich denke, es ist besser, wir kommen ein anderes Mal wieder«, bedeutete er seiner Kollegin.

Toni klappte ihren Notizblock zu und stand ebenfalls auf.

»Sie finden ja alleine hinaus«, verabschiedete Janet Lipsi sie trotzig und stellte den Ton des Fernsehers wieder an.

Toni und Peter gingen durch den dunklen Flur zur Wohnungstür. Mit bedeutungsvollem Kopfnicken zeigte Toni auf die Garderobe, an der ein roter Mantel mit schwarzem Kunstpelzbesatz hing.

※

Es war leichter gewesen, als gedacht. Er war in dem Hotel untergekommen. Die Tatsache, dass eine Messe stattfand, erwies sich als Vorteil. Zunächst hatte er die damit verbundenen Menschen gescheut, doch bald stellte er fest, dass man in einer größeren Menge besonders gut unsichtbar bleiben konnte. So bewegte er sich unerkannt und unbehelligt zwischen den zahlreichen Gästen und genoss seine

Freiheit. Noch immer hatte er keine Idee, wie es weitergehen sollte. Das Einzige, was er sicher wusste, war, dass er nie wieder zurückwollte, und das würde ihm nur gelingen, wenn niemand von seiner wahren Identität erfuhr. Wenn ihm jemals jemand auf die Schliche käme, würde er wieder und diesmal für immer im Gefängnis landen. Darüber machte er sich keine Illusionen. Er musste in eine neue Rolle schlüpfen, sich neu erfinden, und er hoffte, der Preis dafür wäre nicht ein weiteres Leben.

※

»Ist irgendwas?«, fragte der Hauptkommissar, während er den Wagen aus der Parklücke manövrierte.

Toni starrte angestrengt geradeaus. »Was soll denn sein?«

»Du weißt, was ich meine. An der Haustür, deine Reaktion war alles andere als professionell. Du bist doch sonst nicht um Worte verlegen, und dann dieses Gestotter …«

Seine Kollegin schwieg. Natürlich, ihre momentane häusliche Situation trug nicht gerade zu ihrer Konzentration bei, und sie ärgerte sich selbst über den missglückten Auftritt von eben. Trotzdem fand sie es ein wenig unfair von Peter, ihr die Professionalität abzusprechen. Der Hauptkommissar überließ ihr nur allzu gerne die Gesprächseröffnung bei Zeugenbefragungen, und es war das erste Mal, dass sie dabei versagt hatte. Sie schluckte ihren Ärger hinunter und presste ein »soll nicht wieder vorkommen« zwischen ihren Lippen hervor.

Peter, der sowieso gerade mehr mit dem für Samstagmorgen ungewöhnlich hohen Verkehrsaufkommen beschäftigt war, ließ es vorerst dabei bewenden. »Was sagst du zu unserer Zeugin?«, wechselte er ein paar Straßenzüge weiter schließlich das Thema.

Toni lehnte sich in den Beifahrersitz des Dienstwagens zurück und entspannte sich. »Sie hat gelogen«, behauptete sie.

Ihr Chef nickte und sah in den Rückspiegel. Halb Hannover schien heute mit dem Auto in der Innenstadt unterwegs zu sein. Der Fahrer hinter ihnen hatte es besonders eilig und hupte ungeduldig, weil Peter anhielt und einen parkenden Wagen vor sich aus der Lücke winkte. »Den Eindruck hatte ich auch«, gab er seiner Kollegin recht. »Auf jeden Fall hat sie die Unwahrheit gesagt, was das Treffen gestern Nachmittag anbetrifft.«

»Und sie hat bereits geweint, bevor wir ihr vom Tod ihres Lebensgefährten erzählt haben. Warum?«

»Wegen der endgültigen Trennung?«, schlug der Hauptkommissar einen Grund dafür vor und blickte kopfschüttelnd dem Drängler hinterher, der die erste Gelegenheit nutzte, um mit heulendem Motor vorbeizuziehen.

»Unwahrscheinlich. Wenn wir davon ausgehen, dass sie gelogen hat, was den gestrigen Nachmittag angeht: Wann soll diese Trennung stattgefunden haben?«, zweifelte Toni. »So groß war die Liebe ja wohl nicht, dass sie ihr drei Wochen nachweint.«

»Was schlussfolgerst du daraus?«, wollte Peter wissen.

»Dass die beiden sich gestern doch getroffen haben«, begann seine Kollegin, »aber zu einem anderen Zeitpunkt, als sie angegeben hat.«

»Möglicherweise um Mitternacht«, fiel Peter ihr ins Wort, »sie könnte es gewesen sein, die unser Zeuge, dieser Straßenbahnfahrer, gesehen hat.«

Toni stimmte ihm zu. »Dabei hat sie entweder seinen Tod mit angesehen oder ihn selber umgebracht.« Sie verschränkte die Arme vor der Brust und sah Peter herausfordernd von der Seite an.

»Oder«, spann der den Faden weiter, »es ist etwas anderes vorgefallen, das sie so aus der Fassung gebracht hat, wie wir es eben miterlebt haben.« Er ordnete sich in der Abbiegespur zum Parkplatz des Polizeipräsidiums ein und setzte den Blinker. Gerade als er eine Lücke im Gegenverkehr nutzte, klingelte sein Diensthandy.

Toni schnappte sich den Apparat und sah auf das Display. »Fritz«, verkündete sie und drückte den Annahmeknopf. »Wir sind so gut wie da.«

Der Pförtner erkannte die beiden Ermittler und öffnete die Schranke, Peter hob dankend die Hand.

»Hallo, ihr zwei. Wir haben eben einen ganz merkwürdigen Diebstahl gemeldet bekommen«, schallte Fritz' Stimme aus dem laut gestellten Mobiltelefon.

»Und wieso rufen die bei uns an?«, wunderte sich Peter, während er den Dienstwagen in eine Lücke zirkelte.

»Der Diebstahl muss gestern Nacht passiert sein«, folgte die Erklärung seines Kollegen, »und zwar auf dem Messegelände.«

Toni pfiff leise durch die Zähne.

»Es gibt angeblich keinerlei Einbruchsspuren, und«, Fritz machte eine kleine Kunstpause, »entwendet wurde ein kostbarer Rassekater, und zwar«, erneute Pause, »aus dieser Messetierhalle.«

Toni kicherte. »Ein gestohlener Kater?«

»Der Gute hat am Freitag noch einen Preis gewonnen«, ergänzte Fritz, »was seinen Wert angeblich enorm steigert. Also, mir kommt das alles ziemlich komisch vor, aber vielleicht sollten wir mit der Geschädigten sprechen.«

»Auf jeden Fall«, stimmte Peter zu. »Ich erledige das, dann kann ich anschließend noch kurz zu Hause vorbeischauen. Und ihr beiden könnt erst einmal Pause machen, immerhin ist Wochenende. Wir treffen uns um 15 Uhr wieder«, beendete er das Gespräch.

Die zwei Kommissare stiegen aus.

»Gibst du Lisa Bescheid, oder soll ich sie informieren?«, fragte Toni.

»Das übernehme ich.« Peter sah auf die Uhr. »Sie wollte ja bei der Messe vorbei wegen dem Schlüsselbund, vielleicht treffe ich sie sogar noch an.« Er zückte erneut sein Handy, wählte und winkte seiner Kollegin zum Abschied zu.

※

»Ein entführter Kater?« Mikey sah seine beiden Katzenkumpel erstaunt an.

Clooney nickte wichtig, obwohl sie dem Gespräch der beiden Polizisten nicht persönlich beigewohnt hatte.

»Ein Norwegischer Waldkater«, bestätigte Socke, der zumindest wusste, dass diese Rasse nicht zu den sogenannten Orientalen gehörte.

»Ein Rassetier«, tönte Suleikas Stimme von der Mauer, »wie dramatisch.«

Clooney legte die Ohren an. »Wenn es eine normale Feld-, Wald- und Wiesenkatze erwischt hätte, wäre dir das wohl egal?«

»Du meinst wahrscheinlich eine ordinäre Hauskatze?«, belehrte sie die Perserin. »Wer hätte die denn stehlen sollen? Entführer wollen zumeist Lösegeld. So eine normale Katze, wie du es bist, ist doch nichts wert.«

»Pah! Immerhin bin ich normal«, fauchte die pummelige Grautigerin, »was man von gewissen Rassekatzen nicht sagen kann.«

Suleika plusterte sich auf und ähnelte mehr denn je dem von Clooney beschworenen aufgeplatzten Sofakissen.

»Ob das mit dem Mord zu tun hat?« Mikey ließ sich von dem Wortgefecht der beiden Katzen nicht beirren.

Socke fuhr sich mit der Pfote über die kitzelnde Nase und wackelte mit dem Kopf, um das Kribbeln zu vertreiben. »Immerhin ist beides heute Nacht geschehen.«

»Der Wachmann hat den Entführer überrascht, und der hat ihn abgemurkst«, legte Clooney ihre Theorie offen.

Socke nieste.

»Du hast Schnupfen!« Suleikas Stimme nahm einen leidenden Ton an.

»Wäre ich nie drauf gekommen«, schnappte Clooney und verdrehte die Augen. Sie ahnte, was jetzt kommen würde.

Und richtig. »Meerrettichwurzel«, trumpfte die Perserin auf. »Da hilft Meerrettichwurzel, ein altes Hausrezept. Dein Mensch sollte sie fein reiben und mit Zwiebelsaft und Honig …«

»Heute Abend kommt Ferdinand«, wechselte Mikey eilig das Thema.

»Ha!«, konnte Clooney ihre Schadenfreude nicht verbergen.

Socke fuhr sich ein weiteres Mal möglichst unauffällig mit der Pfote über die Nase.

»Dieser ungezogene Hund?«, ließ sich Suleika von ihrer Aufzählung der Schnupfenhausmittel abbringen.

»Der Hund von Freunden, ein Boston Terrier«, präzisierte der getigerte Kater. »Sein Frauchen möchte morgen mit ihm zusammen auf die Messe gehen, und sie nehmen Louisa mit.« Louisa war die Tochter der Familie, bei der Mikey wohnte. Sie war im Sommer in die erste Klasse gekommen, und der Kater lernte zusammen mit ihr lesen.

»Dann bring mal deinen Schwanz in Sicherheit«, stichelte Clooney und sah Suleika spöttisch an.

»Er könnte für uns ein paar Dinge auf der Messe in Erfahrung bringen«, schlug Socke mit etwas heiserer Stimme vor. Dass er dabei nicht nur an den Mord dachte, verschwieg er seinen Katzenkumpeln.

»Wenn du meinst, versuchen wir es. Aber er ist ziemlich ungestüm und ungeduldig. Ein Hund eben«, schien Mikey so seine Zweifel zu haben. Ferdinand war zwar ganz in Ordnung, aber der Kater traute dieser Spezies nicht allzu viel zu.

»Er hat durchaus Unterhaltungswert«, nahm Clooney den Boston Terrier in Schutz und warf einen bedeutungsvollen Seitenblick auf Suleika.

»Die Heimtiermesse geht nur bis morgen.« Das wusste Socke aus Gesprächen zwischen Chris und Peter. »Und die Tiere dort könnten wichtige Zeugen sein.« Außerdem, fügte er in Gedanken hinzu, kennen sie möglicherweise meinen Vater.

»Du meinst, er soll die Katzen befragen?« Mikey riss ungläubig die Augen auf. Ob sein Kumpel da nicht zu viel verlangte?

»Dass wir uns noch mal hineinschmuggeln können, halte ich für unwahrscheinlich«, verteidigte sich Socke, »und es gibt dort schließlich nicht nur Katzen.«

»Stimmt! Sie haben auch sehr wertvolle Kois«, wusste Suleika.

»Kois?« Drei Augenpaare sahen sie fragend an.

Die Perserin setzte sich aufrechter und erklärte in schulmeisterlichem Tonfall: »Das sind japanische Zuchtkarpfen. Sie kommen meistens …«

»Hm, lecker Fische«, unterbrach Clooney sie, »vielleicht sollten wir doch noch mal zur Messe.«

Socke nieste erneut.

»Wenn dir das mit der Meerrettichwurzel zu kompliziert ist, solltest du wenigstens deine Schnauze in Kamillentee baden«, mahnte ihn die Perserin. »Nimm dir ein Beispiel an Jasper, er hütet freiwillig das Haus.«

»Jasper ist ein Weichei«, brachte Clooney es auf den Punkt.

»Er ist sensibel. Und etwas mehr Sensibilität stünde anderen Hunden ebenfalls gut zu Gesicht.« Die Perserin blickte anklagend in Mikeys Richtung. Der überhörte die Anspielung und musterte eingehend seine Vorderpfoten.

»Warum?« Clooney verdrehte theatralisch die Augen. »Warum nur hat der Entführer nicht eine andere Rassekatze verschleppt?«

※

Schon als Toni ihre Wohnungstür öffnete, hörte sie ihren Cousin in der Küche telefonieren.

»Klar, ich bin heute Abend wieder da«, versprach er gerade der Person am anderen Ende der Leitung. Francesco saß nur mit Boxershorts bekleidet am Küchentisch. Die Heizung hatte er auf volle Leistung gedreht, und entsprechend herrschten mindestens 30 Grad. Auf dem Herd gurgelte der Espressokocher. »Du, ich muss jetzt Schluss machen, meine Mitbewohnerin kommt herein.«

»Mitbewohnerin?« Toni stemmte die Hände in die Hüften.

Francesco stand auf, nahm eine Tasse aus dem Schrank und schenkte sich einen Espresso ein. Toni bot er nichts an. »Cousine klingt so uncool.« Und das aus dem Mund eines 26-Jährigen.

Die Kommissarin bediente sich selbst an der Kaffeekanne und gab zwei Löffel Zucker in ihren Espresso.

»Hast du keinen Süßstoff?«, nörgelte ihr Cousin.

»Wenn du in den Tagen, die du hier wohnst, keinen gekauft hast, dann nicht«, giftete Toni zurück. Langsam reichte es ihr! Gerade heute hatte ihr dieser verwöhnte, eingebildete Macho noch gefehlt.

Francesco nippte an seinem zucker- und süßstofffreien Kaffee und verzog das Gesicht. »Dein Vater hat angerufen«, beschwerte er sich.

»Ja, weißt du, lieber Cousin«, betonte Toni die uncoole Verwandtschaftsbezeichnung, »ich wohne hier zufällig. Da kommt es schon mal vor, dass jemand aus meiner Familie anruft.« Insgeheim wunderte sie sich allerdings. Das Verhältnis zu ihrem Vater war nicht besonders gut, zu sehr unterschieden sich seine Vorstellungen von Tonis Lebensentwurf. Eine unverheiratete Polizistin als Tochter war das Letzte, was sich Vitali Boccabella wünschte, und das teilte er ihr bei jeder passenden und unpassenden Gelegenheit mit. Zuletzt hatte es so eine Gelegenheit beim Weihnachtsessen der Familie gegeben. Seither herrschte zwischen Vater und Tochter wie so oft Funkstille.

»Er hat so komische Andeutungen gemacht. Ich glaube, der hält uns beide für ein Liebespaar!« Angewidert verzog der schöne Francesco sein Gesicht.

»Das ist ja wirklich eine abartige Vorstellung!«, entrüstete sich Toni hauptsächlich über die offensichtliche Abscheu ihres Cousins. »Wie kommt er denn darauf?«, murmelte sie vor sich hin.

»Da steckt bestimmt mein Vater dahinter«, verdächtigte Francesco sein eigenes Fleisch und Blut. »Der wünscht sich schon lange eine Schwiegertochter. Und Enkel!« Er verdrehte die Augen.

»Na prima, da haben sich ja die zwei Richtigen gefunden. Mein Vater würde mich am liebsten zwangsverheiraten. Ich hoffe, du hast ihm ordentlich die Meinung gesagt.«

Francesco riss die Augen auf. »Ich?«

Toni stellte ihre leere Espressotasse in die Spüle. »Also nicht«, konstatierte sie.

»Er ist schließlich dein Vater!«

»Danke für den Hinweis. Am besten, du verschwindest hier. Dann wären alle Missverständnisse ausgeräumt.« Sie verließ die Küche. Ihr Cousin blieb allein zurück und starrte missmutig in seinen bitteren Kaffee.

*

Lisa und Peter trafen sich am Imbissstand auf dem Messegelände zu einem verspäteten Mittagessen.

»Der Schlüssel zum Aufenthaltsraum fehlt.« Lisa spießte ein Stück Currywurst auf und stippte es in die scharfe Soße. »Dragowski hat laut Frau Weiß hier auf der Messe zwei Schlüssel ausgehändigt bekommen. Einen für die Halle 17 – das ist die, vor der er ermordet wurde – der Schlüssel dazu ist hier am Bund. Und dann hat er den für den Aufenthaltsraum der Wachleute bekommen. Und der fehlt jetzt.«

Peter spülte seinen letzten Bissen Bratwurst mit einem Schluck lauwarmem Kaffee hinunter und besah sich den sichergestellten Schlüsselbund.

»Das hier«, seine Kollegin deutete auf ein kleineres Exemplar, »das ist sein Spindschlüssel. Das habe ich ausprobiert. Bleiben noch diese beiden, die wir nicht zugeordnet haben.«

»Wahrscheinlich sind es Schlüssel zu seiner neuen Privatwohnung. Bei Janet Lipsi ist er angeblich vor drei Wochen ausgezogen.«

»Dann ist einer der beiden vielleicht ihrer, und der andere der zu seiner neuen Bleibe«, mutmaßte Lisa.

Der Hauptkommissar schüttelte den Kopf. »Frau Lipsi behauptet, er habe ihr gestern den Schlüssel zurückgegeben und damit einen endgültigen Schlussstrich gezogen. Das war angeblich am Nachmittag, aber bei der Uhrzeit habe ich meine Zweifel.« Er erzählte Lisa von Janet Lipsis Aussage und dem roten Mantel.

Während seiner Ausführungen näherte sich ein hagerer Mann mittleren Alters. Trotz der Kälte trug er zu seinen roten Jeans nur ein T-Shirt mit einer speckigen Lederweste darüber. Seine nackten Füße steckten in Sandalen. Unwillkürlich zog Lisa ihren Anorak enger.

»Hi«, grüßte der Mann, »seid ihr die Polizei?«

»Gewissermaßen.« Peter stellte sich und Lisa vor.

Der Mann nickte zufrieden. »Hauptkommissar. Finde ich gut, dass du dich nicht dem Zwang einer Uniform unterwirfst. Ich bin Marius.«

Die beiden Kommissare tauschten einen vielsagenden Blick.

»Was können wir für Sie tun?«, erkundigte sich Peter.

Marius hatte inzwischen ein Päckchen Tabak vor sich auf den Stehtisch gelegt und begann eine Zigarette zu drehen. »Dieser Kater, der gestohlen wurde«, er machte eine Pause, um das Zigarettenpapier mit der Zunge zu befeuchten. »Das ist nicht das einzige wertvolle Tier, das entwendet wurde.«

»Sondern?«

»Aus meinem Aquarium hier in der Halle sind heute Nacht zwei kostbare Kois verschwunden.«

Lisa verkniff sich ein Lachen. Ein Hippie, der Kois besaß und sogar auf einer Messe ausstellte?

»Ey, Mann«, schien Marius ihre Gedanken zu lesen, »ich hab Flower und Power geerbt. Sie waren so schön bunt.« Verträumt sah er in die Ferne.

»Ich hole uns noch einen Kaffee«, erklärte Lisa mit erstickter Stimme und wandte sich schnell ab. Ein Hippie, der seine Fische Flower und Power nannte! Sollte Peter doch rausfinden, wie glaubwürdig dieser Zeuge war.

*

Am frühen Nachmittag eskalierte die Situation. Hannelore Krupka warf Edeltraud Hempel Geldgier und Egoismus vor. Ihre Standnachbarin unterstellte Edeltraud, es gehe ihr gar nicht um den verschwundenen Kater, sondern nur um den verpassten Gewinn. Die konterte mit dem Vorwurf von Neid, schließlich war der Krupka'sche Kater nur zweiter Sieger geworden. Die Auseinandersetzung gipfelte in gegenseitigen Vorwürfen von Kaltblütigkeit und Berechnung. Rudolf Krupka stellte sich, wie nicht anders zu erwarten, auf die Seite seiner Ehefrau. Edeltraud bekam keinerlei Schützenhilfe. Ihre neue »Busenfreundin« Rosi, die British Kurzhaar-Züchterin, unterhielt sich angeregt mit einem Messegast und stellte sich taub. Edeltraud unterstellte ihr Absicht und verließ wutschnaubend das Feld. Jetzt saß sie in ihrem Hotelzimmer und haderte mit dem Schicksal. Noch vor wenigen Stunden, als sie diesen Raum verlassen hatte, wähnte sie sich am Ziel ihrer Wünsche, und jetzt?

Sie war ehrlich: Der Kater Champion war ihr egal. Was für sie zählte, war die Schleife an seinem Käfig. Seit sie mit der Zucht von Norwegischen Waldkatzen begonnen hatte, war ein derartiger Sieg ihr Traum gewesen. Bereits zu Anfang ihrer Zuchtbemühungen musste sie feststellen, dass es nicht so einfach war, eine Auszeichnung bei einer Katzenausstellung zu erringen. Neben den gängigen Rassemerkmalen war ein einwandfreier Stammbaum über mehrere Generationen Pflicht. So etwas dauerte seine Zeit, verlangte Geduld, war mit viel Bürokratie verbunden, und billig war es auch nicht gerade. Bei Champions Vater hatte sie leider den winzigen Zusatz »Exp« in dessen Stammbaum übersehen, als sie ihre bis dato beste Katze hatte von ihm decken lassen. Das Kürzel stand für das englische Wort »experimental«, zu Deutsch »Versuch«, was bedeutete, dass der Deckkater in seiner Ahnenreihe eine nicht reinrassige Katze hatte, die infolgedessen auch zu Champions Vorfahrin wurde. Die Geschwister des Norwegischen Waldkaters waren allesamt weiblich und schnell an den Mann gebracht, doch Champion, den sie selbst als Deckkater einzusetzen gedachte, blieb. Gelegentlich wurde er von Hobbyzüchtern angefordert, doch die Einsätze waren wenig lukrativ. Mit einem ersten Platz in einer Katzenausstellung hätte sich das ändern können, doch sein Makel versagte ihm und damit vor allem Edeltraud den Erfolg. Zähneknirschend akzeptierte sie dieses Schicksal, bis ihr vor drei Monaten der Zufall zu Hilfe kam. Da nämlich traf sie den bekannten Preisrichter Ralf Hastoweit in einem kleinen verschlafenen Nest auf dem Land. Edeltraud begleitete an diesem Tag ihren Sohn Holger zu einem Bauernhof, auf dem ein Oldtimer-Traktor zum Verkauf stand. Zu dem Hof gehörte eine kleine Pension mit romantischen Suiten für Verliebte. Während Holger die antike Landmaschine unter die Lupe nahm, schaute Edeltraud sich im Garten um und stieß dort auf Herrn Hastoweit in Begleitung einer sehr jungen blonden Dame, die er ihr als seine Nichte vorstellte. Bereits vorher konnte Edeltraud sich davon überzeugen, dass man in dieser Familie offenbar einen besonders innigen Umgang pflegte. Und ebenjene Beobachtung hob sie hervor, als sie ein paar Tage nach ihrer Anmeldung zur Heimtiermesse in Hannover dem Preisrichter einen Neujahrsgruß übermittelte. Denn Glück und Zufall wollten es, dass Herr Hastoweit auf der dort stattfindenden Katzenausstellung als

Preisrichter fungierte. Mehr war nicht nötig gewesen, und sie konnte die erste und wahrscheinlich einzige Schleife an Champions Käfig heften. Ihr Sohn Holger hatte übrigens den alten Traktor nicht gekauft.

Edeltraud holte ihren Koffer aus dem Schrank und begann, ihre Sachen einzupacken. Ohne den Kater machte es keinen Sinn, weiter in Hannover zu bleiben und der Heimtiermesse beizuwohnen. Die Polizei hatte ihre Adresse und würde sie benachrichtigen, wenn man das Tier finden sollte. Immerhin schienen sie die Sache ernst zu nehmen. Heute war Edeltraud sogar von einem Hauptkommissar der Kriminalpolizei befragt worden, und der hatte sich außer für sie auch sehr für die anderen Aussteller interessiert. Natürlich hatte Edeltraud ihm nichts von der Sache mit Hastoweit und ihrem Verdacht gegen ihn mitgeteilt, sie konnte sich die Zusammenhänge selbst noch nicht wirklich erklären. Mit so einer Tat würde der Preisrichter im Zweifel doch nur auf sich aufmerksam machen. Plagte ihn das schlechte Gewissen? Wollte er womöglich mit der Beseitigung seines Fehltritts die Sache ungeschehen machen? Oder wollte er auf sich aufmerksam und dann reinen Tisch machen? Wenn alles herauskäme, wäre nicht nur er, sondern vor allem Edeltraud ruiniert, und deshalb musste sie mit allen Mitteln von Hastoweit ablenken, um zu verhindern, dass er auspackte. Außer dem untreuen Juror konnte ihrer Meinung nach allerdings nur ein eifersüchtiger Konkurrent für die Entführung infrage kommen. Mit dieser Vermutung hielt Edeltraud dann auch dem Kommissar gegenüber nicht hinterm Berg. Die Krupkas bekamen ihre Anschuldigungen mit, was schließlich zum endgültigen Zerwürfnis mit ihnen und zu Edeltrauds vorzeitigem Abgang führte. Sie holte ihr Waschzeug und diverse Hotelpröbchen aus dem Badezimmer und verstaute alles in ihrem Koffer. Sie hoffte nur, sie würde mit heiler Haut aus der Sache herauskommen. Sonst müsste sie die Bestellung für die neue Couchgarnitur wieder rückgängig machen, und den Plan für den Katzenspielplatz, den sie im Sommer für ihre Kleinsten einrichten wollte, konnte sie dann sowieso vergessen.

*

Ursprünglich war es Clooneys Idee gewesen, im Park Mäuse zu fangen. Die immer hungrige Katze befand es an der Zeit für einen kleinen Imbiss. Doch dann lockte ihre Menschin, Frau Bilgur, mit einem direkt servierten Mittagessen, und die Grautigerin entschied sich spontan um. Suleika erinnerte sich urplötzlich an den kranken Jasper, den sie in dieser schweren Stunde nicht allein lassen konnte, und so waren es schließlich nur noch Mikey und Socke, die sich zum Jagen aufmachten. Eigentlich fühlte sich Socke nicht besonders, seine Nase kribbelte, und sein Geruchssinn ließ zu wünschen übrig, aber er wollte seinen Kumpel nicht ganz alleine losschicken. Von einem schlichten Schnupfen würde er sich doch nicht ausbremsen lassen. Und von der Harmlosigkeit seiner Erkrankung war der Kater überzeugt. Peter hatte vor Weihnachten ebenfalls daran gelitten, und Socke hatte ihn und sein Leiden genau beobachtet. Chris versuchte, den Kommissar mit allerlei Hausmitteln wieder auf die Beine zu bringen, und sie reagierte zusehends genervt. Im vorweihnachtlichen Trubel hatte ihr ein kranker Freund gerade noch gefehlt. Ausgerechnet an diesem Adventswochenende hatte die Tierärztin Notdienst, und das Telefon stand nicht still. Peter trank übel riechenden Tee, griff sich bei jedem Telefonklingeln stöhnend an den Kopf und bedachte Chris mit vorwurfsvollen Blicken. Socke hielt Abstand von Tierärztin, Tee und Telefon und sorgte sich sehr um seinen Menschen. Doch kaum war Chris einem humpelnden Hund zu Hilfe geeilt und hatte Peter mit allerlei guten Ratschlägen zurückgelassen, griff der selbst zum Hörer und rief seinen Kumpel Tom an. Über die Fachsimpelei mit dem Oldtimerfan vergaß der Kommissar seine Schmerzen, und die leidende Miene verschwand. Socke schloss daraus, dass Menschen ganz im Gegensatz zu Katzen bei Gebrechen besonders viel jammern, um möglichst große Aufmerksamkeit auf sich zu ziehen. Während es für ihn als Kater überlebenswichtig war, seine Schwächen vor Gegnern und Beute zu verbergen, litt der Kommissar pathetisch. Letzten Endes war es die Erfahrung dieses Wochenendes gewesen, die Chris dazu veranlasst hatte, während der Dauer von Rufbereitschaften – wenn man mal von den Weihnachtsfeiertagen absah – ihre Zeit lieber bei sich zu Hause zu verbringen.

»Ups, hier haben sich ja jede Menge Vierbeiner verewigt«, klang Mikey enttäuscht.

Die beiden Kater waren bei dem im Sommer eingeweihten Hotel am Ende des Parks angelangt. Normalerweise fand man in dessen näherer Umgebung besonders wohlgenährte und schmackhafte Mäuse, doch in Tiermessezeiten verkehrte hier eben auch außerordentlich viel Konkurrenz. Selbst der verschnupfte Socke machte diverse Fährten aus. Die Kater zogen sich weiter in den Park zurück. Mikey schlug sich ins Gebüsch, und Socke steuerte eine Lichtung an. Er schnaufte wie ein Walross und bezweifelte, dass er sich so unbemerkt an seine Beute heranpirschen konnte, aber er wollte seinem Kumpel nicht den Spaß verderben und schnüffelte etwas planlos herum. War das eine Kaninchenspur oder die eines Hasen? Normalerweise konnte er das aus zwei Metern Entfernung unterscheiden. Er spitzte die Ohren, das Rascheln gehörte wohl doch eher zu einer Maus.

»Mau!«, stieß Mikey das unverkennbare Jagderfolgsmiauen aus. »Ich habe eine«, nuschelte er mit vollem Mund. »Wir sehen uns vorne.« Er trabte mit seinem Fang davon.

Socke witterte noch einen Moment lustlos, dann beschloss er, dem Graugetigerten zu folgen. Heute würde das nichts mehr werden. Der Schnupfen lähmte seinen gesamten Geruchssinn und die Freude an der Jagd. Hätte man ihn gefragt, er hätte nicht einmal mehr mit Sicherheit sagen können, ob die Katzenspur vor ihm seinem Kumpel Mikey gehörte.

※

Fritz hatte Kaffee gekocht, aber er war der Einzige, der sich an der Kanne bediente, genauso wie an der Kekspackung, die der Mittfünfziger auf dem Tisch platzierte.

Peter kam gleich auf den Besuch bei Dragowskis Ex-Freundin zu sprechen. Er fasste sich kurz, da außer Fritz bereits alle im Bilde waren.

»Es war also nicht sonderlich ergiebig«, schloss er seinen Bericht.

»Ich könnte heute Abend noch mal bei ihr vorbeischauen«, bot Toni an. »Vielleicht hat sie sich bis dahin beruhigt, und so von Frau zu Frau kommt höchstwahrscheinlich noch ein bisschen mehr heraus.«

Peter fand den Vorschlag gut: »Wenn du deinen Samstagabend dafür opfern möchtest?«

Die Halbitalienerin zuckte mit den Schultern. Die Freundin, mit der sie eigentlich verabredet gewesen war, hatte gerade abgesagt, und in die heimischen vier Wände zog es sie nicht so schnell. Je später sie heimkam, desto größer war die Chance, dass ihr Gast bereits seinem Abendvergnügen außer Haus nachging und sie eine Weile ihre Ruhe hatte. Außerdem wurmte sie ihr Patzer vom Vormittag. Sie hatte nicht vor, ihre private Situation, den Grund für ihre morgendliche Unkonzentriertheit, vor den Kollegen auszubreiten, und keinesfalls wollte sie, dass ihr bisheriger Ruf als für ihr Alter ungewöhnlich besonnene Ermittlerin dadurch beschädigt wurde.

»Die Sache mit dem roten Mantel finde ich jetzt aber nicht unergiebig«, kam Fritz auf Peters Bemerkung zurück. »Sollen wir den Straßenbahnfahrer vorladen und eine Gegenüberstellung organisieren?«

»Ich bin mir nicht sicher, ob das was bringt«, zweifelte Lisa. »Er hat das Gesicht der Frau nicht gesehen, und der Mantel reicht als Beweis nicht aus.«

»Warten wir erst einmal ab, was Toni noch rausfindet.« Unschlüssig griff Peter nach einer Tasse, eigentlich hatte er heute schon genug Kaffee getrunken. »Kannst du bitte überprüfen, wann gestern Nacht ein Unfall auf der Hildesheimer Straße passiert ist?«, wandte er sich an Fritz. »Dann können wir die Frau zeitlich besser einordnen. Vielleicht hat sie gar nichts mit der ganzen Sache zu tun.«

Fritz nickte, schenkte dem immer noch unentschlossen auf seinen Becher starrenden Kommissar Kaffee ein und schob ihm die Kekspackung hin. »Du hast es doch nicht mit dem Magen, oder?«

Peter grinste schief und goss Milch in seine Tasse. »Noch nicht.« Dann forderte er den Kollegen mit einer Kopfbewegung auf, seinerseits zu berichten.

»Also dieser Dragowski war vor knapp zwei Jahren in einen Prozess verwickelt. Es ging um Handel mit illegalen Rauschmitteln. Fred Zaunkamp, ein damaliger Kollege von ihm, wurde beim Verkauf von einer Art Ecstasy-Pillen erwischt und hat Dragowski beschuldigt, ihn angestiftet zu haben. Die beiden waren als Türsteher einer Nobeldisco in Osnabrück beschäftigt. Letztendlich haben aber sämtliche Zeugen nur diesen Zaunkamp belastet. Die Mitarbeiter in der Disco sagten zwar aus, dass die beiden viel zusammen rumgehangen sind, wie es so schön heißt, und dass Dragowski dabei immer der Wortführer war, aber nachweisen konnte man ihm nichts.«

Toni pfiff leise durch die Zähne.

»Es wurde sogar eine Hausdurchsuchung durchgeführt«, fuhr Fritz fort. »Aber außer einer größeren Summe Bargeld haben die Osnabrücker Kollegen nichts gefunden, und das Geld hat Dragowski angeblich für einen Kumpel aufbewahrt. Der war nach Mallorca übergesiedelt, und Dragowski hatte für ihn sein Auto verkauft.«

»Ich glaub es nicht!« Lisa stieß sich mit der flachen Hand an die Stirn.

»Den ausgewanderten Freund konnte man nur telefonisch befragen, aber er hat die Geschichte bestätigt. Dragowski wurde freigesprochen, und dieser Zaunkamp sitzt in der JVA Lingen ein. Zu dem bin ich bislang nicht vorgedrungen.« Fritz zuckte bedauernd mit den Schultern. »Am Wochenende haben die im Büro nur Notbesetzung.«

»Bleib dran«, forderte Peter ihn auf. »Wenn du beim nächsten Mal niemanden erreichst, muss halt eine Dienstreise nach Lingen drin sein, ist ja nicht so weit.«

Fritz brummte unwillig, er war nicht der Mann für Außentermine. Am liebsten blieb er in seinem gemütlichen Büro sitzen und kümmerte sich um die sonst so unpopuläre Schreibtischarbeit. »Hör dir erst mal an, was ich noch herausgefunden habe«, wechselte er schnell das Thema. »Also: Laut Deutschem Wetterdienst setzte der

Schneefall in Hannover Süd um 0.55 Uhr ein. Das würde zu den ersten Aussagen von Dr. Eilig passen.«

Peter nickte. »Morgen nach der Obduktion wissen wir es ganz genau.«

Als Nächstes berichtete Lisa von ihrem Gespräch mit der Messewatch-Chefin. »Die Sachen aus seinem Spind liegen schon bei der Spurensicherung. Hier ist die Aufstellung.« Sie reichte ein Blatt in die Runde. »Interessant sind, wenn überhaupt, wahrscheinlich die Visitenkarten und der Zettel mit der Auslandstelefonnummer.«

»Mit der Nummer hat er in den letzten Tagen von seinem Handy aus ein paarmal telefoniert«, meldete Fritz sich wieder zu Wort. »Die gehört zu einem Hostel auf Mallorca. Dort scheinen hauptsächlich Deutsche für wenig Geld zu überwintern. Diese Hostels sind die günstige Variante zum Hotel, so was wie Jugendherbergen für Erwachsene. Dafür ist die Rezeption halt nicht immer besetzt und als ich angerufen habe, ist ein Gast rangegangen, aber der kannte Dennis Dragowski nicht.«

»Vielleicht wohnt dort dieser Kumpel mit dem Auto?«, mutmaßte Toni.

»Wir werden sehen. Ich bleibe dran und versuche jemanden von der Direktion dieses Hostels zu erreichen.« Fritz besah sich Lisas Aufstellung. »Die Nummern von den Visitenkarten sagen mir nichts – die hat er auf jeden Fall nicht in letzter Zeit angewählt.«

»Gibt es sonst irgendwelche Erkenntnisse aus dem Telefonspeicher?«, interessierte sich Peter.

»Viel benutzt hat er das Handy nicht. Der Vertrag und die Nummer scheinen erst zwei Monate alt zu sein. Er hat aber öfter mit einer Janet Lipsi telefoniert, und das letzte Mal hat er sie um 16 Uhr an seinem Todestag angerufen, die Nummer der Dame war gespeichert.«

»Das ist die Freundin, oder besser die Ex.« Toni runzelte die Stirn. »Wenn deren Aussage tatsächlich stimmt, muss Dragowski sie am späteren Nachmittag nach dem Telefonat von der Arbeit abgeholt haben.« Sie verschränkte die Arme vor der Brust und lehnte sich zurück. »Wenn es so war, kriege ich es raus«, verkündete sie selbstsicher.

»Sonst noch was?«, wollte Peter wissen.

»Um 18.30 Uhr war ein entgangener Anruf. Der kam aus dem Intercity-Hotel Hannover.« Fritz blickte fragend in die Runde, doch keiner hatte eine Erklärung dafür.

»Eventuell falsch verbunden?«, schlug Lisa vor.

»Das war die letzte registrierte Verbindung«, schloss Fritz und widmete sich wieder der Kekspackung. »Was ist eigentlich bei deiner Befragung wegen dem entlaufenen Kater herausgekommen?«, erkundigte er sich mit vollem Mund bei Peter.

»Die Besitzerin ist überzeugt, dass er entführt wurde. Sie verdächtigt die Konkurrenz, aber dafür gibt es keine Anhaltspunkte. Sie hält es für ausgeschlossen, dass er einfach weggelaufen ist. Sein Käfig war angeblich verschlossen, dafür gibt es Zeugen.«

Lisa grinste. »Vergiss nicht die Fische.«

»Fische?«, kam es von Toni.

»Das ist kurios.« Peter versuchte, ernst zu bleiben. »In der Mordnacht sind zwei Kois aus der Messetierhalle verschwunden.«

»Na, die sind definitiv nicht alleine weggelaufen«, kicherte Toni.

»Du hättest den Besitzer sehen sollen.« Lisa berichtete von dem tierliebenden Hippie.

»Seine Aussage scheint zu stimmen. Die Fische waren am Abend vorher noch putzmunter und in voller Pracht vorhanden«, bemühte der Kommissar sich weiter um Ernsthaftigkeit. »Die anderen Fischzüchter haben das bestätigt, meinten aber, Herr Severin, so heißt der Geschädigte, sei manchmal etwas nachlässig. Möglicherweise war sein Aquarium nicht abgedeckt.«

Keiner wusste dazu etwas zu sagen. Lisa und Toni lachten immer noch in sich hinein. Fritz betrachtete gedankenverloren seine leere Kaffeetasse.

»Wir sollten prüfen, wie wertvoll so eine Rassekatze und diese Kois tatsächlich sein können. Und ob sie jemandem einen Einbruch oder sogar einen Mord wert sein könnten. Aber ich denke, für heute machen wir Feierabend«, schloss Peter. »Wir treffen uns morgen um 17 Uhr am Messegelände, damit wir die Wachmänner vor ihrem Dienstantritt vernehmen können. Sie haben sich bereit erklärt, etwas eher zu kommen, dann brauchen wir sie mit etwas Glück gar nicht vorladen.«

※

Tagsüber war es ruhig im Hotel. Nach einem ausgiebigen Mittagsschlaf fand er sich in der Hotelhalle ein. Er hielt sich etwas abseits, schlenderte zwischen Sitzgruppen und Panoramafenstern entlang, ohne von der Dame am Empfang beachtet zu werden. Der Blick aus dem Fenster zeigte einen menschenleeren Garten. Mitten zwischen den schneebedeckten Sträuchern stand ein gut besuchtes Vogelhaus, das seine Aufmerksamkeit fesselte. Die Tiere ließen sich durch seine Anwesenheit nicht einschüchtern, als wüssten sie, dass eine Scheibe sie von ihm trennte. Fasziniert beobachtete er einen Buntspecht, der zwei Blaumeisen von einem Knödel vertrieb, um selbst das Fettfutter zu kosten. Erst nach einer Weile drang eine Stimme an sein Ohr. Eine bekannte Stimme! Er erstarrte und konzentrierte seine ganzen Sinne auf das Gespräch an der Rezeption.

Wortfetzen wie »... Kriminalpolizei ermittelt ...« und »... Suche bisher erfolglos ...« wehten zu ihm herüber. Man hatte ihn also noch nicht entdeckt, aber man war ihm auf den Fersen. Anders konnte er es sich nicht erklären, dass gerade in diesem Hotel nach ihm gefahndet wurde. Fehlte nur noch ein Verbrecherfoto. Tatsächlich hielt die junge Rezeptionistin soeben ein Bild in Händen und betrachtete es aufmerksam, um dann den Kopf zu schütteln. Möglichst geräuschlos bewegte er sich in Richtung Treppe, wenn er die erreichte, wäre er aus dem Blickfeld des Empfangs verschwunden. Die beiden Personen dort waren immer noch über das Foto gebeugt, und so gelang es ihm schließlich, unbemerkt die erste Etage zu erreichen. Mit klopfendem Herzen blieb er einen Moment stehen. Er musste von hier verschwinden. Die Jagd auf ihn hatte begonnen.

*

»Ich glaube, sie ist inzwischen gefroren.« Zweifelnd betrachtete Mikey die Maus, die auf der Schwelle zu seinem Zuhause lag. Er und Socke saßen auf der noch warmen Kühlerhaube eines Autos und warteten auf die Ankunft von Hund Ferdinand nebst Frauchen, während sie das Geschenk an Mikeys Familie im Auge behielten. Bei der Jagdbeute des Grautigers handelte es sich um eine wenig genießbare Spitzmaus. »Genau das Richtige für ein Präsent an meine Menschen«, beschloss Mikey. Socke gab ihm recht. Menschen sahen gerade nutzlose Geschenke besonders hoch an. Beispielsweise hatte Peters Mutter sich an

Weihnachten sehr über ein, nach Sockes Meinung, furchtbar stinkendes Parfüm von Chris gefreut, während sie bei dem praktischen Kochtopf ihres Ehemanns die Nase rümpfte. Das Gleiche galt für Chris, die Peter wegen einer kleinen Goldkette um den Hals fiel, hingegen die vielen Pralinenschachteln von den zu ihren Patienten gehörenden Menschen achtlos beiseitestellte. Besonders auffällig war dieser Hang zum Nutzlosen bei Blumensträußen, einem beliebten Mitbringsel unter Menschen. Man stellte sie auf den Tisch, wo sie augenblicklich anfingen zu welken und mit der Zeit unansehnlich wurden. Bald musste man die gammeligen Reste entsorgen und hatte noch eine Vase zu spülen. Wer solche Geschenke mochte, der freute sich auch über eine eklig schmeckende Spitzmaus, zumal beide Kater noch nie einen Menschen beobachtet hatten, der irgendeine Maus verzehrt hätte.

»Und du meinst, Ferdinand schafft das, die Tiere auf der Messe zu befragen?«, riss Mikey Socke aus seinen Gedanken.

»Hast du eine bessere Idee?« Die Stimme des Katers klang heiser. »Eine Katze kann dort nicht einfach reinspazieren. Da sind zu viele Menschen, die aufpassen«, bedauerte er und beobachtete argwöhnisch einen Kleinwagen, der sich in die Lücke neben ihnen zwängte. Eine junge Frau stieg aus und lief eilig davon. Socke entspannte sich.

»Und was soll er die Tiere dort fragen?«, wollte Mikey wissen, während er der Autofahrerin mit den Augen folgte.

»Ob sie in der Mordnacht etwas mitbekommen haben. Als ich da war, habe ich zwei Menschen sich laut unterhalten gehört. Vielleicht hat eines der Tiere verstanden, worum es ging. Also wenn sie überhaupt nachts in der Halle waren. Wahrscheinlich muss Ferdinand sich da an die Katzen wenden. Ich könnte mir vorstellen, dass Hunde mit ihren Herrchen ins Hotel durften.« Verächtlich spuckte Socke das Wort »Herrchen« aus.

»Ob er das schafft?«, zweifelte Mikey und blickte vielsagend zwischen dem soeben geparkten Auto und seinem Katzenkumpel hin und her.

Socke blinzelte und erhob sich, und die beiden Kater wechselten in stillem Einverständnis ihren Platz. Mit wohligem Schnurren schlug Socke die Pfoten unter.

»Du bist erkältet«, stellte Mikey fest.

»Hm.« Außer Suleika sprach in Katzenkreisen niemand gerne über seine Gebrechen.

»Du solltest reingehen, ich kümmere mich um den Hund.«

Der Gedanke erschien Socke in seiner augenblicklichen Verfassung wirklich verlockend, aber er hatte Mikey nicht alles gesagt. »Der Hund soll sich auf der Messe nach einem Kater namens Hashiro erkundigen«, rückte er schließlich mit der Sprache heraus.

»Hashiro? Wer soll das denn sein?«

Eine Weile druckste der Kater herum, dann fasste er sich ein Herz und berichtete Mikey, was er von seiner Mutter erfahren hatte. »Interessiert es dich nicht auch, wer deine Vorfahren waren?«, schloss er.

»Hm, ich weiß eigentlich genug über sie. Meine richtige Familie lebt hier.« Er blickte auf das Reihenendhaus, dessen Eingang sie schon den halben Nachmittag beobachteten, und kratzte sich verlegen hinter dem Ohr.

Socke dachte über seine Worte nach. Waren Peter und Chris seine Familie?

»Und die Katzen hier im Revier, das ist mein Clan. Hier gehöre ich her«, erklärte sein Nachbar beinahe pathetisch.

»Wieso musst du deine Herkunft kennen, du bist doch kein Hund mit Stammbaum?«

»Wenn du meinst«, murmelte Socke.
»Schon gut, ich werde Ferdinand bitten, nach diesem Kater zu fragen. Hashiro, sagtest du?«

*

»The person you have called is temporarily not available.«
Fred Zaunkamp ließ den Telefonhörer sinken. Scheinbar hatte Dennis sein Handy inzwischen ganz ausgeschaltet. Ob er etwas ahnte? Eigentlich konnte das nicht sein, denn Fred hatte gestern vom Hotelapparat aus bei ihm angerufen. Sein ehemaliger Kumpel hätte dadurch wohl kaum Rückschlüsse auf ihn ziehen können, wenn er die Nummer in seinem Display gesehen hatte. Es sei denn, er, Fred, hätte es später am Abend noch einmal versucht und ihn möglicherweise erreicht. Er verfluchte den Alkohol und seinen Filmriss. Er konnte sich an den größten Teil der gestrigen Nacht nicht mehr erinnern. Hatte er Dennis womöglich sogar auf dem Messegelände aufgesucht? Er forschte in seinem Gedächtnis, durchsuchte seine Taschen und kontrollierte den Inhalt seines Portemonnaies. Nichts gab Aufschluss. Weder fand er eine benutzte Fahrkarte noch fehlte mehr Geld, als für das gestrige Saufgelage notwendig gewesen wäre und eventuell eine Taxifahrt erklärt hätte. Nicht der winzigste Erinnerungsfetzen stellte sich ein. Die Anrufliste seines eigenen Handys war für die infrage kommenden Stunden leer. Sollte er nach seiner Rückkehr ins Hotel heute Nacht noch telefoniert haben? Falls tatsächlich ein Gespräch stattgefunden hatte, musste das registriert worden sein. Kurz erwog Fred, an der Rezeption nachzufragen, entschied sich dann aber, eine andere Nummer zu wählen.
»Hier ist der Anschluss von Susann Dragowski, leider

bin ich zurzeit nicht erreichbar. Ihr könnt mir aber gerne eine Nachricht hinterlassen. Ich freue mich …«

Ohne von dem netten Angebot Gebrauch zu machen, legte Fred Zaunkamp den Hörer auf die Gabel zurück.

*

Chris gab die gewürfelten Zwiebeln in die Pfanne und griff nach dem bereitgelegten Hackfleisch. »Socke, bist du krank?«

Der Kater lag in der geöffneten Küchentür und verfolgte mit müdem Blick, wie das Mett in der Pfanne brutzelte.

»Normalerweise weichst du mir doch nicht von der Seite, wenn ich Bolognese koche.«

Socke schloss erschöpft die Augen. Sein Geruchssinn war empfindlich gestört, und er fühlte sich müde und schlapp. Während Chris das angebratene Fleisch mit Dosentomaten ablöschte, döste er vor sich hin. Die Tierärztin stellte den Herd kleiner und hockte sich vor den Kater.

»Na?«, sie strich ihm über den Kopf, »hast du Fieber?«

Socke hob den Kopf. Die Frage kannte er, und meistens kam kurz darauf ein Gerät namens Fieberthermometer zum Einsatz. Er rappelte sich hoch, darauf konnte er verzichten. Er drehte sich um und ging steifbeinig davon.

»Deine Augen sehen etwas trüb aus«, hörte er Chris in seinem Rücken sagen. Wie zur Bestätigung musste er niesen.

»Du hast eine Erkältung«, konstatierte die Ärztin. Um das festzustellen, hätte es keines Tiermedizinstudiums bedurft. Sie warf einen Blick auf den Topf, in dem es sanft brodelte, und holte dann ihre Arzttasche aus der Garderobe.

Eine Viertelstunde später war die Soße auf die Hälfte eingekocht, Chris hatte einen fetten Kratzer auf dem rechten

Handrücken und der Kater eine bitter schmeckende Pille im Bauch. Finster schaute er der Tierärztin dabei zu, wie sie im Topf rührte. Er hatte es kommen sehen, aber diese Frau war schneller gewesen. Das wurmte ihn, und er ignorierte die Portion rohes Hackfleisch, die ihm Chris, sozusagen als Wiedergutmachung, in seinen Napf geschüttet hatte. Er beobachtete, wie sie die Soße probierte und nachsalzte. Sie summte fröhlich vor sich hin, keine Spur von schlechtem Gewissen. Der Kater drehte ihr angewidert den Rücken zu und sah aus den Augenwinkeln, wie Peter zur Tür hereinkam. Der Kommissar hatte noch einige Zeit im Präsidium verbracht und unter anderem ein langes Gespräch mit der Pressesprecherin Meike Heitmann und ein kurzes mit dem Staatsanwalt geführt. Jetzt war er müde und freute sich auf einen ruhigen Feierabend. Chris begrüßte ihn mit dem Kochlöffel in der Hand und gab ihm einen würzig schmeckenden Kuss.

»Hmm! Das riecht lecker.«

»Bolognese«, erklärte ihm seine Freundin, »soll ich das Nudelwasser aufsetzen?«

»Gerne, ich habe einen Bärenhunger.«

Socke rollte sich noch etwas enger zusammen und kniff die Augen fest zu. Für einen armen, gedemütigten Kater schien sich hier keiner zu interessieren. Peter trat ans Regal und suchte nach einem passenden Wein zu dem Nudelgericht. Er hatte sich gerade für einen Chianti entschieden, als sein Diensthandy klingelte.

»Hallo, Toni«, begrüßte er seine Kollegin.

»Grüß dich, Chef, ich wollte dir nur kurz von meinem Besuch bei der Ex-Freundin berichten.«

»Schieß los.« Peter setzte sich aufs Sofa.

»Leider konnte ich nicht alle unsere Fragen anbringen, die Dame hatte sich inzwischen mit Rotwein getröstet«, informierte Toni den Kommissar, der nachdenklich die Flasche in seiner Hand betrachtete. »Aber immerhin habe ich herausgefunden, dass Dragowski vor drei Wochen zu seiner Ex-Frau gezogen ist. Diese Tatsache hat Frau Lipsi natürlich besonders gewurmt. Wann genau sie davon erfahren hat, konnte oder wollte sie mir nicht sagen, aber sie wusste sogar die Adresse.«

Peter gab ein aufforderndes Brummen von sich, und Toni fuhr fort: »Die ehemalige Frau Dragowski hat geerbt und lebt in einem Häuschen im Lincolnweg – das muss ganz in deiner Nähe sein.«

»Ist es«, bestätigte der Kommissar. »Da könnte ich morgen Vormittag mal einen Überraschungsbesuch absolvieren.«

»Kannst du leider nicht, die Dame ist verreist. Nach Mallorca.«

»Aha, dann haben wir wohl wenigstens ihre Telefonnummer dort«, spielte Peter auf die Anrufe vom Handy des Opfers in dem spanischen Hostel an.

»Jep«, bestätigte seine Kollegin. »Mehr konnte ich leider nicht in Erfahrung bringen, die Lipsi war schon ziemlich hinüber. Sie hat mir noch ein paar persönliche Sachen von ihm mitgegeben. Sie meinte, sie würde das Zeug sonst wegschmeißen. Ist aber, glaube ich, nichts Spektakuläres: ein fast leeres Aftershave, ein Kamm, eine Handvoll Einmalrasierer, ein alter Pullover, eine Dose Eiweißpulver für Proteindrinks. Das Einzige, was eventuell interessant sein könnte, ist ein einzelner unbeschrifteter Schlüssel.«

Peter nickte gedankenverloren vor sich hin, aus der Küche hörte er Geschirr klappern. »Vielleicht gehört der ja zu der Wohnung einer verheirateten Geliebten«, mutmaßte Toni. »Wie mir seine Ex-Freundin im Alkoholrausch anvertraut hat, war der gute Dragowski kein Kind von

Traurigkeit. Ich bringe das Zeug jedenfalls erst einmal ins Präsidium, und dann mache ich für heute Feierabend«, verabschiedete sie sich von Peter.

※

Er war schon wieder zu spät zur Arbeit gekommen. Zum Glück war sein Chef mit dem Ersatz für Dennis Dragowski beschäftigt, den ihnen die Zentrale geschickt hatte, und so ließ er Dietmars Unpünktlichkeit unkommentiert. Der hatte sich erst am Nachmittag dafür entschieden, seine Frau Gertrud doch noch in der Klinik zu besuchen, und dadurch eine Verspätung in Kauf genommen. Konsequenzen waren ihm gleichgültig, wie so vieles im letzten halben Jahr an Wichtigkeit für ihn verloren hatte. Die Stippvisite bei Gertrud allerdings hätte er sich sparen können. Sie war ruhiggestellt worden, nachdem sein letzter Besuch mit einem Weinkrampf geendet hatte. Sie saß nur apathisch am Tisch in ihrem Zimmer und starrte vor sich hin. Noch immer trug sie ihren Morgenmantel, obwohl es bereits lange nach Mittag war, und Dietmar bezweifelte, dass sie ihn überhaupt wahrnahm.

»Sie arbeitet überhaupt nicht mit«, beklagte sich einer der behandelnden Ärzte. »Sie spricht gar nicht mehr mit uns.«

Dietmar zuckte mit den Schultern. Die Situation stellte sich ihm so dar wie bei Gertruds Einweisung vor einem halben Jahr. Damals hatte er sich Mühe gegeben und versucht, auf seine Frau einzuwirken, mit mäßigem Erfolg. Die Rückschläge kamen in regelmäßigen Abständen. Gertrud hatte längst aufgegeben, und er resignierte ebenfalls langsam. Heute Nachmittag hatte er sich vorgenommen, es ein letztes Mal zu versuchen. Wenn es ihm gelang, ihr alles zu erzählen, wenn er bis zu ihr vordrang, gab es vielleicht noch eine winzige Chance, eines Tages wieder zusammenleben zu können. Mechanisch drehte er seine erste Runde und ließ sich dann in der Sitzecke der Garderobe nieder. Als Ältester hatte er neben dem Chef das Privileg eines Innenarbeitsplatzes. Er beaufsichtigte die Messehallen 24 und 25 und konnte trockenen Fußes von der einen in die andere gelangen. Die anderen Kollegen kontrollierten jeweils einen Teil des Außengeländes und mussten bei ihren täglichen Rundgängen deutlich größere Strecken zurücklegen. Dietmar genoss aber nicht nur seinen geschützten Arbeitsplatz, sondern vor allem die Einsamkeit dieses Bereichs. Jemand klopfte gegen die Außentür. Dietmar stand auf. »Ja?«, fragte er laut.

»Ich bin es, Achmed«, drang die Stimme seines Kollegen dumpf zu ihm herein. »Magst du einen Kaffee mit mir trinken?«

Er wollte nicht, öffnete aber trotzdem, er konnte sich nicht immer ausschließen, und der jüngere meinte es ja nur gut. »Ich dachte, nach dem, was gestern passiert ist, freust du dich vielleicht über etwas Gesellschaft?«, meinte Achmed Özgur eifrig und streckte Dietmar einen dampfenden Becher entgegen.

Gerührt von der Fürsorglichkeit des jungen Wachmanns ließ Dietmar ihn eintreten. Ein paar Minuten würde er die Anwesenheit einer weiteren Person schon ertragen.

KAPITEL 3,
SONNTAG

Mit großem Spektakel trieb Socke seine Lieblingsspielzeugmaus durchs Wohnzimmer und seine beiden menschlichen Mitbewohner fast in den Wahnsinn. Sollten sie nur sehen, was sie davon hatten, ihn einzusperren. Tatsächlich ging es ihm heute Morgen wieder besser, aber er weigerte sich, einen Zusammenhang mit der bitteren Pille herzustellen, die ihm Chris gestern verabreicht hatte. Genauso wenig hatte es etwas damit zu tun, dass er die Nacht im Haus verbracht hatte. Dass er *gezwungen* worden war, sie dort zu verbringen! Chris hatte am Vorabend seine Katzenklappe mit einem Sechserkarton voller Rotweinflaschen verstellt. Peter bot an, die Klappe zu verriegeln, doch seine Freundin zog die direkte Methode vor. Das Ergebnis blieb gleich: Stubenarrest. Nicht, dass Socke vorgehabt hätte, einen nächtlichen Streifzug zu unternehmen, aber es wurmte den Kater, so derb vor vollendete Tatsachen gestellt zu werden. An dieser Situation änderte sich auch nach kurzem und erholsamem Schlaf nichts, und Socke tat seinen Unmut damit kund, besonders lautstark »Katz und Maus« mit besagtem Stofftier zu spielen. Selbstverständlich wäre er in der Lage, geräuschlos zu agieren – wenn er wollte!

»Socke, runter da!«, vertrieb ihn Peter wild gestikulierend vom Couchtisch. Die dort abgestellte Kaffeetasse geriet gefährlich ins Wanken. »Entschuldigung, mein Kater spielt gerade verrückt«, erklärte er seiner Gesprächspartnerin am anderen Ende der Leitung. Er telefonierte mit der Ex-Frau des Mordopfers, die sich kaum erschüttert über den gewaltsamen Tod ihres ehemaligen Gatten zeigte.

Vielmehr sorgte sie sich um ihre Strom- und Nebenkostenabrechnung. »Dennis hat mir etwas zur Miete dazugegeben. Ist ja auch nur fair, schließlich kosten zwei Personen mehr als eine, und er war nicht gerade sparsam«, jammerte sie. Sockes Maus wirbelte indessen mit dreifachem Salto vor Peters Füße und schien den Kommissar vorwurfsvoll aus ihren schwarzen Knopfaugen anzuschauen.

»Soll ich dafür sorgen, dass jemand nach der Heizung in Ihrer Wohnung sieht und sie gegebenenfalls kleiner dreht?«, bot Peter nicht ohne Hintergedanken an. Um sich in Dennis Dragowskis letzter Bleibe umschauen zu können, benötigte er mindestens die Zustimmung der Hauseigentümerin, und die würde er sicher schneller bekommen, wenn er ihr das Eindringen in ihre Privatsphäre mit jener Dienstleistung schmackhaft machte. »Wir müssten uns sowieso noch die Sachen Ihres Ex-Mannes anschauen«, erklärte er.

Frau Dragowski ging sofort auf Peters Angebot ein. »Nehmen Sie am besten sein ganzes Zeug mit«, antwortete sie gleichgültig. »Ich bin froh, wenn Dennis mit seinem gesamten Kram endlich aus meinem Leben verschwindet.«

Gedankenverloren nahm Peter Sockes Maus und warf sie in die Luft. »Wir bräuchten noch ihre Unterschrift …«

»Das reicht doch wohl, bis ich wieder da bin«, fiel ihm Susann Dragowski ins Wort. Der Kater sprang indessen hoch, die Flugbahn der Maus verlängerte sich quer durchs Wohnzimmer. »Wenn Sie etwas Schriftliches brauchen, kann ich Ihnen eine E-Mail schicken«, offerierte Peters Gesprächspartnerin.

Schnell gab der Kommissar seine Mailadresse durch. Nachdem er bisher nichts über Dennis Dragowskis aktuelles Treiben erfahren hatte, endete das Gespräch wenigstens mit einem kleinen Erfolg für seine Ermittlungen.

*

»Du bist zu spät. Ferdinand ist längst weg, und Mikey ist wieder reingegangen«, empfing Clooney Socke vorwurfsvoll. Die mollige Katze inspizierte gerade Peters Vorgarten, als der weißpfotige Kater um die Hausecke bog.

»Es war gar nicht so einfach, überhaupt zu entkommen. Eigentlich habe ich Hausarrest.« Socke ließ sich erschöpft auf den Fußweg sinken.

»Ich dachte, du hast diese Zaubertür, die immer aufgeht, wenn du kommst.« Die Grautigerin steckte den Kopf unter den Kirschlorbeer und schnüffelte. »Hier muss eine ganze Mäusefamilie vorbeigekommen sein«, murmelte sie.

»Die Katzenklappe geht nur auf, wenn eine gewisse Tierärztin sie nicht mit Kisten verbarrikadiert«, maulte Socke. Clooney bewegte sich schnuppernd an der Hauswand entlang. Unter einer kleinen Eibe verlor sich die Spur der Nager, und sie sah hoch. »Und wie bist du dann rausgekommen?«, fragte sie verblüfft.

»Ich habe den Karton zur Seite gestemmt, zum Glück hat sie nicht daran gedacht, die Katzenklappe zu verriegeln, das geht nämlich auch.«

»Menschen sind manchmal ganz schön raffiniert. Aber wir Katzen sind schlauer!« Selbstzufrieden begann Clooney sich zu putzen. »Hat dich keiner gehört?«, nuschelte sie über ihren Rücken leckend.

»Sie sind unterwegs. Chris ist zur Messe, um dort beim Tierheimstand auszuhelfen, und Peter wollte einen Schlüssel von seiner Arbeitsstelle holen. Auf ihn warte ich.«

»Es ist unvernünftig, das Haus zu verlassen, wenn einem die Tierärztin das Gegenteil rät.« Suleika tauchte auf der Mauer ihres Hauses auf und sah auf die beiden herunter.

»Suleika«, flötete Clooney. »Du kommst zu spät, jetzt hast du den lieben Ferdinand verpasst. Er hat sich nach dir erkundigt.«

»Ich musste Jaspers Behandlung überwachen. Er bekommt jetzt eine Bestrahlung mit Rotlicht gegen eine entzündete Stelle an seiner Pfote. Mein Mensch hat keine Erklärung dafür, aber ich vermute, es ist eine Erfrierung.« Der Tonfall der Perserin entsprach ihrer leidenden Miene.

»Warum versucht er es nicht mit Blaulicht?«, stichelte Clooney.

»Sei nicht albern, Blaulicht hat eine ganz andere Funktion. Bei den Menschen wird es dazu eingesetzt …«

Die mollige Katze stöhnte auf und verdrehte die Augen. »Manchmal hält man einfach besser die Schnauze.«

*

Peter und Lisa trafen sich auf dem Parkplatz des Messehotels im Karl-Schurz-Weg/Ecke Thaerstraße. Von hier aus waren es nur noch ein paar Meter zum Lincolnweg.

»Hallo, Chef«, begrüßte Lisa den Hauptkommissar. »Na, hast du Begleitschutz?«

Peter, der zu Fuß gekommen war, sah sich um. »Socke, da bist du ja, du Ausreißer!«

Lisa ging in die Hocke, und der Kater näherte sich vorsichtig ihrer Hand. »Ausreißer?«, wollte sie dabei wissen und kraulte Socke hinter den Ohren.

»Ja, Chris hat seine Katzenklappe mit einem Weinkarton verstellt. Sie wollte, dass er drinbleibt, weil er erkältet ist. Aber der Kamerad hat es geschafft, die Kiste umzuwerfen und zu entkommen. Leider ist dabei eine Flasche zu Bruch gegangen.« Peter näherte sich Lisa und dem Kater, der daraufhin hinter der Kommissarin in Deckung ging.

»Oh, oh! Rotwein?«, wollte Lisa wissen.

Peter nickte. »Es riecht wie in der Kneipe bei uns, und den Fleck kriegen wir wohl nur mitsamt dem Teppich raus.«

Seine Kollegin lachte und erhob sich. »Da muss Socke ganz schön gestrampelt haben, so schnell geht eine Weinflasche nicht zu Bruch.«

»Vielleicht hatte sie schon einen Knacks. Schade drum, war ausgerechnet der teure Barolo, den ich mir aus Italien mitgebracht hatte.«

Barolo?, dachte der Kater verächtlich. Hatte so nicht ein Hund im Tierheim geheißen? Der war ein nerviger Kläffer gewesen, von wegen teuer. Peter war jedenfalls noch ziemlich sauer, und er ging lieber auf Abstand, folgte den beiden Kommissaren aber.

Vor Susann Dragowskis Haus überholte er sie schließlich und setzte sich mit aufforderndem Blick vor die Haustür.

»Du bleibst draußen«, versuchte Peter, ihn mit dem Bein zur Seite zu schieben. »Das fehlt noch, dass du überall deine Haare verteilst.« Beleidigt trollte sich Socke. Wenn die Menschen wüssten, was sie alles an Spuren hinterließen, auch wenn sie sich, so wie Peter und Lisa jetzt, so komische Plastikhandschuhe anzogen. Die zwei verschwanden im Haus, und Socke machte sich auf die Suche nach einem weiteren Zugang.

Dank Frau Dragowski fand Peter sich schnell im Inneren zurecht, aber die Ausbeute persönlicher Gegenstände des Opfers war in der Tat mager. Zum Glück hatten sie darauf verzichtet, die Spurensicherung hinzuzuziehen, die paar Sachen konnten er und seine Kollegin auch selber eintüten, und schließlich handelte es sich hier nicht um einen Tatort. Das einzig Interessante waren zwei Sektgläser, eins davon mit Lippenstift, und eine leere Champagnerflasche neben dem zerwühlten Bett im Gästezimmer.

»Ex-Frau, Ex-Freundin oder unbekannte Geliebte?«, wollte Lisa wissen.

»Ich tippe auf Geliebte.« Peter öffnete den Kleiderschrank – leer. Das Opfer hatte offenbar aus dem Koffer gelebt. Der stand geöffnet in einer Ecke des Raums. Die Kleidung darin war qualitativ hochwertig und relativ neu, brachte aber keine besonderen Erkenntnisse. Genauso verhielt es sich im Badezimmer: Rasierer, Zahnbürste, Aftershave und vermutlich jede Menge DNA, aber nichts, was sie weitergebracht hätte. Ebenso wenig würde die riesige Dose Eiweißpulver für Proteindrinks auf dem Küchentisch, die höchstwahrscheinlich ebenfalls zu seinem Eigentum gehört hatte, den Ermittlungen dienen.

»Sportlich, sportlich«, lobte Lisa und öffnete den Deckel. Es roch nach Vanille, wie auf dem Etikett angegeben.

Sie verließen das Haus schließlich mit Dragowskis Laptop und den beiden Gläsern. Peter schloss ab.

»Hallo, Frau Kraus, was machen Sie denn hier?«, hörte er seine Kollegin hinter sich sagen. Er drehte sich um. Lisa gegenüber stand eine hochgewachsene, schlanke Frau in einer schwarzen Burberryjacke.

»Äh, guten Tag«, die Angesprochene wirkte verlegen, »ich, äh, habe gerade die Katze einer Freundin gefüttert.«

»Peter, das ist Tanja Kraus, die Chefin von Herrn Dragowski bei der Messewatch AG«, stellte Lisa vor. »Frau Kraus, mein Chef, Hauptkommissar Peter Flott.«

Die beiden schüttelten sich die Hände. »Und Ihre Freundin wohnt also hier?«, erkundigte sich Peter bei der Dame. »Da ist sie ja fast eine Nachbarin von mir.«

»Ja, ein Stück die Straße rauf«, lachte Frau Kraus nervös und zeigte vage hinter sich. »Sie ist in Urlaub, und ich versorge die Katze. Das hat leider länger gedauert, als geplant, das Tier hat mich über eine Stunde aufgehalten. Ich muss weiter.« Sie steuerte einen silbergrauen VW-Golf an, von dessen Motorhaube sich in diesem Moment Socke erhob. »Oh!«, kommentierte die Messewatch-Chefin den Kater und zückte ihren Autoschlüssel. Socke strich ihr um die Beine. »Na, dann schönen Sonntag noch.« Mit diesen Worten stieg Tanja Kraus schnell ein und fuhr davon.

»Glaubst du das mit der Katze?«, wollte Lisa von ihrem Chef wissen.

»Manchmal gibt es die komischsten Zufälle.«

Die beiden entfernten sich, und Socke sah ihnen nachdenklich hinterher. Er glaubte nicht an Zufälle und fasste deshalb noch einmal zusammen: Peter und Lisa waren im Haus des ermordeten Mannes gewesen. Die Frau, die sie eben getroffen hatten, war die Chefin dieses Mannes und war sehr nervös gewesen. Und sie hatte gelogen, denn nach einer Katze hatte sie nicht gerochen.

*

Die Bügelwäsche war fertig, und eigentlich hätte Toni jetzt gerne eine Weile mit ihrer besten Freundin Anke telefoniert, bevor sie sich auf den Weg zur Arbeit machte. Aber das Telefon war seit nunmehr zwei Stunden im Badezimmer. Zusammen mit Francesco, den sie munter in der Wanne plätschern und leise säuseln hörte. Mit ihrem Diensthandy versuchte sie, ihren Festnetzanschluss anzurufen. Besetzt! Zum wiederholten Mal klopfte sie an die verschlossene Badezimmertür und rief im Takt der Schläge: »Ich-muss-te-le-fo-nie-ren!«

»Ja gleich.« Sie vernahm ein kurzes Murmeln, Wasserplätschern, dann öffnete sich die Tür. Francesco rauschte, in ihren Bademantel gehüllt, an ihr vorbei und drückte ihr dabei den Telefonhörer in die Hand. »Das Wasser war sowieso inzwischen kalt.«

Das Badezimmer sah aus wie nach einer Sturmflut, und es herrschte das Klima eines Tropentages. Nicht mal den Stöpsel hatte er aus der Wanne gezogen. Toni erledigte das und bemühte sich ansonsten, die Unordnung zu ignorieren. Wenn sie sich beeilte, konnte sie wenigstens noch eine Viertelstunde mit Anke quatschen. Das Telefon klingelte, und ohne nachzudenken, ging sie dran.

»Oh, hast du endlich aufgelegt! Mit wem führst du solche Dauertelefonate?« Ihr Vater, der hatte ihr gerade noch gefehlt.

»Das war nicht ich, sondern dein Neffe Francesco«, verteidigte sich Toni und ärgerte sich augenblicklich darüber, dass sie das tat.

»Ah, Francesco!«, geriet Vitali Boccabella ins Schwärmen, »mein zukünftiger Schwiegersohn!«

»Wie kommst du denn darauf? Ich habe nicht vor, diesen Kindskopf zu heiraten!«

»Ihr könnt doch nicht in wilder Ehe leben«, entrüstete sich der Vater. »Im Übrigen soll ich dich von deiner Mutter grüßen, sie erwartet dich und Francesco heute Abend zum Essen.«

»Das geht nicht, ich muss arbeiten«, parierte Toni.

»Arbeiten? An einem Sonntagabend? Mamma mia! Ich war ja immer dagegen, dass du zur Polizei gehst. Eine Frau, die Verbrecher festnimmt!« Die junge Kommissarin sah ihn geradezu vor sich, wie er den Kopf schüttelte. »Wenn ihr erst einmal verheiratet seid, wirst du kündigen ...«

»Ich werde weder heiraten noch meine Stelle aufgeben!«,

schrie Toni und unterbrach die Verbindung. Sie sah auf die Uhr. Die gemütliche Plauderei mit ihrer Freundin konnte sie vergessen. Unter fortwährendem Telefongeklingel zog sie ihren Wintermantel an und verließ ihre Wohnung.

※

»Einen Streit?«, vergewisserte sich Socke.

»Ja«, hechelte Ferdinand, »so eine plattnasige Katze hat mir das erzählt.«

»Er meint eine Perserkatze«, soufflierte Mikey, der zusammen mit dem Boston Terrier in den Garten gekommen war. Sie mussten sich beeilen, denn Ferdinands Frauchen war schon dabei, sich von Mikeys Familie zu verabschieden.

»Die Katze hat gesagt, sie habe zwei Menschen streiten hören, eine Frau und einen Mann«, präzisierte Ferdinand. »Die hatte so wuschelige Haare.«

»Die Katze«, sprang Mikey ein.

Socke nickte ungeduldig. Er hatte den ganzen Nachmittag draußen gewartet und fühlte sich inzwischen wieder etwas schlapp.

»Wie diese fette Graue, die manchmal hier auf der Mauer sitzt«, redete der Hund weiter.

»Suleika«, erklärte Mikey.

»Schon klar«, drängelte Socke und fuhr sich mit der Pfote über die kribbelnde Nase. »Hat sie verstanden, um was es bei dem Streit ging?«

»Suleika?«, fragte Ferdinand unkonzentriert und blickte die Straße entlang, wo gerade Dackeldame Angelique ihren Abendspaziergang mit ihrem Herrchen absolvierte.

Mikey verdrehte die Augen und formte lautlos das Wort »Hunde!«

»Die fette wuschelige Katze«, klang Socke zusehends entnervt.

»Äh, nö.« Mit diesen Worten sprang der Boston Terrier auf und machte sich an die Hündin heran. »Hallo, schöne Frau!« Angelique wedelte geschmeichelt mit dem Schwanz.

Dackel und Boston Terrier steckten die Köpfe zusammen und tuschelten angeregt. Angeliques Herrchen zog ungeduldig an der Leine, doch die beiden ließen sich nicht beirren.

»Ich glaube, mehr bekommst du aus dem nicht mehr raus«, kommentierte Mikey.

Wehmütig sah Socke dem Boston Terrier hinterher.

»Ist es wegen diesem Hashiro?«, wollte Mikey wissen, der seinem Blick gefolgt war.

Der weißpfotige Kater nickte langsam. Ferdinand schnüffelte inzwischen ungeniert an Angeliques Hinterteil.

»Warum fängst du gerade jetzt an, nach ihm zu forschen? Gefällt es dir bei Peter nicht?«

»Weihnachten!«, antwortete Socke nur und ließ den Kopf auf seine Vorderpfoten sinken. Damit war alles gesagt. Sein Kumpel wusste Bescheid. Weihnachten, das Fest der Liebe und der Familie. Peter und Chris hatten es gemeinsam hier im Karl-Schurz-Weg verbracht. Da beide Bereitschaftsdienst hatten, konnten sie nicht wegfahren, und so waren die diversen Verwandten nach Hannover gekommen. Am Heiligen Abend hatten die beiden Peters Eltern und die Mutter von Chris zu Gast, und Socke hatte eifersüchtig die Vertrautheit der Menschen untereinander beobachtet. »Wie dein Vater«, hörte er seither Chris öfter zu Peter sagen und stimmte ihr insgeheim zu. Genauso entdeckte er Ähnlichkeiten zwischen der Tierärztin und ihrer Mutter und fragte sich, ob es sich mit ihm und seinem unbekannten Erzeuger ebenso verhielt. »Kennst du deinen Vater?«, erkundigte er sich bei Mikey.

»Nur aus den Erzählungen meiner Mutter, aber das reicht mir. Er war ein Frauenheld.« Der Grautiger ließ seinen Blick nachdenklich über Ferdinand schweifen, der Angelique immer noch umgarnte. Die Dackelhündin zerrte wie wild an ihrer Leine und brachte ihren Herrn zum Fluchen.

»Ferdinand! Hierher!«, schallte es über ihren Köpfen. Die beiden Katzen machten einen erschrockenen Satz und versteckten sich hinter der Eibe in Peters Vorgarten. Der angesprochene Boston Terrier zeigte keine Reaktion.

»Er hat sich nie um mich und meine Geschwister gekümmert«, fuhr Mikey fort. »Aber das ist halt so bei uns Katzen. Das weißt du doch.«

»Schon.« Natürlich hatte er recht. In seiner Zeit im Tierheim hatte Socke genug über seine Artgenossen gelernt, um ihm recht zu geben. Vielleicht war es ja nur der ihm eigene Entdeckerdrang, der ihn nach seinem Vorfahren forschen ließ. Gut, diesen Drang konnte er ebenso bei der Mörderjagd ausleben. Genug Stoff zum Nachdenken hatte ihm der Boston Terrier auf jeden Fall geliefert.

※

Der Zug war voll, und er hatte keine Reservierung. Fred Zaunkamp ergatterte schließlich einen Platz im Bord-Bistro und bestellte sich ein Bier. Die Preise waren gesalzen, aber auf diese Ausgabe kam es jetzt auch nicht mehr an. Der ganze Trip nach Hannover stellte sich als überflüssig heraus, und wenn ihm die Bullen auf die Schliche kämen, würde es für ihn richtig teuer werden. Er machte sich keine Illusionen. Als Ex-Knacki, der mit dem Mordopfer noch eine Rechnung offen hatte und zudem kein Alibi vorweisen konnte, war er der Verdächtige Nummer 1. Nachdem er am Samstag weder Dennis noch dessen Ex-Frau tagsüber erreicht hatte, war er am Abend zum Messegelände gefahren. Die Sicherheitsmaßnahmen waren allerdings streng, und er scheiterte schon im Eingangsbereich. In regelmäßigen Abständen kam ein Wachmann vorbei und kontrollierte die Zugänge. Fred wagte es nicht, ihn nach Dennis zu fragen, sondern kehrte unverrichteter Dinge um. Zum Glück, wie sich heute Morgen herausstellte, als er die Zeitung aufschlug. Zwar wurden keine Namen genannt, aber ihm war sofort klar, dass es sich bei dem 32-jährigen, Freitagnacht auf dem Messegelände zu Tode gekommenen Wachmann um Dennis handeln musste. Wahrscheinlich hatte er wieder mal ein krummes Ding gedreht, die kriminelle Energie seines ehemaligen besten Freundes war enorm, das wusste Fred, und diesmal war er vielleicht an den Falschen geraten. Blieb die Frage nach der Kohle. Er versuchte, noch etwas über den aktuellen Wohnort seines vormaligen Kumpels und den möglichen Verbleib des Geldes herauszufinden, aber als der Mordfall in den überregionalen Radionachrichten ankam und jetzt auch der Name des Opfers genannt wurde, wurde ihm die Sache zu heiß. Dass er nach wie vor einen Blackout hatte, was sein Treiben in der Mordnacht anging, beunruhigte ihn zusätzlich. Am frühen Abend verabschiedete er sich daher endgültig von dem Gedanken an die 10.000 Euro und kehrte Hannover den Rücken.

*

Der Messebetrieb war noch in vollem Gange, als Peter um 17 Uhr auf dem Gelände eintraf. Besonders der Imbissstand war ein beliebter Anlaufpunkt, und hier fand der

Kommissar auch seinen Kollegen Fritz vor, der sich vor den Befragungen der Wachmänner mit einer Bratwurst stärkte. Peter gesellte sich zu ihm und berichtete von den neuesten Entwicklungen.

»Cherchez la femme«, kommentierte Fritz kauend. »Dieser Dragowski hat nichts anbrennen lassen.«

»Ich wusste gar nicht, dass du Französisch kannst«, stichelte der Hauptkommissar.

»Du weißt vieles nicht«, kam die bedeutungsvolle Antwort. »Ich meine halt, wir sollten mal die diversen Damen im Leben unseres Opfers unter die Lupe nehmen.«

Peter gab ihm recht. »Wir sollten auf jeden Fall bei der Ex-Freundin eine DNA-Probe machen, vielleicht haben die beiden sich ja wieder versöhnt.«

»Die Ex-Ehefrau ist raus?«, erkundigte sich sein Kollege.

»Sie ist vor zehn Tagen nach Mallorca geflogen – was wir natürlich noch überprüfen müssen. Aber wenn es stimmt, war sie bei dem Schäferstündchen nicht dabei, so lange können die Gläser da noch nicht gestanden haben.«

Fritz nickte bedächtig und wischte sich einen Rest Senf aus dem Mundwinkel. Peter sah auf die Uhr. »Mal sehen, was uns seine Kollegen über das Opfer erzählen können.«

Peter befragte den Chef der kleinen Wachmännertruppe, Hans-Jürgen Kühlmann. Währenddessen unterhielt sich Toni mit dem 38-jährigen Stefan Maurer, Lisas Gesprächspartner war der Jüngste des Teams, Achmed Özgur. Nur Fritz musste zunächst im Aufenthaltsraum auf den Senior der Wachleute warten, der als Einziger nicht pünktlich erschienen war. Er vertrieb sich die Zeit mit seinem Handy und einer Tasse Kaffee.

»Ich kannte ihn vom Vorstellungsgespräch«, erklärte Hans-Jürgen Kühlmann dem Hauptkommissar. Die beiden hatten sich in ein Büro der Messeleitung zurückgezogen, das ihnen die Organisatorin freundlicherweise zur Verfügung gestellt hatte. »Sein letzter Arbeitgeber war ein Fitnessstudio in Osnabrück. Dort war er als ›Personal Trainer‹ angestellt, hatte ja eine Ausbildung als Physiotherapeut.« Der Wachmann zog seinen Anorak mit dem Messewatch-Emblem aus und legte ihn sorgfältig über einen der Stühle. Platz hatte er nicht nehmen wollen, und so stand der 54-Jährige jetzt am Fenster und blickte immer wieder unruhig nach draußen.

»Aha!« Peter erkundigte sich nach dem Namen des Studios.

»MediFit«, wusste Kühlmann. »Das ist eine Kette, die es auch hier in Hannover gibt, die arbeiten unter anderem auf Rezept der Krankenkasse.«

Der Hauptkommissar machte sich eine Notiz. Der Name der Fitnesskette stand auf dem Schlüsselanhänger des Opfers, und vielleicht hatte Dragowski dort trainiert, immerhin hatten sie einige Hinweise für eine sportliche Tätigkeit in seinen spärlichen Habseligkeiten gefunden, und einen Versuch war es wert. Über seine privaten Aktivitäten wussten die Ermittler bisher wenig.

»Die Bezahlung ist in der Branche wohl nicht so gut«, redete Kühlmann weiter. »Deshalb hat er sich bei der Messewatch beworben. Durch die Nacht- und Wochenenddienste bekommt man am Monatsende ein bisschen mehr auf sein Konto. Solche Arbeitszeiten sind natürlich nicht jedermanns Sache.«

Peter gab ihm recht: »Aber Herr Dragowski wusste ja, auf was er sich einließ. Unseres Wissens nach hat er davor als Türsteher in einer Disco gearbeitet.«

»Das stimmt. Bei dem Fitnessstudio war er nicht lange. Da waren ihm zu viele alte Leute mit krummen Rücken.«

Der Wachmann hob entschuldigend die Hände, bevor er sie vor der Brust verschränkte. »Das waren seine Worte.«

Peter registrierte einen feindseligen Unterton. »Kommen wir zu Freitagnacht«, wechselte er das Thema. »Schildern Sie mir doch bitte den Ablauf aus Ihrer Sicht.«

»Es war Dragowskis erster Arbeitstag oder besser seine erste Arbeitsnacht und die Nacht vor der Eröffnung der ABF«, begann Kühlmann und warf einen hastigen Blick durchs Fenster. »Ich hab ihm zunächst sein Arbeitsgebiet gezeigt. Er sollte den vorderen Bereich um den Eingang ›Messe Nord‹ im Auge behalten und die Halle 17. Das ist die, vor der er umgebracht wurde.«

»In der die Kleintiermesse stattfindet?«

»Stattgefunden hat. Die sind heute durch.« Der Wachmann deutete hinter sich. Draußen fuhren die ersten LKWs vor. »Da wird jetzt abgebaut. Nächstes Wochenende ist hier die Reisemesse. Zusätzlich zur ABF, die geht die ganze Woche.«

Peter winkte ab, als Hannoveraner wusste er Bescheid. »Ist Ihnen etwas Außergewöhnliches aufgefallen?«

Kühlmann zuckte mit den Schultern, »Dragowski schien mir ein bisschen ungeduldig. Es hat ihm gar nicht gepasst, dass ich seine erste Runde mitgelaufen bin.« Wieder dieser verächtliche Unterton.

»Und später?«

»Das war das letzte Mal, dass ich ihn lebend gesehen habe«, wurde dem Wachmann klar. Er räusperte sich. »Gegen 2 Uhr ist Stefan zu mir gekommen. Er hatte ihn gefunden. War ganz aufgeregt. Ich habe die Kripo verständigt und die anderen Kollegen.« Er fuhr sich mit der Hand über die Augen.

»Haben Sie irgendetwas Ungewöhnliches beobachtet oder gehört?«, wollte Peter wissen.

Kühlmann schüttelte den Kopf. »Man hatte das Gefühl, der Schnee dämpft alle Geräusche, und draußen waren bei dem Wetter eh nur die, die raus mussten.«

*

Hinter dem Kirschlorbeer sitzend, beobachteten Socke und Clooney, wie Chris die Haustür zum Karl-Schurz-Weg 14 aufschloss.

»Bei ihr muss man aufpassen«, wisperte Clooney. »Sie hat immer Leckerchen in der Tasche, aber in ihrer Praxis darfst du ihr nicht in die Hände fallen.«

»Nicht nur da«, maulte Socke und dachte wieder an die bittere Pille von gestern Abend.

»Hm.« Seine Nachbarin widmete sich wieder einer Mäusefährte. »Irgendwo müssen die Biester doch sein.« Sie pirschte in Richtung Eibe.

Socke fuhr sich mit der Pfote übers Gesicht, seine Nase kribbelte schon wieder, und er fühlte sich müde. Deshalb hatte er auch darauf verzichtet, Peter zum Messegelände zu begleiten. Ohnehin hatte er bereits eine Theorie, wer für den Mord verantwortlich war. »Diese Frau Kraus war es!«, teilte er der molligen Katze mit.

Clooney schüttelte den Kopf. »Hier verliert sich die Spur, da muss doch irgendwo ein Mauseloch sein!«, ging sie nicht auf Sockes Anschuldigung ein.

»Sie hat gelogen, als sie behauptet hat, sie habe eine Katze gefüttert. Sie hatte Angst, das habe ich gerochen«, legte der Kater derweil seine Hypothese dar, »und eine Zeugin hat eine Frau und einen Mann in der Mordnacht streiten gehört. Das hat der Hund berichtet.«

»Ferdinand?«, wandte Clooney nun ihre Aufmerksamkeit dem Kater zu.

»Er hat die Zeugin verhört, eine Perserkatze in der Messehalle«, bestätigte Socke.

»Für einen Hund ist er gar nicht so übel«, schwärmte die Grautigerin, »wie der Suleika in den Schwanz gezwickt hat.« Sie kicherte.

»Wir müssen es schaffen, Peter auf diese Frau Kraus aufmerksam zu machen«, dachte Socke laut nach.

Clooney kratzte sich hinter dem Ohr. »Wie sieht sie denn aus?«

»Also, sie ist ziemlich groß. Beinahe so groß wie Peter. Sie hatte eine schwarze Jacke an. Und …«, der Kater überlegte kurz, »sie hat ziemlich lange braune Haare.«

Die Augen der Grautigerin leuchteten auf. »Dann ist es doch ganz einfach, wir brauchen eine Waldmaus, die sind doch braun.«

Socke war nicht überzeugt: »Alle Mäusearten können braun sein, und ihre Haarfarbe war heller, eher so wie der Bauch einer Hausmaus.«

»Dann eben eine Hausmaus, und die steckst du mit dem Bauch nach oben in die Jackentasche dieser Tierärztin. Die hat doch eine schwarze Jacke.«

»Na, ich weiß nicht …«, zweifelte Socke.

»Menschen sind natürlich begriffsstutzig«, stimmte Clooney ihm zu. »Aber noch offensichtlicher geht es ja wohl kaum. Komm, wir gehen in den Park, es ist die beste Zeit zum Mäusefangen.«

*

Der Messebetrieb für Besucher war für den Tag beendet und der Abbau in der Messehalle 17 in vollem Gange. Die Wachmänner gingen inzwischen wieder ihren jeweiligen Aufgaben nach. Peter und seine Kollegen saßen noch in einem der Büros zusammen und besprachen die Ergebnisse ihrer Befragungen.

»Kühlmann und dieser Heisenberg haben sich den ganzen Abend drinnen aufgehalten. Maurer und Özgur hatten zwar das Außengelände auf ihrem Plan, aber keinem von ihnen ist das Mordopfer im Verlauf der Nacht begegnet«, fasste Peter zusammen.

»Stimmt«, bestätigte Toni, »durch den einsetzenden Schneefall hat sich jeder ein geschütztes Plätzchen gesucht. Stefan Maurer war bis 1 Uhr im Aufenthaltsraum, wie er behauptet. Er ist zwar einige Zeit rausgegangen – angeblich, um ungestört zu telefonieren –, aber das muss dann lange vor dem Mord gewesen sein. Gegen 1 Uhr hat er das Gebäude schließlich für seinen Rundgang verlassen, sich dann aber noch mal eine Stunde hier untergestellt.« Sie deutete auf den Plan des Messegeländes, den Fritz auf dem Besprechungstisch ausgebreitet hatte, und zeigte die Stelle, wo der Wachmann Schutz vor dem Schneetreiben gesucht haben wollte.

»Mutmaßliche Tatzeit war kurz nach eins. Plus minus zehn Minuten«, ergänzte Peter und kontrollierte sein Handy. Dr. Eilig von der Pathologie hatte sich noch nicht bei ihm gemeldet.

»Für den Zeitraum hat nur Kühlmann ein durchgehendes Alibi«, ließ sich Lisa vom Fenster aus vernehmen, »er war die ganze Zeit im Aufenthaltsraum. Özgur ist angeblich gerade gekommen, als Maurer aufgebrochen ist. Theoretisch könnten er oder Maurer die Tat verübt haben, aber es wäre in beiden Fällen sehr, sehr knapp gewesen.«

»Und was ist mit Dietmar Heisenberg?«, wollte Toni von Fritz wissen.

Der zuckte die Schultern. »Der war die ganze Nacht in der 24 und 25 unterwegs«, deutete er auf die entsprechenden Hallen auf dem Plan. »Und hat, wie er behauptet, nichts und niemanden gesehen oder gehört. Ein komischer Typ, ziemlich verschlossen.« Fritz hob in hilfloser Geste die Hände.

»Er musste in letzter Zeit ziemlich viel durchmachen«, wusste Lisa. »Seine Tochter hat sich im Herbst das Leben genommen. Aus Liebeskummer. Das hat ihn und seine Frau ziemlich aus der Bahn geworfen. Sie war das einzige Kind.« Die Kommissarin blickte traurig in die Runde. Ihr Sohn Malte studierte zurzeit in Tübingen, und bei der Vorstellung, ihn zu verlieren, wurde ihr eng ums Herz.

»Seine Tochter war depressiv«, ergänzte Toni. »Die Ehefrau ist ebenfalls wegen Depressionen in Behandlung und gibt sich jetzt die Schuld am Tod der Tochter.«

»Hm.« Fritz spielte verlegen mit einem Kugelschreiber. »Das hat er mir gar nicht gesagt.«

»Über so etwas spricht man nicht gerne. Die Frau ist in stationärer Behandlung und will keinen Menschen sprechen.«

Fritz schluckte, trotz mehr als 30 Dienstjahren machten ihm menschliche Schicksale immer noch schwer zu schaffen. Mit ein Grund, weshalb er den Antrag auf Vorruhestand schon seit zwei Wochen in seiner Schreibtischschublade liegen hatte. Bisher wusste niemand davon, nicht einmal seine Familie hatte er in seine Pläne eingeweiht.

»Über das Opfer und sein Privatleben haben wir allerdings heute Abend wenig erfahren«, fasste Peter zusammen. »Aber für heute reicht es. Wir machen Feierabend«, versuchte er, die trübe Stimmung zu vertreiben.

Fritz schüttelte heftig den Kopf, als wolle er die traurigen Gedanken abschütteln. Die Ermittler erhoben sich.

»Soll ich dich noch ein Stück mitnehmen?«, fragte Lisa Toni. Die nahm das Angebot gerne an, und beide entfernten sich plaudernd.

Während Peter noch einen kleinen Rundgang um die Messehallen machte, trottete Fritz in Richtung Straßenbahnhaltestelle. Ihr Wochenende hatten sie sich wohl alle anders vorgestellt.

*

Marietta war mit sich zufrieden. Trotz des ungemütlichen Wetters hatte sie heute den Weg zum Fitnessstudio zu Fuß zurückgelegt. Nach dem schweißtreibenden Work-out und Dauerlauf zurück hatte sie sich jetzt ein heißes Bad verdient. Hans-Jürgen war noch früher als sonst zur Arbeit aufgebrochen, und so waren sie sich nicht begegnet, was der Endvierzigerin ganz recht war. Ihr Mann benahm sich in letzter Zeit nicht besonders liebevoll, und je mehr Mühe sie sich mit ihrem Äußeren gab, desto verschlossener wurde er. Sie seufzte und stieg aus der Wanne. Seit die Kinder aus dem Haus waren, schien ihr Mann zusehends das Interesse an ihr zu verlieren. Seit dem Frühstück am Samstagmorgen war er ihr vollständig aus dem Weg gegangen. Ihre Bemühungen, sich attraktiver zu machen, waren bisher gescheitert, aber immerhin hatte sie im Sport eine neue Bestätigung gefunden. Einmal pro Woche besuchte sie den »Ü-40-Kurs zur Figur-Straffung«. Die Gruppe bestand aus acht Frauen und zwei Männern, und deren Blicke bestätigten Marietta, dass sie sich durchaus noch sehen lassen konnte. Sie hüllte sich in ihren schon in die Jahre gekommenen ehemals weißen Bademantel. Es klingelte. »Wer ist da?«, fragte sie vorsichtig in die Gegensprechanlage.

»Ich bin es, Dodo«, krächzte ihr eine Stimme entgegen.

Doris. Ihre neue Freundin, die sie im Fitnessstudio kennengelernt hatte. »Lass mich rein, ich muss dir etwas Wichtiges erzählen«, drängelte die.

Ergeben drückte Marietta auf den Türöffner. Einer Naturgewalt wie Doris konnte man sich nicht widersetzen. Schon kam ihr die Sportkameradin entgegen. In der Hand trug sie eine Flasche Champagner, auf den Lippen ein siegessicheres Lächeln. Doris war frisch und, wie sie sagte, glücklich geschieden und auf der Suche nach neuen Abenteuern. Nachdem Marietta ihr eines Tages nach dem Training ihr Herz über den desinteressierten Ehemann ausgeschüttet hatte, wurde sie ihrerseits in die Probleme der Mittfünfzigerin eingeweiht und nahm Anteil an deren Erfolgen und Rückschlägen bei der Partnersuche. Zuletzt war die Freundin am Boden zerstört über das Aus einer heftigen Affäre mit einem zehn Jahre jüngeren Kollegen gewesen. Am vergangenen Freitag noch hatte sie ihr die Tränen getrocknet und gestern an einer ausgiebigen Shoppingtour zur Aufmunterung teilgenommen. Heute schien sich das Blatt gewendet zu haben.

»Ich muss morgen arbeiten«, erinnerte sie halbherzig, als Doris zielstrebig die Sektgläser aus ihrem Schrank holte.

»Ein Gläschen wirst du wohl noch mittrinken«, winkte die Freundin ab. »Schließlich müssen wir ja auf meinen neuesten Erfolg anstoßen. Du wirst staunen«, fügte sie mit geheimnisvoller Stimme hinzu.

KAPITEL 4, MONTAG

Nach dem Termin am Sonntagabend hatte Peter die morgendliche Dienstbesprechung am Montag erst für 11 Uhr angesetzt. Um diese Zeit lagen die Ergebnisse der Obduktion vor, und der Hauptkommissar hatte das obligatorische Telefonat mit dem Staatsanwalt geführt. Lisa und Toni schwatzten angeregt, obwohl sie ja bereits am Abend zuvor reichlich Gelegenheit gehabt hatten, sich auszutauschen.

Fritz betrat den Raum, eine Tragetasche in der Hand. »Bin ich zu spät?«, schnaufte er und leerte seine Einkäufe auf den Konferenztisch. Eine Tüte Spekulatius, zwei Packungen Dominosteine und diverse Schokoladenweihnachtsmänner fielen heraus. »Drüben im Supermarkt gibt es Weihnachtsartikel zum halben Preis«, verkündete er stolz. »Greift zu, wir brauchen Nervennahrung.«

»Nervennahrung? Du bist gut! Ich habe über die Feiertage zwei Kilo zugenommen.« Lisa bediente sich stattdessen lieber an der Kaffeekanne.

»Soll ich dir Süßstoff holen?«, bot Fritz an. »Ich hab welchen drüben in meinem Schreibtisch.«

Toni verdrehte genervt die Augen. Wenn der Kollege nur halb so eifrig bei der Sache wäre, wenn es um wirkliche Aufgaben ging.

»Ich trinke ihn schwarz«, winkte Lisa ab.

Fritz nahm einen der Weihnachtsmänner in die Hand und betrachtete ihn nachdenklich, bevor er ihn von der Silberfolie befreite.

Toni zeigte sich ungeduldig: »Können wir endlich anfangen?«

Peter schlug seine Unterlagen auf. »Die Obduktion hat nichts Neues ergeben. Mordwaffe war, wie vermutet, der Schlagstock. Das Opfer war sofort tot«, gab er den Inhalt der Erkenntnisse aus der Pathologie wider. »Es wurde nur ein Schlag ausgeführt und der war heftig und gezielt. Eine besondere Kraftanstrengung war dabei allerdings nicht notwendig.« Er blätterte weiter in seinen Notizen. »Opfer war gesund. Keine Drogen«, zählte er auf. »Todeszeitpunkt 1 Uhr, plus minus zehn Minuten.« Er sah in die Runde. »Hängt vom exakten Zeitpunkt der letzten Mahlzeit ab, wahrscheinlich direkt vor seinem Dienstantritt. Ein Hamburger bei McDonald's.«

Lisa und Toni nickten. Fritz knüllte die Folie zu einer Kugel und murmelte: »Was die bei so einer Leichenschau alles feststellen können. Vielleicht war er ja auch bei Burger King.«

Toni schielte in das Dokument in Peters Händen: »Hier steht ›Fast-Food-Kette‹.«

Der Hauptkommissar winkte ungeduldig ab. »Kommen wir zu unseren Zeugen und möglichen Verdächtigen«, fuhr er fort. »Der gestrige Abend hat uns diesbezüglich nicht wirklich weitergebracht, ich denke, da sind wir uns einig.«

Erneutes einmütiges Nicken der Frauen. Fritz biss herzhaft in den Schokoweihnachtsmann und brummte nur.

»Im Moment haben wir eigentlich nur eine Person mit Motiv und Gelegenheit.«

»Janet Lipsi«, stimmte Toni zu.

»Ihr Alibi passt hinten und vorne nicht«, nahm Peter den Ball wieder auf. »Und wenn die Aussage von dem Straßenbahnfahrer stimmt, könnte sie die Frau am Tatort gewesen sein. Sie hat zumindest einen roten Mantel.«

»Nicht zu vergessen ihr Motiv. Der Ermordete hatte sich gerade von ihr getrennt«, warf Toni ein.

Fritz legte die angebissene Schokofigur zur Seite. »Ach ja, ich habe bei unseren Kollegen von der Verkehrspolizei nachgefragt – bei der Üstra habe ich leider bisher keinen erreicht. Am Samstagmorgen sind unsere Leute um 1.35 Uhr zu einem schweren Verkehrsunfall auf der Hildesheimer Straße/Höhe Döhrener Turm gerufen worden. Das läge auf der Strecke der Linie 8. Vielleicht ging es darum bei der Funkdurchsage, die der Fahrer in seiner Aussage erwähnt hat.«

»Zeitlich haut es hin«, dachte Toni laut nach, »die Frau, die er beobachtet hat, könnte vorher den Mord verübt haben.«

»Aber dieser Simon Hertrich sagte etwas von gerade einsetzendem Schneefall«, warf Lisa ein. »Es hat doch früher angefangen zu schneien?«

Fritz zuckte mit den Schultern. »Vielleicht hat er sich getäuscht? So ein Nachtdienst ist ziemlich eintönig, da bringt man schon mal was durcheinander.«

»Meinst du, er würde die Frau bei einer Gegenüberstellung wiedererkennen?«, wollte Peter von Lisa wissen.

»Eher nicht.«

»Wir müssen ein drittes Mal mit Frau Lipsi reden«, wandte er sich an Toni. »Und die Chefin der Messewatch-Filiale, diese Tanja Kraus, nehmen wir uns auch vor. Das war ein großer Zufall, dass wir sie am aktuellen Wohnort unseres Mordopfers getroffen haben. Und an solche Zufälle glaube ich nicht.«

»Sie kam mir nervös vor«, gab Lisa ihm recht. »Aber was könnte sie sonst dort gewollt haben?«

»Vielleicht hatte sie ein Verhältnis mit ihm und wollte Spuren beseitigen«, mischte sich Toni ein. »Denkt an die Champagnergläser.«

»Oder sie wollte aus irgendeinem Grund mit der Ex-Frau von Dragowski sprechen und wusste nicht, dass sie verreist ist.« Fritz leckte sich einen Schokoladenrest von den Fingern.

»Offiziell kannte sie den aktuellen Wohnort des Mordopfers nicht«, gab Lisa zu bedenken. »Bei der Messewatch war er noch unter der Adresse in Linden gemeldet.«

Ulrich Zeitler betrat den Raum. »Entschuldigung. Ich war noch beim Arzt, und das hat ewig gedauert.«

»Bist du erkältet?«, fragte Fritz.

Statt einer Antwort zückte der Chef der Spurensicherung ein Taschentuch und schnaubte lautstark hinein.

»Komm.« Toni rückte zur Seite. »Setz dich hierher an die Heizung, da ist es schön warm.«

Zeitler nahm zwischen den beiden Frauen Platz. Lisa schenkte ihm fürsorglich Kaffee ein.

»Das kam wie angeflogen«, jammerte der Spusimann.

»Versuch es mal mit Meerrettichwurzel«, riet Fritz. »Das soll echt helfen, fein gerieben mit Zwiebelsaft und Honig.«

Zeitler verzog in einer Mischung aus Abscheu und Verachtung das Gesicht, und Peter musste sich das Lachen verkneifen, hatte der Kollege doch große Ähnlichkeit mit Socke, dem Chris am Morgen versucht hatte, ein Stück Leberwurst mit Erkältungstropfen zu verabreichen. Der Kater war hocherhobenen Hauptes und mit einem ganz ähnlichen Ausdruck im Gesicht im Wohnzimmer verschwunden.

»Die beiden Sektgläser, die ihr mir gestern gebracht habt, habe ich untersucht«, berichtete Ulrich Zeitler jetzt. »Beide tragen die Fingerabdrücke des Opfers und eines davon noch weitere, nicht registrierte Abdrücke. Und Lippenstiftspuren.«

»Das ist keine Überraschung«, kam es von Lisa, »leider.«

Die Lippenstiftspuren waren schon mit bloßem Auge zu erkennen gewesen.

»Hm.« Peter war noch immer in Gedanken bei Socke, wie der sich mit untergeschlagenen Pfoten auf dem Fenstersims über der Heizung wärmte. Auf seinem Weg zur Arbeit hatte er Clooney in einer ganz ähnlichen Haltung gesehen. Und plötzlich wusste er es. »Tanja Kraus hat gelogen!«

»Möglicherweise«, blieb Lisa vorsichtig.

»Bestimmt!«, war sich der Hauptkommissar seiner Sache sicher. »Socke hat auf ihrem Wagen gelegen ... und Katzen suchen sich gerne ein warmes Plätzchen.«

Das Gesicht seiner Kollegin hellte sich auf.

»Und«, ergänzte Peter, »ein Auto, das über eine Stunde in der Kälte steht, ist bestimmt nicht mehr warm.« Er wandte sich an Lisa. »Du stattest der Dame heute noch mal einen Besuch ab. Du, Toni, fühlst Frau Lipsi auf den Zahn. Fritz, du versuchst, noch ein bisschen mehr über die Vergangenheit unseres Opfer herauszubekommen.«

Der so Angesprochene ließ den Dominostein sinken, den er gerade zum Mund führen wollte. »Heute müsste in der JVA Lingen jemand zu erreichen sein – und bei der Üstra.«

»Ach, und sprich noch mal mit der Katzenzüchterin, der ihr Rassekater abhandengekommen ist. Ich glaube es zwar nicht, aber vielleicht hat die Sache was mit unserem Mord zu tun«, legte der Hauptkommissar nach.

»Was ist mit den Kois?«, kicherte Lisa.

»Erst das mit dem Kater«, entschied Peter. »Wenn der Einbruch in der Messehalle tatsächlich mit unserem Fall zu tun hat, müssen wir weitersehen. Der Geschädigte in Sachen ›Fischdiebstahl‹ schien mir nicht ganz so glaubwürdig«, setzte er grinsend hinzu und griff nach seinem Kaffeebecher.

»Und was machst du, Chef?«, erkundigte sich Toni.

»Ich gehe ins Fitnessstudio«, schmunzelte Peter. Die Anwesenden hoben erstaunt die Augenbrauen. »Überall finden wir Hinweise darauf, dass das Opfer Fitnesstraining betrieben hat«, erklärte der Hauptkommissar. »Und bisher haben wir noch reichlich wenig über sein Privatleben herausgefunden, vielleicht können uns die Leute von MediFit da weiterhelfen.«

»MediFit?«

»Das ist eine Fitnessstudio-Kette, bei der er mal gearbeitet hat.«

»Und von der der Anhänger am Schlüsselbund stammt«, erinnerte sich Toni.

»Ja, und apropos Schlüssel«, hakte Peter ein, »wir haben drei, von denen wir nicht wissen, wo sie hingehören. Einer war bei seinen Sachen aus Frau Lipsis Wohnung, der andere bei den Habseligkeiten im Haus der Ex-Frau, einer vom Schlüsselbund am Tatort.«

»Langsam verliere ich den Überblick«, beschwerte sich Fritz.

»Nicht nur du«, Peter erhob sich und schrieb seine Erkenntnisse zur Verdeutlichung an die Tafel an der Wand. »Von den vier Schlüsseln an seinem Bund gehörte einer zum Spind, einer zur Messehalle 17, und der Dritte war der zum Haus der Ex, also seiner momentanen Bleibe. Der letzte ist, wie gesagt, nicht zuzuordnen.«

»Dafür fehlt der vom Aufenthaltsraum«, kam es von Lisa.

Peter machte ein Fragezeichen an die entsprechende Stelle seines Wandgemäldes.

»Stimmt«, räusperte sich Ulrich Zeitler. »Laut Unterlagen der Messewatch fehlt der Schlüssel für den Aufenthaltsraum der Wachleute auf dem Messegelände.« Er fischte sein Taschentuch aus der Hosentasche und putzte sich geräuschvoll die Nase. »Ich konnte die Quittungen erst heute Morgen als Beweismittel aufnehmen, sonst hätte ich euch das früher gesagt«, fügte er entschuldigend hinzu.

»Wir haben es vor Ort schon selber herausgefunden«, erwiderte Peter süffisant.

Fritz schaute auf die Uhr. »Mittag!«, verkündete er. »Kommt jemand mit in die Kantine? Nach den ganzen Süßigkeiten brauche ich jetzt etwas Herzhaftes.«

*

Nachdem es Chris schließlich gelungen war, Socke eine weitere Dosis Medizin zu verabreichen, hatte die Tierärztin das Haus verlassen, und der Kater konnte endlich in Ruhe sein Gefängnis inspizieren. Leider gelang es ihm diesmal nicht, zu entkommen. Die Katzenklappe war verriegelt und nicht zu öffnen. Auf dem Teppichboden vor der Klappe befand sich ein großer, streng riechender dunkelroter Fleck. Rotwein! Socke rümpfte die Nase. Auch im Badezimmer, wo er im Sommer manchmal durch ein geöffnetes Fenster hatte hinausschlüpfen können, war alles verschlossen. Er ignorierte das unberührte Katzenklo, das Chris schon gestern dort aufgestellt hatte, und zog sich schließlich auf das Fenstersims im Wohnzimmer zurück. Der Platz war nicht schlecht. Direkt über der Heizung war es angenehm warm, und man hatte den Garten im Blick. Socke gähnte. Ein paar Meisen pickten an dem Knödel, den Peter am Fliederbusch aufgehängt hatte. Die Vögel schienen zu wissen, dass ihnen keine Gefahr drohte. Weder Mikey noch Clooney ließen sich blicken. Suleika kam sowieso nie weiter als bis zur Begrenzungsmauer ihres Wohnhauses, und die anderen Katzen der Gegend bekam man im Winter meistens gar nicht zu Gesicht. Nasse und kalte Pfoten waren eben nicht jedermanns Sache. Socke fielen die Augen zu.

Ob Peter auch ohne seine Hilfe die Mörderin entlarven würde? Ihm und Clooney war es zwar am Vorabend gelungen, eine Maus zu fangen, doch die Grautigerin hatte das Nagetier als »nicht hellbraun genug« befunden und es deshalb sofort verspeist. Socke war zu diesem Zeitpunkt schon zu schlapp gewesen, um sie daran zu hindern. Zudem hatte ihm die Idee mit der Maus in der Jackentasche nicht wirklich gefallen. Er musste sich etwas anderes einfallen lassen, um Peter das Offensichtliche klarzumachen, wenn der es nicht selbst herausfand. Langsam glitt der Kater ins Land der Träume, wo eine fette Blaumeise sich direkt vor seiner Nase niederließ und ihn herausfordernd ansah.

»Tschilp!« Hektisches Geflatter. Socke schreckte hoch. Der Meisenknödel baumelte verwaist zwischen den Fliederästen. Im Augenwinkel nahm der Kater eine Bewegung im hinteren Teil des Gartens wahr. Eine Katze verschwand zwischen den Büschen auf dem nachbarlichen Grundstück. Clooney oder Mikey konnten es nicht gewesen sein. Die Schwanzspitze, von der er gerade noch einen Blick erhaschte, war nicht getigert, sondern einfarbig schwarz und langhaarig.

*

Edeltraud Hempel legte den Telefonhörer auf.

»Alles in Ordnung?«, fragte ihre Arbeitskollegin.

»Wie zu erwarten, keine neue Spur.«

»Das kann doch nicht sein. Wenn ihn jemand gestohlen hat, dann muss er doch irgendwo wieder auftauchen. So eine Diebesbande stiehlt doch keine Katze, um sie als Haustier zu halten.«

Edeltraud Hempel verkniff sich eine Entgegnung. Weder wusste man, ob es sich bei dem oder den Tätern um eine

Bande handelte, noch war ihr Rassekater eine Katze, aber es war müßig, ihrer Zimmergenossin das zu erklären, war sie doch nach eigenen Aussagen »mehr der Hundemensch«. Edeltraud seufzte. Immerhin war ihre Kollegin, neben den beiden Schülerinnen, die ihr beim Versorgen der Katzen halfen, die Einzige gewesen, die überhaupt so etwas wie Mitgefühl für ihren Verlust gezeigt hatte. Ihre Familie, allen voran ihr Mann Gerhard, hatte nicht einmal bemerkt, dass sie ohne Champion nach Hause gekommen war. Als sie ihre »Lieben« darauf aufmerksam machte, kam nur ein Achselzucken.

»Ich dachte, du hättest ihn verkauft«, äußerte ihr Sohn.

Und: »Du konntest ja eh nicht besonders gut mit dem Vieh«, kommentierte ihr Mann und krönte diese Aussage mit: »Der ganze Katzenkram war von Anfang an deine Sache.«

Ihre Sache! Zornig stand sie auf und verließ das Büro. Dass sie mit »ihrer Sache« die bestellte Couchgarnitur bezahlte, interessierte diesen Ignoranten nicht. Die neuen Möbelstücke, die sie sich so sehr wünschte, waren jetzt aber genau das Problem. Ende Februar war eine Anzahlung fällig. Edeltraud ging den Flur entlang und öffnete die Tür zu den Damentoiletten. Ohne ihren Deckkater mit seiner Auszeichnung konnte sie ihren Traum nicht mehr finanzieren. Sie drehte den Wasserhahn auf und betrachtete sich im Spiegel. Eine resignierte alte Frau sah ihr entgegen. Viel älter als die 54 Jahre, die sie tatsächlich zählte. Sie schaufelte sich kaltes Wasser ins Gesicht. Ob der bestechliche Preisrichter, Hastoweit, doch etwas mit der Sache zu tun hatte? Wollte er mit dem Diebstahl verhindern, dass die nicht ganz lupenreinen Gene ihres Norwegischen Waldkaters weitergegeben wurden? Dass sein Stammbaum einwandfrei war, kontrollierte naturgemäß niemand mehr, wenn ein Deckkater einen Preis bei einer Ausstellung errungen hatte. So etwas wurde vorausgesetzt und war normalerweise der Fall. Sie trocknete sich Gesicht und Hände ab. Sie hatte bereits drei Anfragen für dessen Liebesdienste aufgrund Champions Sieg, und weitere würden folgen. Bisher hatte sie den Züchtern nicht abgesagt. Sie hoffte noch immer, dass der Kater wieder auftauchen würde. Vielleicht sollte sie mit Hastoweit reden, ihm möglicherweise einen Anteil an diesem Geschäft anbieten? Auf jeden Fall musste sie sich etwas einfallen lassen.

*

Durch die Scheibe beobachtete Toni das Treiben im Friseursalon »Petra« im Leine-Einkaufszentrum. Janet Lipsi war gerade dabei, einer älteren Kundin die Haare auf große Wickler zu drehen. Außer ihr befand sich noch ein junger Mann im Laden, der lustlos die Haare auf dem Boden zusammenfegte. An der Kasse im Eingangsbereich stand eine etwa 30-jährige Frau mit modischer Kurzhaarfrisur. Ihr Namensschild wies sie als Andrea aus. Toni betrat den Salon.

»Guten Tag«, begrüßte Andrea sie freundlich. »Was kann ich für Sie tun?«

»Ich hätte gerne mit Frau Lipsi gesprochen«, deutete Toni mit dem Kinn auf die junge Frau im Hintergrund. »Aber ich kann warten, bis sie fertig ist.«

»Hallo«, nickte Janet Lipsi herüber.

»Ach was, das kann ich auch machen.« Andrea wandte sich bereits ab und übernahm die Position ihrer Kollegin.

»Was ist denn noch?«, fragte die unwirsch im Näherkommen. Sie schien sich nicht so recht wohl in Anwesenheit ihrer Arbeitskollegen zu fühlen und stimmte daher

Tonis Vorschlag, nebenan einen Kaffee zu trinken, bereitwillig zu.

»Einen Latte macchiato«, bestellte sie dort.

Die Kommissarin nahm einen Espresso. »Ich hätte noch ein paar Fragen bezüglich Freitagnacht.«

Frau Lipsi spielte mit einem Bon, den ein Kunde auf dem Tisch hatte liegen lassen, und vermied es, ihrem Gegenüber in die Augen zu schauen.

»Sie sagten, Herr Dragowski hat Sie an diesem Tag von der Arbeit abgeholt?«

»Hm.«

»Um wie viel Uhr war das?«

Die junge Frau hatte das Papier zu einer kompakten Kugel geformt und sah jetzt auf. »Ich hatte um fünf Feierabend.«

»Und um die Zeit hat Sie Herr Dragowski hier abgeholt?«, fragte Toni.

»Es kann auch an einem anderen Tag gewesen sein. Ich meine, vielleicht habe ich da etwas durcheinandergebracht.« Verlegen starrte Janet Lipsi auf den Tisch. »Ich glaube, es war an einem anderen Tag«, sagte sie leise.

»Sie haben Herrn Dragowski am Freitag also nicht gesehen? Auch nicht später?«, bohrte Toni.

Schweigen.

Der Kellner brachte die Getränke. »Latte macchiato, prego. E un café per la bella signorina.« Er zwinkerte der attraktiven Kommissarin, die er sogleich als Landsmännin erkannt hatte, zu. Toni überlegte kurz, ob sie ihn kannte. Möglicherweise einer der vielen heiratsfähigen Italiener, die ihr Vater ihr bei jeder sich bietenden Gelegenheit anpries? Sie schüttelte den Kopf und konzentrierte sich wieder auf ihr Gegenüber. Die beschäftigte sich jetzt betont eifrig mit ihrem Heißgetränk.

»Haben Sie Herrn Dragowski später am Freitagabend getroffen?«, wiederholte Toni ihre Frage.

Janet Lipsi schüttelte nur den Kopf und rührte weiter.

»Frau Lipsi, wir haben einen Zeugen, der Sie nach Mitternacht am Messegelände gesehen haben will.« Das stimmte so zwar nicht ganz, aber die Kommissarin hoffte, ihre Gesprächspartnerin so aus der Reserve locken zu können.

Tatsächlich hielt die inne. Ihre Augen füllten sich mit Tränen. »Ich ... ich wollte ihn zur Rede stellen. Aber dann hat mir doch der Mut gefehlt«, schluchzte sie.

»Sie geben also zu, dass Sie Freitagnacht in der Nähe des Tatorts waren?«, vergewisserte sich Toni und setzte nach: »Wissen Sie die genaue Uhrzeit?«

Die junge Frau schüttelte erneut nur stumm und mit zitternden Lippen den Kopf.

»Frau Lipsi, Sie könnten eine wichtige Zeugin sein«, drängte Toni. »Bitte versuchen Sie sich zu erinnern. Haben Sie jemanden dort gesehen oder gesprochen?«

Doch Frau Lipsi hielt sich beide Hände vors Gesicht und weinte. Zu einer weiteren Aussage war sie nicht mehr in der Lage.

※

»Kann ich dir helfen?«, sprach ihn ein Mädchen in hautengem neonfarbenem Sportdress an.

Peter zögerte. Die junge Frau musterte ihn derweil kritisch. »Im Januar kommen viele Neuanmeldungen«, ermunterte sie den Hauptkommissar. »Die guten Vorsätze fürs neue Jahr.« Das klang verschwörerisch.

Einen Moment erwog Peter tatsächlich, sich das Angebot zeigen zu lassen. Seit er im Herbst mit dem Rauchen aufgehört hatte, fiel es ihm schwer, sein Gewicht zu halten. Doch dann verwarf er den Gedanken, wo sollte er die Zeit fürs Fitnesstraining hernehmen? Die gemeinsame Freizeit mit Chris war schon jetzt rar. Er würde einfach öfter mal die Treppe statt des Aufzugs nehmen und beim Essen auf den Nachschlag verzichten. Er zückte seinen Dienstausweis: »Ich bin dienstlich hier.«

Das Mädchen bekam große Augen. »Kriminalpolizei«, las sie. »Mordkommission! Uh, wie gruselig!« Sie hüpfte aufgeregt von einem Bein auf das andere. »Wer ist denn umgebracht worden?«

»Wollen wir uns nicht erst einmal hinsetzen?«, überging Peter ihre Frage und zeigte auf die um diese Uhrzeit verwaiste Bar. Im Hintergrund zeigte gerade ein circa 30-jähriger Fitnesscoach mit Pferdeschwanz einer älteren Dame die Handhabung eines Rudergerätes. Der Rest des Trainingsraums war menschenleer.

»Klar.« Die junge Frau steuerte die Theke an. »Ich bin übrigens die Mandy«, stellte sie sich vor und kletterte auf einen der Hocker. Der Mann mit dem Pferdeschwanz überließ jetzt der Dame das Trainingsgerät.

Peter holte seinen Notizblock heraus. »Hauptkommissar Peter Flott«, gab er zurück, »und Ihr voller Name lautet?«

»Samantha Kristin Bergmüller.«

»Frau Bergmüller, arbeiten Sie schon lange hier?«

»Seit letzten Sommer. Ich bin nur zur Aushilfe da. Ich orientiere mich beruflich gerade um«, stellte die junge Frau klar und klopfte ungeduldig mit ihren rot lackierten Fingernägeln auf den Tresen. »Worum geht es denn?«

»Kennen Sie einen Herrn Dennis Dragowski?«

»Dragon! Klar, der trainiert hier. Ist einer von den ganz Eifrigen. Ist was mit ihm?«

»Ich wüsste gerne etwas mehr über ihn. Kannten Sie oder jemand anderes hier ihn näher?«, überging Peter abermals ihre Frage.

Mandys schwarz umrandete Augen weiteten sich. »Kannte? Ist er tot?«, reimte sie sich zusammen.

Es hatte keinen Sinn, sie weiter im Unklaren zu lassen. »Er ist einem tödlichen Gewaltverbrechen zum Opfer gefallen.«

»Ermordet? Wow! Wie im Tatort!« Besonders betroffen schien die junge Frau nicht zu sein.

Peter schwieg und sah sie nur auffordernd an. Der Coach am anderen Ende des Trainingsraums korrigierte inzwischen die Haltung seiner ungelenken Schülerin.

»Ich kannte ihn nur vom Sehen«, bedauerte Mandy. »Er hat ziemlich straight sein Training durchgezogen. Ist er erschossen worden?«

»Hatte er zu irgendjemandem hier engeren Kontakt?«

Mandy zuckte mit den Schultern. »Zum Chef. Wenn ich das richtig aufgeschnappt habe, hat er mal eine Zeit lang in einer Filiale von MediFit gearbeitet. In Süddeutschland, glaube ich.«

»In Osnabrück«, präzisierte Peter. Die ältere Dame und der Pferdeschwanzträger wechselten derweil zu einer Art Streckbank.

»Eben«, verschränkte Mandy Bergmüller zufrieden ihre Arme vor der Brust.

»Wie heißt denn Ihr Chef, und ist er zu sprechen?«

»Nee, der ist auf Fortbildung in Köln. Hat man Dragon erstochen?« Sie schauderte.

Peter hob die Stimme: »Also, ich hätte jetzt gerne den Namen Ihres Chefs und wenn möglich seine Handynummer.« Die Fitnessschülerin und ihr Coach sahen ob der Lautstärke kurz hoch, bevor sie sich wieder ihren Dehnübungen widmeten. »Und gibt es sonst noch jemanden in diesem Studio, der Herrn Dragowski gekannt hat?« Schon während er die Frage stellte, schüttelte Mandy heftig den Kopf und zog einen Schmollmund.

*

Ein Schlüssel drehte sich im Schloss. Schnell sprang Socke auf und sauste zur Haustür, aber Chris hatte die bereits hinter sich geschlossen.

»Hallo, Socke, na, bist du mir noch böse?«

Der Kater strich ihr um die Beine, während sie die Jacke auszog. Danach setzte er sich auffordernd vor den Eingang. Böse?, dachte er. Also wenn du mich rauslässt, könnte ich dir verzeihen.

Chris befreite sich auf einem Bein hüpfend von ihrem linken Stiefel.

»Miau.« Socke hob eine Pfote und berührte die Tür.

»Nein, Socke.« Jetzt war der rechte Stiefel dran. »Du musst das Haus hüten, du bist krank, und draußen ist es kalt.«

Der Kater maunzte erneut und kratzte über das Holz.

Chris ließ sich nicht erweichen. »Heute Morgen hattest du noch Fieber. Komm, wir spielen ein bisschen.«

Sie ging ins Wohnzimmer. Socke trottete mit hängenden Schnurrhaaren hinter ihr her. Mit was sollte er spielen? Seine Lieblingsmaus war seit gestern verschwunden. Unentschlossen setzte er sich vor die Tierärztin und blickte im Wohnzimmer umher.

»Na, wo hast du denn deine Maus gelassen?«, wollte die wissen und sah sich ebenfalls um.

Socke verdrehte in Gedanken die Augen: Wenn ich das bloß wüsste.

Chris durchquerte das Zimmer und schaute unters Sofa. Dann entdeckte sie daneben den Rascheltunnel und legte ihn mitten auf den Teppich. »Schau doch mal, hier kannst du dich prima verstecken.«

Socke gähnte und sah gelangweilt zur Terrassentür hinaus. »Ist das nicht toll?« Chris kniete sich auf den Boden, steckte die Hand in die Stoffröhre und raschelte. Socke marschierte an ihr vorbei und sprang auf das Fenstersims. Wenn ihr das alberne Spielzeug so gefiel, sollte sie sich selbst damit unterhalten. Die Tierärztin erkannte sein Desinteresse und schnappte sich einen Stab, an dessen Ende ein Federbüschel befestigt war.

»Huhu!« Aufreizend fuchtelte sie mit dem Teil vor Sockes Nase herum. Der starrte ungerührt nach draußen. Die Federn kitzelten seinen Rücken entlang. Der Kater setzte sich einen Meter weiter nach rechts und starrte weiter in den Garten. Chris ließ auch dieses Spielzeug sinken und schaute sich ratlos um. »Ah, warte!«, rief sie dann plötzlich und verschwand im Gästezimmer.

Du bist gut, dachte Socke, was soll ich denn anderes tun, als warten? Er hörte sie nebenan rumoren und behielt vorsichtshalber die Tür im Auge. Als sie wieder hereinkam, wandte er sich aber schnell ab und sah demonstrativ nach draußen.

»Sieh doch mal. Ist das nicht klasse?«, bemühte sich Chris um Munterkeit. In der Hand hielt sie eine durchsichtige Plastikkugel mit Löchern drin. In der Kugel klapperten einige Katzenleckerchen. »Hmmm! Wenn du dir Mühe gibst, fällt ein Leckerli heraus.« Sie schüttelte das Spielzeug neben Sockes linkem Ohr, das daraufhin nervös zuckte. Ein Teilchen purzelte dem Kater vor die Pfote. »Hoppla«, rief die Tierärztin mit falscher Fröhlichkeit. »Da ist doch tatsächlich eins rausgefallen. Ist das nicht lustig.«

Ich lach mich tot!, dachte Socke und würdigte das alberne Getue keines Blickes.

Chris ließ die Kugel sinken. »Dann eben nicht«, sagte sie wieder mit normaler Stimme. »Ich weiß auch nicht, wo deine blöde Lieblingsmaus ist.« Mit diesen Worten verschwand sie im Badezimmer. Der Kater vergewisserte sich, dass sie die Tür hinter sich schloss, dann verspeiste er das Leckerchen und sah weiter in den winterlichen Garten.

*

Nach dem unergiebigen Gespräch mit Dragowskis Ex-Freundin hatte Toni sich noch eine Portion »Spaghetti Diavolo« gegönnt und verließ jetzt das Leine-Einkaufszentrum. Janet Lipsi war nach ihrem Weinkrampf zu keiner vernünftigen Aussage mehr in der Lage gewesen. Sie habe nichts gesehen, beteuerte sie immer wieder. Und auch wenn Toni ihr das nicht so recht glaubte, bekam sie nichts weiter aus der jungen Friseurin heraus. Schließlich musste die Kommissarin sie wieder an die Arbeit gehen lassen und belohnte sich dafür mit einer ordentlichen Portion Kohlehydraten. Nudeln machen glücklich, sagte sie sich schon besser gelaunt, als ihr Handy klingelte.

»Hallo, Peter.«

»Bist du noch im LEZ?«, hielt der Hauptkommissar sich nicht lange mit Vorreden auf.

»Bin gerade auf dem Weg nach draußen.«

»Du kannst wieder umdrehen, du musst Janet Lipsi mitbringen. Wir verhören sie im Präsidium.«

»Wie das?« Normalerweise versuchten die Kommissare personal- und zeitintensive Vorladungen von Zeugen am Anfang einer Vermittlung zu vermeiden, um effektiver voranzukommen. Das war auch mit ein Grund, warum sie teilweise allein mit den Beteiligten sprachen, obwohl das nicht ganz der Dienstvorschrift entsprach. Bei einer Vernehmung unter vier Augen waren die Zeugen oft zugänglicher und gesprächiger. Wenn jemand zu diesem frühen Zeitpunkt einer Ermittlung vorgeladen wurde, bedeutete das fast immer dringenden Tatverdacht.

»Der Schlüssel, den wir mit den Sachen des Mordopfers von ihr bekommen haben, gehört zum Aufenthaltsraum auf dem Messegelände. Dragowski hat ihn erst Freitagabend ausgehändigt bekommen und laut Zeugenaussage an seinem Schlüsselbund befestigt.«

Toni schnappte nach Luft. Janet Lipsi, dieses angeblich so hilflose Wesen, hatte sie gehörig hinters Licht geführt. Wenn sie seinen Schlüssel entwendet hatte, musste sie ihm in dieser Nacht deutlich näher gekommen sein, als sie die Kommissarin glauben gemacht hatte. »Na, warte.«

»Keine Verhaftung, nur eine Vorladung!«, versuchte Peter, das Temperament der Halbitalienerin zu zügeln. »Wenn nötig, schicke ich dir noch jemanden vorbei.«

»Das«, straffte Toni ihre Schultern, »ist bestimmt nicht nötig! Mit dieser falschen Schlange werde ich alleine fertig.«

*

»Kommt Socke heute gar nicht?«, erkundigte sich Suleika betont beiläufig bei Clooney, die mal wieder eine Spur unter dem Kirschlorbeer inspizierte.

»Dem Geruch nach scheint das hier ein beliebter Mäusetreffpunkt zu sein«, murmelte die, bevor sie sich der Perserin zuwandte. »Er ist unpässlich«, näselte sie dann.

»Er hätte auf mich hören und sich Meerrettichwurzel servieren lassen sollen. Ich hatte ihn gewarnt.«

»Wen hast du gewarnt?« Mikey spazierte um die Ecke und blickte neugierig in die Runde.

»Socke ist erkältet«, setzte ihn die Perserin in Kenntnis.

»Und Suleika meint, das liegt alles am Meerrettich«, fasste Clooney knapp zusammen.

»Ich meine …«, begann die mit einer Klarstellung.

»Du meinst, dass Socke per Telepathie seinen Menschen dazu bringt, so eine komische Wurzel zu reiben, die er dann mit weiteren ekligen Zutaten zusammen essen soll«, fiel die Grautigerin ihr missmutig ins Wort und schüttelte angeekelt ihre Pfote.

»Bei einem zivilisierten Miteinander zwischen Katze und Mensch weiß der eine um die Bedürfnisse des anderen«, kam es beleidigt von Suleika.

»Phhh! Socke hat ganz andere Bedürfnisse«, wusste Clooney. »Gestern haben wir Hinweise gesucht, um den Katzennapper und Mörder zu überführen«, erklärte sie wichtig in Mikeys Richtung.

»Habt ihr ihn gefunden?«, wollte der wissen und überlegte, ob Socke die Recherchen nach seiner Herkunft zugunsten der Mordermittlungen auf Eis gelegt hatte.

»Sie! Es ist eine Frau. Wir haben eine Maus gefangen, um Peter das klarzumachen.« Clooney leckte sich die Schnauze.

»Äh, so ganz verstehe ich den Zusammenhang jetzt noch nicht«, war Mikey verunsichert.

»Sie redet wirr!«, kommentierte Suleika. »Nicht nur die Kommunikation von Mensch und Katze, sondern auch die Verständigung der Tiere untereinander ist verbesserungswürdig. Das gilt besonders für …«

Clooney verdrehte die Augen. »Socke ist seit gestern eingesperrt«, wisperte sie in Mikeys Richtung. »Angeblich aus gesundheitlichen Gründen.«

»Vielleicht können wir ihn befreien«, schlug der getigerte Kater vor, während Suleika weiter referierte.

»Die gleiche Idee hatte ich auch. Ich habe mir gedacht wir machen eine Mäusesammlung«, konspirierte Clooney weiter. »Wenn wir die Mäuse vor Peters Hauseingang legen, lässt er Socke vor lauter Rührung frei.«

»Meinst du?«, zweifelte Mikey.

»Was heckt ihr beiden schon wieder Verrücktes aus?«, unterbrach Suleika ihren Vortrag und sah die beiden Grautiger streng an.

»Wir gehen Mäuse fangen«, kürzte Clooney ihre Erklärung ab. »Zugunsten von Socke. Wenn du dich also beteiligen möchtest?«

»Bei so einem Kleinkätzchenkram mache ich nicht mit.«

»Hab ich es mir doch gedacht! Komm, Mikey, Socke braucht die Unterstützung seiner Freunde. Der echten Freunde!«

Der Kater hatte zwar nicht ganz verstanden, wie er Socke damit helfen konnte, aber so eine Mäusejagd war nie zu verachten, und man blieb im Training. Die beiden Katzen trabten also in den Park und ließen die indignierte Suleika allein zurück.

*

»Wollen wir nicht mal in die Cafeteria gehen?«, schlug Dietmar Heisenberg vor.

Seine Frau Gertrud schüttelte matt den Kopf. »Geh du alleine.« Ihre Stimme klang etwas verwaschen, ein Zeichen dafür, dass man ihre Medikamentendosis erhöht hatte.

»Dann steh doch wenigstens auf«, versuchte Dietmar es weiter.

Gertrud reagierte gar nicht, sondern starrte an die Decke,

als habe sie ihn nicht gehört. Sie lag noch im Bett. Ihr Mittagessen stand unberührt auf dem Tisch. Rollbraten mit Erbsengemüse und Kartoffeln und zum Nachtisch einen Apfel, registrierte Dietmar. Die Bratensoße hatte schon eine Haut gebildet und war sicher längst kalt. Er würde mit den Pflegern hier ein Wörtchen reden müssen. Aber eigentlich wusste er jetzt schon, wie dieses Gespräch ausgehen würde. Man konnte die Patientin nicht zwingen, etwas zu tun, was sie nicht wollte. Gertrud war körperlich in der Lage, aufzustehen, es mangelte ihr lediglich am Willen. Zu einer Gesprächstherapie war sie bislang nicht bereit, also stellte man sie medikamentös ruhig. Das Ergebnis dieser Behandlung lag vor ihm auf dem Bett.

»Ich würde dir gerne etwas erzählen«, lockte er verzweifelt.

»Nicht heute. Geh bitte!«

Sie ist nicht einmal bereit, mich anzuhören, dachte Dietmar verzagt. Er sah nach draußen zum Park, wo ein junges Paar spazieren ging. Die Frau schob einen Infusionsständer vor sich her und redete mit der anderen Hand gestikulierend auf den Mann ein. Der umklammerte einen dampfenden Becher und betrachtete darüber hinweg seine Gesprächspartnerin lächelnd. Dietmar verspürte einen Stich von Eifersucht. Wann hatten er und Gertrud das letzte Mal miteinander gesprochen? Er begann trotzdem zu reden.

»Geh endlich!«, unterbrach ihn seine Frau laut.

Es hatte keinen Sinn. Nicht heute. Dietmar stand auf, nahm seine Jacke und stand unentschlossen im Raum. »Also, dann komme ich morgen wieder.«

Gertrud hatte die Augen bereits geschlossen und antwortete nicht.

*

Frau Lipsi wartete auf ihren Anwalt. Nachdem sie ihre Situation erfasst hatte, war sie ohne einen Rechtsbeistand zu keinem weiteren Gespräch bereit gewesen. Die Ermittler zogen sich derweil zu einer kurzen Beratung in die Cafeteria zurück.

»Tanja Kraus hat zugegeben, dass sie mit Dragowski im Haus von dessen Ex-Frau war«, begann Lisa, während sie sich eine Orange pellte.

»Und mit ihm Champagner getrunken hat«, bemerkte Toni.

»Die Bürochefin von der Messewatch-Filiale?« Fritz stellte ein Tablett mit einem Stück Käsekuchen auf dem Tisch ab und setzte sich zu seinen Kollegen.

»Bei dem Schampus ist es nicht geblieben«, grinste Lisa und steckte sich ein Stück Orange in den Mund. Fritz kaute Käsekuchen. Toni und Peter begnügten sich mit Wasser.

»Sie ist wahrscheinlich verheiratet?«, mutmaßte Toni.

Lisa nickte und schluckte. »Hm. Sie sagt, so etwas sei ihr noch nie passiert.«

»Phh!«

»Und was hatte sie im Lincolnweg vor? Spuren verwischen?«, wollte Peter wissen.

»Vielleicht die Erinnerung an die vergangene Leidenschaft auffrischen«, kicherte Lisa. »Im Ernst, sie hat dort wohl letztes Mal einen Schlüssel verloren.«

»Phh, verloren, wer's glaubt«, entrüstete sich Toni.

»Immerhin wissen wir jetzt, wo der unbeschriftete Schlüssel, den wir dort gefunden haben, hingehört.«

»Hat sie gesagt, wie sie ins Haus kommen wollte?«, interessierte sich Peter. »Dragowski hat ihr doch wahrscheinlich keinen Schlüssel gegeben?«

Lisa schüttelte den Kopf. »Sie hat dazu nicht wirklich etwas gesagt. Aber sie schien mir insgesamt ein wenig zwiespältig. Zum einen hatte sie ein heftig schlechtes Gewissen wegen ihrer Affäre.«

»Zu Recht!«, fuhr Toni dazwischen.

»Zum anderen wirkte sie ganz entrückt, als sie von der heißen Liebesnacht berichtete.«

»Geschmacklos! Sie erzählt dir auch noch davon«, spielte Toni weiter den Moralapostel.

»Na ja, so andeutungsweise«, beschwichtigte Lisa.

»So, wie das klingt, kommt sie aber als Mörderin nicht infrage«, blieb Peter pragmatisch. »Es sei denn, Dragowski hätte sie erpresst, aber dafür gibt es keinerlei Anzeichen.«

»Ich denke auch. Laut den Gesprächsnachweisen seines Handys hatten die beiden in den letzten Tagen keinen Kontakt. Das Tête-à-tête muss eine spontane Aktion gewesen sein.« Verlegen kratzte Fritz die verbliebenen Krümel auf seinem Teller mit der Kuchengabel zusammen.

»Hast du in Lingen jemanden erreicht?«, wechselte Peter das Thema und sah ihn fragend an.

»Ja, da gibt es Neuigkeiten. Fred Zaunkamp, der Kumpel von Dragowski, ist Anfang des Jahres entlassen worden.«

Peter hob die Augenbrauen.

»Die Beamten haben mir seine Adresse und Telefonnummer gegeben. Er wohnt wieder in Osnabrück, aber ich habe ihn noch nicht erwischt.«

»Bleib dran«, forderte der Hauptkommissar. »Zur Not fährt einer von uns hin.«

Fritz nickte und stellte seinen leeren Teller zurück aufs Tablett. »Zuerst hake ich wegen des Unfalls in der Nacht zum Sonnabend bei der Üstra nach. Zaunkamp arbeitet, laut Akte, aushilfsweise bei einem Getränkehandel als Fahrer, den krieg ich wahrscheinlich eher am späten Nachmittag.«

»Und vergiss die gestohlene Rassekatze nicht«, warf Lisa augenzwinkernd ein.

Toni schnaubte. »Du glaubst doch nicht im Ernst, dass das mit dem Mord zu tun hat?«

»Ich spreche Chris mal darauf an«, sagte Peter. »Die müsste wissen, wie ernst der Konkurrenzkampf in Züchterkreisen ist. Die Besitzerin des verschwundenen Katers schien es jedenfalls für möglich zu halten, dass einer ihrer Kollegen hinter dem Diebstahl steckt.«

»Ja, aber Mord ist noch mal ein anderes Kaliber«, gab Toni zu bedenken.

»Ich frage Chris, wie sie als Tierärztin die Lage einschätzt«, wiederholte Peter und beendete die improvisierte Besprechung. »Dann wollen wir mal sehen, ob der Anwalt von Frau Lipsi inzwischen eingetroffen ist.«

*

Versonnen betrachtete Clooney die beiden Mäuse auf Peters Türschwelle. Das Jagdglück war ihr und Mikey hold gewesen, sie hatten jeder eine für diese Jahreszeit wohlgenährte Feldmaus erwischt. Die pummelige Grautigerin überlegte, ob nicht auch nur eine Maus den Zweck erfüllen würde, Peter abzulenken, und somit Socke die Möglichkeit zur Flucht zu bieten. Vorsichtig schubste sie eins der Nagetiere ein wenig mit der Pfote an.

»Oh, das sieht ja lecker aus!«, tönte es direkt hinter ihrem Rücken.

Clooney fuhr herum. »Suleika, hast du mich erschreckt! Was machst du denn hier? Du kommst doch sonst nie von deiner Mauer herunter.«

»Ach, es gibt so viel zu entdecken. Man muss einfach mal die Perspektive wechseln.«

»Pers… äh, aha!«

»Das Leben kann so schön sein, wenn man es zulässt«, schwärmte die Perserin.

»Wie bist du denn drauf? Haben sie dir was unters Futter gemischt?«

»Wo hast du denn unseren Freund und Gefährten Mikey gelassen?« Suleika reagierte nicht auf Clooneys Fragen.

»Der hatte kalte Pfoten und ist nach Hause gegangen«, murmelte die Grautigerin verstört. Langsam wurde ihr die Sache unheimlich.

»Hach, kalte Pfoten«, jauchzte Suleika, als sei das etwas Wunderbares.

»Oh, oh!« Vorsichtig trat Clooney ein paar Schritte zurück, bis sie auf ihrer eigenen Türschwelle stand, und ließ die graue Katze nicht aus den Augen.

»Kälte zu spüren, ist ein Zeichen von Leben«, redete die weiter. »Schön habt ihr das gemacht mit diesen köstlichen Mäusen.«

»Miau!« Clooneys Schwanz zuckte. »Miaumiau!« Sie hoffte, ihre Menschin würde sie hören und die Tür öffnen.

»Willst du mit mir ein Lied anstimmen?« Die Perserin näherte sich interessiert, Clooneys Haustür blieb verschlossen.

»Nein, ich … mir fällt gerade ein, ich habe etwas im Park vergessen«, mit diesen Worten hetzte sie an Suleika vorbei und verschwand hinter der nächsten Hausecke. Dort blieb sie schwer atmend stehen. Es war also geschehen. Ihre Nachbarin war vollends übergeschnappt. Und ausgerechnet jetzt hatte Socke Hausarrest.

✳

Der Anwalt von Janet Lipsi war ein smarter Mittdreißiger im dunkelgrauen Designeranzug, der sich als Dr. Arendsburg vorstellte. Er begrüßte Lisa und Peter, die die Vernehmung führten, mit markigem Handschlag. Toni beobachtete die Befragung hinter der verspiegelten Scheibe und schnaubte verächtlich. Zunächst nannte Peter seinerseits Namen und Funktion von sich und seiner Kollegin.

»Meine Mandantin möchte in der Vernehmung zur Sache keine Angaben machen«, erklärte Dr. Arendsburg nach Klärung der Formalitäten. Frau Lipsi studierte derweil die Oberfläche der Tischplatte. Peter sah seine Kollegin über den Kopf der Beschuldigten hinweg an. Er hatte so etwas befürchtet. Die Beschuldigte hatte das Recht, die Aussage zu verweigern, dem mussten sie sich fügen. Er erhob sich.

»Ich war es nicht. Ich bringe doch keinen um«, murmelte Janet Lipsi, den Blick weiterhin starr nach unten gerichtet. Ihr Anwalt stand ebenfalls auf und legte ihr die Hand auf die Schulter.

»Frau Lipsi, waren Sie Freitagnacht auf dem Messegelände?«, wagte Lisa nicht ganz vorschriftsmäßig eine Frage.

»Ja«, nickte die.

»Sie müssen nicht antworten«, fuhr Arendsburg dazwischen und sah Lisa scharf an.

»Schon gut.« Janet Lipsi schüttelte seine Hand ab. »Ich habe es nicht getan, was kann mir da schon passieren?«

»Wir haben das doch gerade geklärt«, zischte der Anwalt. »Warum haben Sie mich denn hinzugezogen, wenn Sie nicht auf mich hören?«

Janet Lipsi zuckte mit den Achseln. »Fragen Sie schon«, forderte sie dann die Ermittler auf. Ihr Rechtsbeistand setzte sich wieder und verschränkte die Arme vor der Brust.

Wie ein kleiner Junge, der schmollt, dachte Toni auf ihrem Beobachtungsposten nicht ohne Schadenfreude.

»Haben Sie Herrn Dragowski gesehen, mit ihm gesprochen?«, nutzte Lisa die Gunst der Stunde.

»Ja.«

»Sieh mal einer an«, entrüstete sich Toni auf der anderen Seite der Scheibe.

»Hatten Sie sich verabredet, oder war das eine spontane Idee von Ihnen, ihn nachts an seinem Arbeitsplatz aufzusuchen?«, fragte Lisa derweil weiter.

»Spontan. Ich wollte noch mal mit ihm reden.«

»Und worum ging es bei ihrem Gespräch?«

»Wir haben uns gestritten.« Frau Lipsis Stimme war kaum noch zu vernehmen. »Ich wollte, dass er zu mir zurückkommt. Ich habe ihn vor drei Wochen rausgeschmissen, weil er … ich hatte ihn im Verdacht, ein Verhältnis zu haben. Mit einer aus seinem Fitnessstudio.«

»Und, hatte er?«, interessierte sich Lisa.

»Er hat behauptet, nein. Ich habe ihm das zwar nicht geglaubt, aber ich war bereit, zu verzeihen.«

»Warum ist es dann zum Streit gekommen?«, mischte sich Peter ins Gespräch.

Der Anwalt setzte sich aufrecht und legte seine Hand auf die von Janet Lipsi. »Sie brauchen nicht zu antworten«, versuchte er es noch einmal. Peter bedachte er mit einem giftigen Seitenblick.

Die Beschuldigte begann zu weinen. »Er wollte nicht mehr«, schluchzte sie. »Er meinte, es sei endgültig vorbei. Sagte, ich sei krank, wegen meiner Eifersucht.«

Lisa reichte ihr ein Tempotaschentuch.

»Ich protestiere energisch. Frau Lipsi ist in einer emotionalen Ausnahmesituation, die Sie schamlos ausnutzen«, begehrte Dr. Arendsburg auf.

»Frag schon endlich nach dem Schlüssel«, fieberte Toni mit.

Als habe er seine Kollegin im Nebenraum gehört, kam Peter tatsächlich auf dieses Beweisstück zu sprechen: »Wie erklären Sie es sich dann, dass Herrn Dragowskis Schlüssel vom Aufenthaltsraum auf dem Messegelände bei Ihnen gefunden wurde?«

Der Anwalt beugte sich vor und setzte zu einem erneuten Protest an, aber Frau Lipsi kam ihm zuvor. »Lassen Sie mich«, fuhr sie ihn an und warf nun ihrerseits einen wütenden Seitenblick auf ihren Rechtsbeistand. Leiser fuhr sie fort: »Ich wollte meinen Hausschlüssel zurück, aber Dennis hat mich einfach stehen lassen und ist in einer Messehalle verschwunden.« Ihr Blick wurde ruhiger und richtete sich jetzt fest auf Peter. »Zuerst wollte ich ihm folgen, aber dann habe ich gesehen, dass er seinen Schlüssel hat stecken lassen. Der Schlüsselbund hing dran.« Sie zuckte mit den Schultern. »Ich habe mich einfach bedient. Erst zu Hause ist mir aufgefallen, dass ich den falschen Schlüssel erwischt hatte.«

Das klang nach einem möglichen Szenario.

»Hm, das könnte natürlich sein.« Nebenan war Toni fast ein wenig enttäuscht.

»Was?«, fragte Fritz, der unbemerkt den Raum betreten hatte.

»Sie hat eine halbwegs plausible Erklärung dafür abgegeben, dass sie den Aufenthaltsraumschlüssel in ihrem Besitz hatte.«

»Dann müssen wir uns wohl einen anderen Verdächtigen suchen.« Fritz wandte sich schon wieder zum Gehen. »Ich habe nämlich gerade mit der Üstra telefoniert. In der Nacht zum Samstag gab es noch einen weiteren Unfall. Der war zwar nicht so schwer, stellte aber eine Behinderung dar.«

Toni ahnte, was jetzt kommen würde.

»Die Zentrale hat ihre Fahrer über Funk davor gewarnt. Das war um 0.50 Uhr. Also kurz bevor der Mord passiert ist, und um diese Zeit sind auch die allerersten Schneeflocken gefallen.«

*

Eigentlich hätte Marietta längst da sein müssen. Hans-Jürgen sah auf die Uhr. Sie hatte normalerweise seit einer halben Stunde Feierabend, und heute musste sie früher zur Arbeit gegangen sein, denn er hatte sie am Vormittag nicht mehr angetroffen. Fast als ginge sie ihm aus dem Weg. In seinem Magen bildete sich ein kalter Klumpen. Ein ähnliches Gefühl wie heute Morgen, als er die leere Flasche Champagner und die benutzten Sektgläser in der Küche gefunden hatte. Marietta hatte es offenbar nicht für nötig befunden, die Spuren ihrer Untreue zu beseitigen, vielmehr war es ihr wichtig gewesen, zu verschwinden, bevor ihr Mann nach Hause kam. Und jetzt ließ sie auf sich warten. Was, wenn sie gar nicht mehr käme? Von ihren Sachen fehlte nichts, doch was hieß das schon? Zum ersten Mal wurde ihm bewusst, dass seine Frau ihn verlassen könnte. Ihre Ehe war in den vergangenen Monaten nicht besonders gut gewesen. Marietta hatte sich mit überproportionalem Zeitanteil ihrem äußeren Erscheinungsbild gewidmet, und er hatte sich in die misstrauische Beobachterrolle zurückgezogen. Dabei war er sich gar nicht mal sicher, was zuerst da gewesen war, der Liebhaber, den sich seine Frau ganz offensichtlich zugelegt hatte – Gläser und Flasche in der Küche sprachen eine eindeutige Sprache – oder Mariettas Drang nach Veränderung. Er verdächtigte jeden Mann in ihrem Umfeld: ihren Kollegen, den sie ab und an erwähnte, den Trainer aus dem Fitnessstudio, das sie immer häufiger besuchte, und nicht zuletzt seinen eigenen Kollegen, der jetzt ermordet worden war. Der Blick, mit dem Marietta ihn damals bei ihrem zufälligen Zusammentreffen nach Dragowskis Vorstellungsgespräch bedacht hatte, ging Hans-Jürgen nicht mehr aus dem Sinn. Doch Dragowski war tot, und Marietta trank Champagner, der Liebhaber musste woanders zu suchen sein. Hans-Jürgen ballte die Fäuste. Endlich hörte er seine Frau zur Tür hereinkommen.

»Grüß dich.« Noch im Mantel stand Marietta in der Küchentür. »Ist was?«, kommentierte sie augenblicklich Hans-Jürgens wütendes Gesicht. Ihr Blick fiel auf die Gläser. »Doris war gestern Abend noch hier. Sie hatte was zu feiern«, erklärte sie und setzte, den Ausdruck ihres Manns missdeutend, hinzu, »es war so spät, ich bin nicht mehr zum Aufräumen gekommen.«

»Doris?«, presste Hans-Jürgen wütend zwischen den Zähnen hervor.

»Ja, aus dem Fitnessstudio, du hast sie doch kennengelernt. Ein bisschen überkandidelt, aber ganz nett.«

»Und du willst mir weismachen, dass du dich für diese Doris immer so aufbrezelst?«

Marietta sah ihn entgeistert an und schüttelte langsam den Kopf. »Bist du eifersüchtig?«

»Dazu habe ich ja wohl auch allen Grund.« Hans-Jürgens Stimme war lauter als beabsichtigt.

Zu seiner Überraschung brach seine Frau in Gelächter aus. »Ich fasse es nicht. Du bist also doch noch zu einer Gefühlsregung mir gegenüber fähig. Ich dachte schon, ich sei dir völlig gleichgültig.«

*

Edeltraud Hempels erster Weg führte sie ins Gehege der Kitten. Die kleinen Kätzchen beim Spielen zu beobachten, beruhigte sie. Versonnen betrachtete sie ihren jüngsten Wurf. Alle drei waren bereits in gute private Hände vermittelt. Die Nachfrage nach Norwegischen Waldkatzen war derzeit groß, sie galten als unkompliziert und robust. Außerdem sagte man dieser Rasse nach, so gut wie keine allergischen Reaktionen hervorzurufen. Ein Gerücht, das sie nicht bestätigen konnte, das sich aber hartnäckig hielt und vorteilhaft auf das Käuferverhalten auswirkte. Der vorherige Wurf war ebenfalls in kürzester Zeit an den Mann gebracht worden, und nur einen Kater hatte sie für die Zucht überbehalten. Aber selbst zu züchten, war eine aufwendige Sache. Um gesunde Katzen zu erhalten und Inzuchtprobleme zu vermeiden, musste man immer wieder Kater aus anderen Linien hinzuziehen. Eine kostspielige, aber leider notwendige Angelegenheit. Wesentlich lukrativer war es da, die Dienste eines potenten Deckkaters anzubieten. Sie seufzte. Sie liebte ihre Kitten und trennte sich schwer von den kleinen Pelzknäulen, aber zu Champion, ihrem Aushängeschild, hatte sie nie Zugang gefunden. Er war ein griesgrämiger Geselle gewesen, und sie weinte seiner Gesellschaft keine Träne nach. Nur der finanzielle Verlust schmerzte. Mechanisch versorgte sie ihre Kleinsten mit Futter und frischen Wasser und kontrollierte dabei ihren körperlichen Zustand. Die drei waren gesund und munter und fielen hungrig über das speziell auf ihre Bedürfnisse abgestimmte Futter her.

»Miau!« Kam es fordernd vom Nachbargehege. Diabolo, Jungkater und Champions Sohn meldete seine Bedürfnisse an.

»Zu dir komme ich gleich.« Ein letzter prüfender Blick, dann verließ sie die Katzenkinderstube.

Der Halbstarke Diabolo begrüßte sie stürmisch. Er rieb seine Flanke an ihrem Bein und eilte dann zu seinem leeren Napf. »Miau!« Ein ungeduldiger Blick in ihre Richtung folgte.

»Ist ja schon gut. Jetzt geh doch ein bisschen zur Seite.« Der Kater strich um sie herum, während sie seine Futterschüssel auswusch. Immerhin hatte sie es ihm abgewöhnt, auf den Waschbeckenrand zu springen. Der gewiefte Kerl hatte schnell verstanden, dass er mit so einer Aktion die Fütterung nur verzögerte. Sie lächelte. Äußerlich war Diabolo das Abbild seines Erzeugers, doch in seinem Wesen ähnelte er dem mürrischen Champion so gar nicht. Im Gegensatz zu seinem Vater wies der Jungkater die typischen Charakterzüge einer Norwegischen Waldkatze auf. Das Einzige, was ihm fehlte, war die begehrte Auszeichnung und die würde er leider nie erhalten, denn ein zweites Mal würde sie nicht auf das Entgegenkommen eines Preisrichters hoffen können.

*

Jetzt war sie doch tatsächlich eingenickt. Dabei hatte Clooney vorgehabt, Suleika im Auge zu behalten, denn deren Verhalten war mehr als merkwürdig. Nur für einen Moment war Clooney auf den Stromverteilerkasten gesprungen und hatte die Augen geschlossen. Und jetzt war es dunkel. Sie lauschte. Die ABF schien soeben für heute ihre Pforten geschlossen zu haben, denn auf der Straße liefen haufenweise Menschen herum. Aber Katzengeräusche konnte die Grautigerin keine ausmachen. Kein Wunder! Jede normale Katze zog sich zurück, wenn so viele Zweibeiner unterwegs waren. Zwar verhielt Suleika sich nie normal, und seit ihrem Auftritt vorhin musste man bei ihr mit allem rechnen, aber auch die Perserin glänzte in diesem Moment durch Abwesenheit. Clooney gähnte und streckte sich.

»Guck mal, ist die nicht süß?«, wies eine Passantin ihren Begleiter auf die Grautigerin hin.

Clooney setzte sich und drapierte zierlich ihren Schwanz um sich herum. Man wusste nie, vielleicht hatte die Frau ein Leckerchen in ihrer Tasche.

Aber der Mann zog sie nur mit den Worten: »Lass doch das blöde Vieh«, weiter.

Dann eben nicht. Clooney hüpfte auf die Straße und lugte um die Häuserecke. Keine Perserkatze in Sicht, überhaupt kein lebendiges Wesen, das sich in diesen Seitenweg verirrt hatte. Nun denn, es war Zeit fürs Abendessen. Ihr Magen signalisierte ihr sogar, dass es höchste Zeit sei. Die mollige Katze näherte sich ihrer Haustür und stutzte. Sie hatte zwar vorher mit dem Gedanken gespielt, eine der beiden gefangenen Mäuse zu verspeisen, aber Suleika war ihr dabei dazwischengekommen. Trotzdem lag hier nur ein Nagetier. Sie schnüffelte. Außer ihrem eigenen konnte sie lediglich Suleikas Geruch ausmachen. Selbst die Duftmarke von Mikey, mit dem sie die Jagdbeute gemacht hatte, war fast vollständig verflogen. Irritiert wackelte Clooney mit den Ohren. Sie wusste nicht, ob sie sich wundern sollte, weil Suleika offenbar ganz plötzlich ihr Herz für Mäuse entdeckt hatte, die sie sonst als »ungesunde Keimträger« titulierte, oder ob sie sich ärgern sollte, weil ihr die Perserin zuvorgekommen war. Ihr Magen begann lauter zu knurren, und sie entschied sich fürs Wundern, während sie die verbliebene Maus verspeiste. Es war an der Zeit, das Tier war schon eiskalt. Für Sockes Befreiung würde sie sich eine andere Strategie überlegen.

Während sie kaute und sich über das eigenartige Benehmen ihrer Nachbarin Gedanken machte, kam die plötzlich des Weges, und das aus Richtung des Parks. Zunächst sah Clooney nur ein Paar wasserblaue Augen in der Dunkelheit leuchten, dann materialisierte sich die Perserin vor ihr.

Schnell schluckte sie den Rest der Maus hinunter. »Hallo, Suleika, wo kommst du denn her?« Unauffällig schob sie die Mäusegalle hinter den Fußabtreter.

»Ich habe mir ein bisschen die Pfoten vertreten.«

»Die Pfoten vertreten?« Clooney, die sich nach ihrer Mahlzeit schnell putzen wollte, hielt inne. »Im Park und bei der Kälte?«

»Wozu habe ich denn so ein wunderbar dichtes Fell?«

Vor Erstaunen klappte der Grautigerin der Unterkiefer herunter. Die Perserin sprang währenddessen auf die Mauer zu ihrem Haus und machte Anstalten, sich auf das Grundstück dahinter zu entfernen.

»Sag mal«, beeilte sich Clooney ihr nachzurufen, »weißt du, wo die Maus geblieben ist?«

»Äh, welche Maus?« Suleika trippelte nervös mit den Pfoten, als sei ihr doch plötzlich kalt geworden. »Ich muss leider dringend nach Jasper sehen«, lenkte sie ab.

»Ach, dieser Hund interessiert mich gerade gar nicht.«

»Riesenschnauzer«, verbesserte Suleika automatisch und klang schon fast wieder wie früher. »Dem Armen geht es gar nicht gut. Er hat Liebeskummer. Dieser unflätige Boston Terrier hat sich an seine Angelique herangemacht.«

»Du meinst Ferdinand? Davon hab ich gehört.«

»Was ist das für ein Benehmen, anderen Hunden die Freundin auszuspannen?«, entrüstete sich Suleika.

Clooney schüttelte verdattert den Kopf. Hatte sie sich verhört oder …?

»Ich muss Jasper ermutigen, für seine Liebe zu kämpfen!«, damit sprang die Perserin in den Garten und verschwand aus Clooneys Blickfeld.

Nein, sie hatte sich nicht verhört, vielmehr war Suleika jetzt offensichtlich vollends übergeschnappt.

※

Peter freute sich. Die Stiefel seiner Freundin lagen mitten im Eingangsbereich. Das erste Mal seit Langem war Chris an einem Wochentag vor ihm zu Hause. Was das Arbeitspensum anging, übertraf ihn die Tierärztin bei Weitem, obwohl er selber auch nicht immer einen Achtstundentag hatte.

In dicken Socken schlitterte sie in den Flur. »Habe ich also richtig gehört.«

»Hallo!« Noch in seiner Winterjacke umarmte er sie stürmisch. »Schön, dass du schon da bist.«

Socke kam angewetzt und registrierte enttäuscht den geschlossenen Hauseingang.

Chris strahlte. »Ich kann ja nicht immer Bereitschaft haben. Wir haben uns nur leider wieder mal schlecht abgestimmt, dass du ausgerechnet jetzt einen Mordfall hast«, flachste sie.

»Miau!« Hoffnungsvoll kratzte der Kater an der Tür.

Chris nahm Peter die Jacke ab. »Socke, du hast heute noch Medikamente genommen. Wenn es dir morgen besser geht, darfst du wieder raus.«

Medikamente genommen ist gut, dachte der Kater verdrossen. Du hast mich dazu gezwungen! Er trottete zurück ins Wohnzimmer. Die beiden Menschen folgten ihm.

»Er hat schlechte Laune«, berichtete Chris ihrem Freund. »Sein Lieblingsspielzeug ist verschwunden.«

»Diese Stoffmaus, mit der er die letzten Tage immer herumgetobt ist?«

»Genau die. Du, ich hab gedacht, wir bestellen uns heute

Abend eine Pizza«, schlug Chris vor. »Ich bin noch nicht dazu gekommen, und du hast bestimmt auch keine Lust, zu kochen.«

»Können wir machen.« Peter war noch nicht so ganz bei der Sache. »Aber erst brauche ich deinen Sachverstand, was Tiere angeht.«

»Gerne, geht's um deinen neuen Fall?« Chris setzte sich aufs Sofa und schlug die Beine unter. »Ich bin gespannt.«

Socke platzierte sich auf dem Fenstersims und sah demonstrativ nach draußen, spitzte aber die Ohren.

Peter berichtete Chris von der Rassekatze, die auf dem Messegelände verloren gegangen war.

»Stimmt. Champion, er hat den ersten Preis bei den Norwegischen Waldkatzen gemacht. Ich habe gehört, dass er verschwunden sein soll«, bestätigte sie.

»Wie wertvoll ist denn so ein Rassetier?«, erkundigte sich der Kommissar. »Ich meine, würde jemand dafür einen Wachmann überfallen und in eine Messehalle einbrechen?«

Seine Freundin schüttelte nachdenklich den Kopf. »Ohne Stammbaum bringt dir das Tier nicht viel. Und wer so viel kriminelle Energie hat, einen Einbruch zu verüben und dabei sogar einen Menschen umzubringen, der klaut doch nicht bloß ein einzelnes Tier.« Sie stand auf. »Möchtest du etwas trinken?«

»Ist noch Rotwein da?« Peter warf einen vielsagenden Blick auf Socke. Der spielte nervös mit den Ohren. Bei seiner Flucht neulich war gerade mal eine Flasche zu Bruch gegangen, Peter sollte sich bloß nicht so haben.

Chris holte auch bereits eine Flasche und zwei Gläser. »Katzenliebhaber können das nicht gewesen sein«, entschied sie, während sie einschenkte.

»Und ein Racheakt?«, fragte Peter. »Die Züchterin hat die Konkurrenz im Verdacht.«

»Ich bin zwar keine Expertin, aber das kann ich mir nicht vorstellen. Vielleicht sind sich zwei Züchter mal nicht ganz grün, aber wer Katzen züchtet, macht das aus Liebe zu den Tieren, und das verbindet eher, als dass es verfeindet.« Sie hob ihr Glas und betrachtete nachdenklich die dunkle Flüssigkeit. »Und das große Geld kannst du damit eh nicht machen«, fuhr sie fort. »Diese Leute sind Idealisten. Klar, es gibt Schwarze Schafe, aber was nutzt denen ein Rassekater ohne Papiere?«

Interessiert lauschte Socke und starrte, Desinteresse vorschützend, in die Dunkelheit. Peter trank einen Schluck Wein. Alle drei zuckten zusammen, als das Telefon klingelte.

»Bitte.« Chris deutete auf den Apparat. »Ich habe keine Bereitschaft.«

Peter meldete sich. Horchte einen Moment und gab den Hörer an seine Freundin weiter. »Arno. Ein Notfall im Tierheim.«

Chris stellte bedauernd ihr unberührtes Weinglas zur Seite und richtete ein paar knappe Fragen an den ehrenamtlichen Helfer des Tierheims. Socke spielte nervös mit seinen Ohren, als er den Namen des Anrufers hörte.

Chris beendete das Gespräch und erhob sich. »Ich muss leider noch einmal los«, bedauerte sie. »Es hat einen Unfall gegeben.«

Peter lehnte sich im Sofa zurück. »Ich hatte mir so etwas gedacht.«

Gebannt fixierte Socke die Tierärztin und entspannte sich, als sie fortfuhr: »Ein Hund wurde angefahren, und keiner weiß, wo er hingehört. Der zuständige Bereitschaftsarzt ist bei einem anderen Notfall.« Sie zuckte mit den Schultern.

»Aber wenn ich erst den Mörder gefangen habe«, sagte Peter mehr zu seinem Weinglas als zu seiner Freundin, die das Wohnzimmer bereits verlassen hatte, »dann machen wir uns einen wunderbaren gemeinsamen Tag, ohne Tiere und ohne Mörder.«

Beleidigt wandte sich Socke wieder dem nächtlichen Garten zu. Ihn als »Tier« zu bezeichnen und dann noch in einem Atemzug mit Mördern zu nennen, das ging gar nicht. Peter musste wirklich schwer unter Stress stehen, wenn er sich zu einer solchen Äußerung hinreißen ließ. Es war höchste Zeit, dass Socke wieder nach draußen kam, um seinen Menschen bei der Verbrecherjagd unterstützen zu können.

Peter schaltete den Fernseher an und zappte sich durch die Kanäle. Auf NDR3 gab es Regionalnachrichten. Es wurde berichtet, dass trotz des »tragischen Vorfalls« zu Beginn die ABF in diesem Jahr wieder Besucherrekorde verzeichnete. Die Organisatorin und Sprecherin der Messe, Johanna Weiß, heute im türkisfarbenen Ensemble, pries die zahlreichen spannenden Möglichkeiten, die die Freizeitmesse bot, und dankte der Kriminalpolizei für ihre diskreten und effektiven Ermittlungen. Diese Effektivität relativierte allerdings gleich darauf die Pressesprecherin der Polizei, Meike Heitmann, als sie den Zuhörern mitteilte, man habe noch keine Spur, »ermittle aber in alle Richtungen«. Eine Standardfloskel, die Peter selbst schon oft gebraucht hatte. Socke hörte von seinem Platz auf dem Fenstersims aus genau zu, was die Menschen im Fernsehen über den Mord sagten, und war enttäuscht. Scheinbar hatte die Polizei die nervöse Frau mit der schwarzen Jacke nicht verhaftet, dabei hatte die ganz offensichtlich gelogen. Der Kater grübelte eine Weile, wie er Peter auf diesen Sachverhalt aufmerksam machen konnte, musste aber feststellen, dass ihm in seiner aktuellen Situation die Pfoten gebunden waren. In Gedanken ging er den Mordabend und seine eigenen Eindrücke, die er in der Nacht gesammelt hatte, noch einmal durch. Das Ergebnis war dürftig. Ein Streit zwischen einem Mann und einer Frau, bestätigt durch die Zeugin, die Ferdinand verhört hatte, und eine Handvoll Wachmänner, die ihrem Beruf nachgegangen waren. An mehr konnte er sich beim besten Willen nicht erinnern. Es war Zeit für einen Perspektivenwechsel. Er erhob sich und nahm Peter ins Visier. Der hatte sich in der Zwischenzeit an einem Spielfilm festgesehen. Seine Füße lagen auf dem Couchtisch, in der Hand hielt er ein halb volles Glas Rotwein. An sein Abendessen oder wenigstens das für den Kater verschwendete er keinen Gedanken. Socke setzte sich vor ihn hin und maunzte auffordernd.

»Na, willst du dich neben mich setzen?« Mit diesen Worten klopfte der Kommissar mit der flachen Hand aufs Sofa. Der Kater drehte um und trippelte in Richtung seines Fressnapfs. Manchmal war Peter erschreckend unempfänglich für seine Signale, da war Chris um einiges schlauer. Auch heute musste Socke das Spielchen noch einmal wiederholen, bevor sich sein menschlicher Hausgenosse endlich erhob und um das Abendessen des Katers kümmerte. Bei so viel Naivität sah Socke schwarz für die Auflösung des Falls.

KAPITEL 5, DIENSTAG

Es schneite wieder, und die Schneedecke war bereits geschlossen. Peters Stimmung sank beim morgendlichen Blick aus dem Fenster. Das Thermometer zeigte Minusgrade. Es bestand keine Hoffnung auf Tauwetter, und er musste folglich den Fußweg vor seinem Haus räumen. Eine Tätigkeit, die er hasste. Unter anderem deshalb, weil sie naturgemäß am frühen Morgen stattfand. Er stieg in seine Jeans und warf einen Blick in die Küche, in der Chris bereits Kaffee kochte.

»Ich gehe Schnee schippen«, brummte er missgelaunt.

Chris musterte ihn von oben bis unten, wie er da barfuß und noch mit Pyjamaoberteil vor ihr stand. »Wenn es dir zu viel wird, kann ich das machen«, bot sie halbherzig an.

Das ging nun auch wieder nicht. »Nee, lass mal. Du hast schließlich Samstag schon gefegt.«

»Auch recht«, wandte sie sich wieder der Kaffeemaschine zu. »Ein bisschen Frühsport tut dir ganz gut.«

Peter verzichtete auf eine Erwiderung. Vielleicht sollte er sich das mit dem Fitnessstudio überlegen. Socke schlenderte an ihm vorbei und steuerte auf seinen Napf zu.

»Darf der mit?«, deutete Peter mit dem Kopf auf den Kater.

»Wenn er will. Er macht einen ganz fitten Eindruck, und Appetit scheint er ebenfalls wieder zu haben.«

Der Kater ließ sich Hühnchen in Gelee schmecken.

»Er hat gestern schon ganz gut gefressen«, berichtete Peter seiner Freundin. »Wann bist du übrigens gekommen? Ich hab dich gar nicht gehört.«

»Ich glaube, es war kurz nach zwölf. Der Hund musste operiert werden, aber er hat es überlebt.«

Socke schauderte. Er selbst war nach seinem Unfall ebenfalls ins Tierheim gebracht und dort operiert worden. Die spärliche Erinnerung, die er daran hatte, war nicht seine beste. Unwillkürlich brachte er Abstand zwischen sich und die Tierärztin. Dann entdeckte er die Maus. Das Stofftier lag auf einem Stuhl neben Chris' Handtasche. Vorsichtig setzte er eine Pfote auf die Sitzfläche und nahm das Spielzeug versuchsweise zwischen die Zähne.

»Da ist ja Sockes verlorene Lieblingsmaus wieder!« Peter war begeistert.

Der Kater beschnüffelte das Stofftier.

»Fast«, stellte Chris richtig. »Das ist zwar die gleiche Maus, aber ein älteres Exemplar. Die hier hat rote Augen. Ich habe sie im Tierheim mitgenommen, weil Socke seine so vermisst.«

Der Kater schubste das Spielzeug ein bisschen herum. Er hatte natürlich sofort gemerkt, dass das nicht seine Maus war, so wie die nach Tierheim stank, aber er fand es nett von Chris, ihm einen Ersatz beschafft zu haben.

»Ich glaube, er hat gar nicht gemerkt, dass das ein anderes Modell ist«, freute sich Peter und bestätigte damit einmal mehr seine Unkenntnis bei der Interpretation von Katzenverhalten. Chris lächelte nur und dachte sich ihren Teil.

»Gut, dann gehe ich mal an die frische Luft, Schnee schippen«, versuchte Peter, sich zu motivieren, nachdem niemand auf seinen Kommentar einging. Socke folgte ihm, er wollte die Gunst der Stunde nutzen, bevor Chris es sich womöglich wieder anders überlegte.

Der Schnee vor Frau Bilgurs Haustür war unberührt. Clooney hatte also das Haus heute noch nicht verlassen, dazu brauchte Socke seine Spürnase gar nicht einzusetzen, obwohl die wieder einwandfrei funktionierte. Von der Straße her hörte man das Kratzen des Schneeschiebers auf dem Asphalt. Unschlüssig schnüffelte Socke unter dem Kirschlorbeer herum.

»Socke!«

Er zuckte zusammen. Dass Suleika um diese Zeit und vor allem bei diesem Wetter draußen war, war ein absolutes Novum. Die Perserin saß auf der Mauer und schaute auf den Kater herunter.

»Schön, dass du wieder unter uns weilst.«

»Äh ja, hallo.« Verlegen kratzte Socke sich hinter dem Ohr, um seinen Schreck zu überspielen.

»Wie ist das werte Befinden?« Auch wenn sie nach wie vor gestelzt redete, wirkte Suleika irgendwie anders. Misstrauisch sah Socke sie von unten herauf an. Das graue Fell der Perserin war verstrubbelt, und ihre Augen leuchteten. »Ich bin ausgebüxt, bevor mein Mensch mich bürsten konnte«, lieferte sie die Erklärung für ihr derangiertes Äußeres. »Ist das nicht verrückt?«, kicherte sie.

Socke fiel die Kinnlade herunter. Zum Glück öffnete sich im selben Moment in seinem Rücken die Tür des Nachbarhauses, und Clooney schlüpfte ins Freie.

»Sie spinnt«, wisperte die Grautigerin, während sie sich neben Socke schob.

»Clooney!«, flötete es von der Mauer herunter. »Teure Freundin!«

»Siehst du!«, kam es von der so Angesprochenen jetzt in normaler Lautstärke. Gleichzeitig war von der anderen Seite der Mauer ein Hundejaulen zu hören.

»Oh, Jasper.« Suleika drehte sich um. »Ich muss nach

ihm sehen. Er ist ein bisschen verkrampft. Hach, Kinder, dabei ist das Leben so schön!«

Clooney und Socke wechselten einen bedeutungsvollen Blick. Suleika sprang in den Garten, wo Jasper leise winselte. »Mach dich locker!«, hörte man die Perserin sagen, bevor sie und der Riesenschnauzer im Haus verschwanden.

»Sie benimmt sich schon seit gestern so komisch. Ich sage dir, die ist komplett durchgedreht!« Clooney wandte ihre volle Aufmerksamkeit nun wieder Socke zu. »Oh Mann, Kumpel. Bin ich froh, dass du wieder da bist!«

Socke betrachtete nachdenklich die schneefreie Stelle auf der Mauer, wo Suleika eben noch gesessen hatte. Die Perserin benahm sich in der Tat sonderbar. Mal redete sie so geschwollen daher wie immer, dann wieder klang sie wie ein kleines übermütiges Kätzchen. Clooney neben ihm berichtete gerade von ihren gestrigen Erlebnissen mit der Nachbarin, die die Grautigerin zu dem Schluss brachten, Suleika sei ein Fall für den Tierarzt. Von der Straße vernahm man Peters Stimme, der sich mit einem Passanten über den plötzlichen Kälteeinbruch unterhielt. Der Kater dachte an den Sommer zurück, als er bei dem Hauptkommissar eingezogen war. Fast zum gleichen Zeitpunkt hatte der Chris im Tierheim kennengelernt, und obwohl Socke die zwei damals noch nicht wirklich gut kannte, hatte er eine Veränderung in ihrer beider Benehmen bemerkt.

»Weißt du was«, unterbrach er Clooneys Redefluss, »wenn ich es nicht besser wüsste, würde ich sagen, Suleika ist verliebt.«

*

Am Bahnhof war die Hölle los. Toni genehmigte sich noch einen doppelten Espresso. Sie war früh dran, und der Intercity nach Osnabrück hatte ein paar Minuten Verspätung. Sie beobachtete das hektische Treiben und war froh, ohne Gepäck zu reisen. In der gestrigen Nachmittagsbesprechung war man übereingekommen, dass sie den ehemaligen Kumpel von Dragowski, Fred Zaunkamp, vor Ort aufsuchen und befragen solle. Ein Kollege der dortigen Kripo war informiert und erwartete sie am Hauptbahnhof Osnabrück. Toni hatte sich freiwillig für diese kleine Dienstfahrt gemeldet. Sie war froh, ihrem Cousin und den dauernden Anrufen ihrer Väter zu entkommen. Ihr Hausgast entwickelte sich vom bloßen Schmarotzer zu einer ausgemachten Landplage und ihre beiden Erzeuger zu Telefonterroristen. Offenbar hatten es sich die Familien in den Kopf gesetzt, sie und Francesco, die Schwarzen Schafe der Sippe, miteinander zu verheiraten. Ihr eigener Vater versuchte bereits seit Langem, sie unter die Haube zu bringen, was schon zu diversen Zerwürfnissen zwischen ihnen geführt hatte, aber seit er sich mit Francescos Vater zusammengetan hatte, war es unerträglich. Ihr Cousin schaltete dabei immer auf Durchzug, genoss ausschweifend das Nachtleben und verwüstete ganz nebenbei ihre Wohnung. Toni spielte ernsthaft mit dem Gedanken, die Kollegen von der Ordnungspolizei zu rufen, um den ungebetenen Gast aus ihren vier Wänden zu entfernen. Das würde zwar – mal wieder – zum großen Familienkrach führen, aber sie hätte für einige Zeit ihre Ruhe. Dass diese Ruhe länger anhalten könnte, darüber machte sie sich allerdings keine Illusionen.

Die Reisenden nach Osnabrück wurden von der freundlichen Stimme aus dem Lautsprecher auf Gleis 12 gebeten. Toni trank aus und nahm ihre Handtasche. Sie hoffte, es würde ein ruhiger Tag werden.

*

Peter verstaute den Schneeschieber. Der Gehweg war vorschriftsmäßig frei. Die vielen Besucher der ABF, die trotz der »Nur für Anlieger«-Schilder den Karl-Schurz-Weg als Parkplatz während ihres Aufenthalts auf der Messe nutzten, brauchten sich um ihre Knochen keine Sorgen zu machen. Verschwitzt und mit Kaffeedurst betrat der Hauptkommissar sein Wohnhaus. Chris war schon auf dem Sprung und verabschiedete sich mit einem eiligen Kuss. Peter sah auf die Uhr. Bis zur Teambesprechung war noch Zeit, er konnte sich also, bevor er unter die Dusche ging, in Ruhe einen Kaffee gönnen und dabei die Vernehmung von Janet Lipsi in Gedanken Revue passieren lassen. Hatte die junge Frau die Wahrheit gesagt, was ihren nächtlichen Besuch auf dem Messegelände betraf? Dass sie in der Eile den falschen Schlüssel gegriffen hatte, nahm er ihr sogar ab. Die Dinger sahen sich zum Verwechseln ähnlich. Er angelte sich eine Scheibe Brot aus dem Korb und bestrich sie mit Butter und Marmelade. Während er kaute, betrachtete er nachdenklich Sockes Lieblingsmaus, die der Kater mitten auf dem Küchenfußboden hatte liegen lassen. Er lächelte. Ob Socke gemerkt hatte, dass man ihm das Vorgängermodell mit den roten Augen untergeschoben hatte? Er trank einen Schluck Kaffee, und da traf ihn die Erkenntnis. Am Sonntagabend zu ihrer Vernehmung waren die Wachleute bereits in voller Ausrüstung erschienen. Dabei hatte Peter, ohne es wirklich wahrzunehmen, festgestellt, dass es zwei verschiedene, wenn auch sehr ähnliche, Ausführungen von Schlagstöcken gab. Bei Kühlmanns Schlagstock befand sich am Griff ein roter Punkt, genau wie bei dem, mit dem Dragowski umgebracht worden war. Die jüngeren Kollegen trugen Schlagstöcke mit schwarzen anstelle der roten Markierungen. Was, wenn einer der Wachmänner Dragowski erschlagen und danach dessen Schlagstock an sich genommen hatte? Die Methode war sicher einfacher, als die Mordwaffe nachhaltig und rückstandsfrei von Blutspuren zu befreien. Wer wusste das besser als ein ausgebildeter Sicherheitsbeamter? Von den Wachmännern konnte keiner ein lückenloses Alibi vorweisen. Eine Tatsache, der die Ermittler bisher aufgrund anderer Verdächtiger und fehlender Motive kaum Beachtung geschenkt hatten, die aber durchaus eine weitere Überlegung wert war. Peter stand auf. Die ausgiebige Dusche musste einer Katzenwäsche weichen. Dann könnte er es zeitlich noch schaffen, auf dem Weg zum Polizeipräsidium im Büro der Messewatch vorbeizuschauen.

*

Clooneys erste Reaktion war Unglauben: »Verliebt? Suleika?«, gefolgt von der Erkenntnis, »obwohl, so wie sie sich benimmt. Du hast recht!« Und schließlich Heiterkeit. »Ich fasse es nicht. Suleika hat einen Freund. Aber warum nicht? Jedes Töpfchen findet sein Deckelchen.« Es folgte ein Lachanfall. Wäre sie ein Mensch gewesen, sie hätte sich ganz undamenhaft auf den Schenkel geklopft, so begnügte sie sich damit, ihre Ohren zu spitzen und den Schwanz aufzustellen.

»Es ist nur eine Vermutung«, dämpfte Socke ihre Ausgelassenheit.

»Ach was, das stimmt! Auf den Typ bin ich mal gespannt!«

Hinter ihr wurde die Haustür geöffnet, und die Nachbarin, Frau Bilgur, trat ins Freie. Sie trug einen dicken Wintermantel und zog ihren Einkaufstrolley hinter sich her. »Ich gehe jetzt einkaufen«, teilte sie den beiden Katzen mit, die Klinke noch in der Hand. »Wollt ihr rein oder wartet ihr lieber draußen, bis ich wiederkomme?«

Clooney machte einen Schritt auf sie zu und rieb sich an ihrem Bein.

»Ein kleiner Imbiss steht bereit«, ergänzte Frau Bilgur und gab somit den Ausschlag für Clooneys Entscheidung. Die mollige Katze drängte zur Tür.

Socke erhob sich seinerseits und schlenderte in Richtung Park. Es war Zeit für einen Gang durchs Revier. Zwar hatten sich die Katzen in der Gegend alle freundschaftlich arrangiert, doch es galten trotzdem Regeln, und das Terrain musste stets kontrolliert werden. Er und Mikey teilten sich diese Aufgabe. Clooney war »Freiberuflerin«, wie sie sich ausdrückte, und nicht bereit, sich irgendwelchen Vorschriften zu beugen. Suleika wiederum nahm keiner wirklich ernst, zudem beschränkte sich ihr Wirkungskreis, jedenfalls bisher, auf den eigenen Garten. Das Gleiche galt für Clooneys Kinder, die den Winter im Haus verbrachten.

Schon auf dem Weg in den Park fand Socke die Markierung eines Fremden. Es war also nicht Mikeys Duftmarke gewesen, die er neulich gerochen und fälschlicherweise seinem Kumpel zugeordnet hatte. Und wahrscheinlich war auch der schwarze Katzenschwanz, den er gestern im Garten gesehen hatte, kein Traum gewesen. Im Revier trieb sich ein fremder Kater herum, und Socke verwettete eine Portion bestes Hackfleisch darauf, dass es dieser Eindringling war, der Suleika den Kopf verdreht hatte.

*

Ulrich Zeitler blies in seine dampfende Teetasse. Ein Geruch, der an Lakritz erinnerte, breitete sich im Besprechungsraum aus.

Misstrauisch äugte Fritz auf das streng riechende Gebräu. »Was trinkst du denn da?«

»Erkältungstee«, krächzte der Spusimann und hustete. Braune Flüssigkeit schwappte auf den Tisch. Er zückte ein zerknittertes Taschentuch und begann zu wischen.

Fritz rückte ab.

»Fenchel-Thymian-Geschmack«, informierte Lisa, die Teepackung betrachtend.

»Riecht gesund.« Fritz nestelte an einer Tüte Lebkuchenherzen herum.

»So, Leute, lasst uns anfangen, es wartet noch viel Arbeit auf uns«, eröffnete Peter die dienstliche Runde. »Wer es noch nicht weiß: Toni ist heute in Osnabrück und spricht mit dem ehemaligen Kumpel unseres Mordopfers. Da hat sich gestern etwas ergeben.« Er sah Fritz an.

»Ja, dieser Fred Zaunkamp war am Wochenende in Hannover. Er ist tatsächlich unter seinem eigenen Namen im Intercity-Hotel abgestiegen.«

»Da schau her.« Lisa hob erstaunt die Augenbrauen.

»Ich hatte um eine Liste der Gäste in der Mordnacht gebeten«, erklärte Fritz zufrieden. »Weil ein Anruf auf Dragowskis Handy aus dem Hotel kam. Es hat nur ein bisschen gedauert, weil die da Hochbetrieb haben, und ich erst nachhaken musste, bis sie endlich reagiert haben.« Er steckte sich ein Zartbitterherz mit Geleefüllung in den Mund.

»Toni fühlt dem Herrn heute auf den Zahn«, ergänzte Peter. »Dafür konnten wir Janet Lipsi nicht weiter festnageln«, wandte er sich an Zeitler, der sich gerade lautstark die Nase in das schon reichlich mitgenommene Taschentuch schnäuzte.

»Die DNA und die Fingerabdrücke an den Sektgläsern waren nicht von ihr«, sagte der dann. »Bei den Fingerabdrücken gibt's stattdessen eine Übereinstimmung mit denen, die du mir gestern gebracht hast«, wandte er sich an Lisa. »Die zugehörige DNA ist noch in Arbeit.«

»Kommt alles von Tanja Kraus. Keine große Überraschung nach dem, was sie mir über ihre Affäre mit Dragowski erzählt hat«, bedauerte Lisa.

»Sieht fast so aus, als seien die Frauen im Leben unseres Mordopfers fürs Erste raus«, konstatierte Peter. »Wobei, Socke hat mir heute Morgen eine neue Erkenntnis beschert«, grinste er.

»Lass hören.«

»Wir haben uns bis jetzt möglicherweise zu wenig mit den neuen Kollegen unseres Mordopfers auseinandergesetzt.«

»Und da hat dich Socke drauf gebracht? Klar«, flachste Lisa. »Du bist nicht zufällig urlaubsreif?«

»Wenn du mich so fragst? Ein paar freie Tage für mich und Chris gemeinsam wären nicht schlecht, wir sehen uns zu Hause ja kaum noch.«

Ulrich Zeitler seufzte. Er kannte das zur Genüge. Wegen der unregelmäßigen Arbeitszeiten hing bei ihm des Öfteren der Haussegen schief, auch wenn die häusliche Situation im Moment dank erst kurz zurückliegendem Weihnachtsurlaub entspannt war. Bei Peter lag die Sache anders, sowohl er als auch Chris hatten über die Feiertage Bereitschaftsdienst gehabt, und die Tierärztin hatte mehr als einmal einem Haustier zu Hilfe eilen müssen, das sich an den Resten des Weihnachtsbratens den Magen verdorben hatte.

»Aber im Ernst«, kam der Hauptkommissar auf seine morgendliche Einsicht zurück. »Socke hat seine Lieblingsspielzeugmaus irgendwie verbummelt.«

»Na, wenn das so ist, das ist selbstverständlich ein wichtiges Indiz«, kicherte Lisa.

»Und Chris hat ihm einen Ersatz aus dem Tierheim mitgebracht, ein älteres Modell.« Der Hauptkommissar führte die Parallele zur Mordwaffe aus. »Ich bin auf dem Weg hierher im Messewatch-Büro vorbeigegangen, und die Chefin, Frau Kraus, ist sich ziemlich sicher, dass sie Dragowski einen von den neuen Schlagstöcken ausgehändigt hat. Das wäre dann einer mit schwarzem Punkt am Griff. Bei ihm gefunden haben wir aber ein altes Modell.«

»Nachweislich die Mordwaffe«, bestätigte Zeitler.

Fritz blätterte in seinen Unterlagen. »Im Übergabeprotokoll der Messewatch steht nur etwas von einem Schlagstock, ohne nähere Spezifikation.«

»Ich weiß«, bestätigte Peter. »Sie hat es angeblich diesmal vergessen, einzutragen. Ich habe gesehen, dass der Typ in den anderen Protokollen genauer vermerkt war.«

»Hat sie sich dazu geäußert?«, fragte der Chef der Spurensicherung.

Der Hauptkommissar schüttelte den Kopf und zuckte mit den Schultern. »Vergessen, behauptet sie.«

»Also hat einer der anderen Wachmänner Dragowski mit seinem Stock umgebracht, hat anschließend dessen Schlagstock an sich genommen und den eigenen am Tatort zurückgelassen«, folgerte Lisa.

»Wenn die Kraus sich richtig erinnert und nicht lügt.« Zeitler nieste.

»Gesundheit!« Fritz hielt ihm schnell ein Päckchen Tempotaschentücher hin, bevor die Bazillenschleuder von Zeitler ein drittes Mal zum Einsatz kam. »Dann müssen wir nur noch schauen, wer von den Kollegen einen Schlagstock mit schwarzem Punkt hat«, freute er sich.

»Schön wäre es. Der Mörder kann inzwischen längst weiter getauscht haben«, dämpfte Lisa seine Euphorie.

»Mir ist noch etwas aufgefallen, was die Wachmänner belastet«, trumpfte Fritz auf. »Ich habe mir die Vernehmungsprotokolle der Herren noch mal durchgelesen. Irgendwie können die angegebenen Uhrzeiten nicht stimmen, wenn man berücksichtigt, dass es um fünf vor eins angefangen hat zu schneien, zumindest laut Wetterdienst. Maurer hat behauptet, dass schon Schnee lag, als er den Aufenthaltsraum endgültig verlassen hat, auf der anderen Seite hat er zu Protokoll gegeben, er sei gegen 1 Uhr rausgegangen. Da stimmt was nicht.«

Lisa nickte nachdenklich. »Er hat ausgesagt, einige Zeit eher – angeblich zum Telefonieren – vor die Tür gegangen zu sein. Bisher haben wir angenommen, dass das deutlich vor dem Mord gewesen ist. Wenn er sich jetzt aber mit der Zeit vertan hat …«

»Oder absichtlich die Unwahrheit gesagt hat …«, warf Fritz ein.

»Also wenn seine Zeitangaben nicht stimmen«, nahm Lisa den Ball wieder auf, »und er später als behauptet, beispielsweise erst so um die Tatzeit herum, telefoniert hat.«

»*Angeblich* telefoniert hat«, fuhr ihr Kollege erneut dazwischen.

»Dann haben sowohl er als auch sein Kollege Kühlmann kein Alibi mehr«, beendete Lisa ihre Ausführungen.

»Und«, ergänzte Fritz eifrig, »Özgur hat sich dann ebenfalls erst nach dem Mordzeitpunkt im Aufenthaltsraum eingefunden. Er bleibt also genauso im Rennen.«

»Wie auch immer. Wir müssen die Wachleute genauer unter die Lupe nehmen. Und die Frauen in Dragowskis Leben sind dann doch nicht alle raus«, schloss Peter. »Tanja Kraus hat Zugang zur Ausrüstung der Männer, und wir wissen nicht, ob sie mir heute Morgen die Wahrheit gesagt hat.«

*

Der Osnabrücker Kollege hieß Sebastian Meyer, war etwa in Tonis Alter und fand es spannend, einmal bei einem veritablen Mordfall unterstützen zu können. Er lud seine Hannoveraner Kollegin zunächst in ein Café ein und ließ sich sämtliche Einzelheiten von ihr berichten.

»Zaunkamp arbeitet bei einem Getränkehandel als Fahrer«, erklärte er eifrig, als Toni ihre Darlegung beendet hatte. »Ich habe mich dort erkundigt, gegen Mittag kommt er zu der Filiale in Fledder, das ist ein Stadtteil im Gewerbegebiet, da können wir mit ihm sprechen.«

Toni lächelte. Die Begeisterung des Kollegen erinnerte sie ein bisschen an sich selber bei ihrem ersten Fall als Ermittlerin der Mordkommission. Damals war es um einen toten Austauschstudenten aus Italien gegangen, und ihre italienischen Wurzeln hatten ihr die Teilnahme an der Sonderkommission beschert. Peter, der die Soko geleitet hatte, befürwortete anschließend ihre dauerhafte Versetzung in die Abteilung für Tötungsdelikte. Sie sah auf die Uhr. »Wie lange brauchen wir dorthin?«

Sebastian löffelte die Sahne von seinem Kakao. »Wir können noch in Ruhe austrinken. Ich habe als Dienstfahrzeug einen neuen VW-Passat ergattert«, verkündete er stolz.

Toni machte ein angemessen beeindrucktes Gesicht. Sie kannte sich mit Autos nicht so gut aus.

»Meinst du, dieser Zaunkamp hat ihn umgebracht? Wäre ja fast zu einfach«, dachte ihr Kollege laut über den Fall nach.

»Meistens ist die offensichtliche Lösung die richtige. Das hast du doch sicher in der Polizeischule gelernt.«

Sebastian nickte eifrig. »Stimmt. Aber du hast bestimmt schon andere Situationen gesehen.«

»So viele Mordfälle habe ich nun auch noch nicht miterlebt. Ich bin ja mal gerade eineinhalb Jahre dabei«, lächelte Toni und nippte an ihrem doppelten Espresso.

»Das meine ich auch nicht«, Sebastian fuhr sich über die blonden Haarstoppeln. »Du siehst noch total jung aus.« Er wurde rot. »Also, ich wollte nur sagen …«

Toni winkte ab. »Ich weiß, was du sagen willst. Normalerweise bekommen eher die dienstälteren Kollegen eine Stelle bei der Mordkommission. Ich hatte einfach Glück, dass ich da reingerutscht bin.«

»Erzähl mal.« Vor Aufregung verschüttete Sebastian etwas Kakao. Sofort kam eine der freundlichen Bedienungen mit einem Lappen angelaufen.

Toni erzählte von ihrem ersten Mordfall.

Sebastian hing an ihren Lippen, und seine Augen leuchteten. Nicht nur, dass die Kollegin aus Hannover fantastisch aussah, wenn man wie er auf den südländischen Typ stand. Sie war zudem ausnehmend klug, und wenn sie lachte, hatte sie so nette Grübchen auf den Wangen. Als sein Chef heute Morgen gefragt hatte, wer sich um den Gast aus der Landeshauptstadt kümmern wolle, hatten die anderen gleich abgewunken, und er selber war ebenso wenig begeistert gewesen, als man ihm, dem Jüngsten, diese Aufgabe übertragen hatte. Immerhin hatte er sich damit getröstet, vielleicht etwas zur Lösung eines Mordfalls beizutragen. Jetzt entpuppte sich diese Strafarbeit als Glücksfall. Er würde Toni auf jeden Fall später noch zum Essen ausführen, wenn sie es zuließe.

※

Der Vorteil der Messe war, dass immer wieder neue Wagen im Karl-Schurz-Weg parkten und somit stets eine warme Motorhaube zur Verfügung stand. Mikey döste auf der eines roten Nissan Sunny, als Socke sich nach seinem Rundgang wieder näherte.

»Hi, Kumpel, ich habe schon mitgekriegt, dass du wieder raus bist. Alles klar so weit?«, begrüßte Mikey den Weißpfotigen.

Socke gesellte sich zu ihm und berichtete. Vorne bog Frau Bilgur um die Ecke.

»Das gibt's doch nicht!«, staunte Mikey. »Die Markierungen sind mir schon aufgefallen, aber nur im Bereich des Hotels. Ich dachte, das ist ein Messegast. Und du meinst Suleika und dieser Eindringling …?«

»Sie benimmt sich jedenfalls sehr eigenartig. Warte nur ab, gleich kommt Clooney, die kann dir noch mehr erzählen.« Socke verfolgte die Nachbarin, die gerade ihren Trolley an ihnen vorbeizog, mit den Augen. Die beiden Kater sprangen vom Auto und folgten ihr. Tatsächlich schlüpfte Clooney eilig ins Freie, kaum dass Frau Bilgur die Tür öffnete.

»Und, gibt's was Neues?«, hielt die mollige Grautigerin sich nicht lange mit Vorreden auf und begann, nervös ihre rechte Vorderpfote zu putzen.

»Suleika hat sich bisher nicht blicken lassen.«

Von der Straße war Jaspers unverwechselbar wimmerndes Kläffen zu hören. Der Riesenschnauzer drehte mit seinem Herrchen die obligate Mittagsrunde.

»Kann aber nicht mehr lange dauern.«

»Was kann nicht mehr lange dauern?«, flötete es da auch schon von der Mauer herunter.

Drei Augenpaare wandten sich nach oben. Suleika. Sie sah eigentlich aus wie immer. Ihr Mensch hatte offensichtlich die verpasste Fellpflege vom Morgen nachgeholt. »Wie schön, euch zu sehen, liebe Freunde!«

Socke und Mikey tauschten einen bedeutungsvollen Blick.

»Tu doch nicht so scheinheilig! Wo hast du deinen Liebhaber versteckt?«, preschte Clooney auf gewohnt diplomatische Weise vor.

»Li…, Liebhaber?«, stotterte die Perserin und begann tatsächlich, sich nervös hinter dem Ohr zu kratzen.

»Klar! Wir wissen alles! Du meinst doch nicht, dass du so was vor uns geheim halten kannst?«, gab die Grautigerin an.

»Äh.«

»Wir haben die Markierungen eines fremden Katers entdeckt«, schaltete Socke sich ein. »Und dann noch dein Verhalten …«

»Was ist denn mit meinem Verhalten?« Suleikas Stimme klang gepresst. »Ich bin doch wie immer.«

»Ha! Dass ich nicht lache!« Clooney wagte den Sprung auf die Mauer und baute sich mit gesträubtem Fell vor der Perserin auf. Die wich zurück und fauchte.

»He, ihr beiden. Lasst uns doch vernünftig reden«, versuchte Mikey zu schlichten. »Suleika, wir haben tatsächlich den begründeten Verdacht, dass du uns einen Freund verheimlichst.«

»Ist er schwarz und langhaarig?«, wollte Socke wissen.

»Er ist ein Gentleman. Ihr habt ja keine Ahnung …«

»Er stiftet dich zum Mäuseklauen an. Das warst doch du?«, erboste sich Clooney.

»Er würde mich nie zu einem Diebstahl animieren. Er kommt aus bester Familie – mit uraltem Stammbaum. Aber er ist gerade in einer Notlage.« Suleika gewann langsam ihre übliche Contenance zurück.

Socke zählte eins und eins zusammen. »Sag mal, er ist nicht zufällig ein Norwegischer Waldkater?«

»Woher weißt du? Hast du ihn getroffen?«

»Das nicht. Aber wahrscheinlich haben wir uns Freitagnacht auf dem Messegelände nur knapp verpasst, als er dort geflohen ist.«

*

»Was wollen Sie denn noch?«, empfing die Bürochefin der Hannoverschen Messewatch-Filiale Lisa ungehalten. »Ihr Kollege war heute Morgen ebenfalls schon da.«

Lisa schloss die Eingangstür und trat auf Tanja Kraus zu. Die trug die braunen Haare heute zu einem Knoten hochgesteckt, was ihr ein strenges Aussehen verlieh.

»Wir wüssten gerne mehr über Ihre Beziehung zu Herrn Dragowski.«

»Ich habe Ihnen doch schon alles in allen Einzelheiten geschildert.« Frau Kraus presste die Lippen aufeinander und begann, die Papiere auf ihrem Schreibtisch hin und her zu schieben. Ganz offensichtlich war es ihr jetzt peinlich, dass sie am Vortag so sehr ins Detail gegangen war.

Lisa knöpfte ihren Mantel auf und nahm auf einem Besucherstuhl Platz. »Wann genau und wie ist es zu Ihrem Verhältnis mit Dennis Dragowski gekommen? Wie oft und wo haben Sie sich gesehen?«

Frau Kraus räusperte sich. »Vor etwa drei Wochen habe ich ihn zufällig im Fitnessstudio getroffen. Ich habe ein Probetraining gemacht.« Sie hielt kurz inne.

Lisa nickte auffordernd.

»Wir sind ins Gespräch gekommen, und er hat mich noch auf ein Glas Wein beim Griechen um die Ecke eingeladen.« Sie senkte ihren Blick und beschäftigte sich wieder mit den Papieren vor sich auf dem Tisch.

Lisa schwieg und wartete.

»Mein Mann war zu diesem Zeitpunkt auf einer Dienstreise«, fuhr die Messewatch-Chefin fort, ohne aufzusehen. »Er ist ziemlich oft unterwegs«, setzte sie dann leise hinzu.

»Und Herr Dragowski hat sie getröstet?«

»Er war so verständnisvoll. Wir haben uns eine Kleinigkeit zu essen bestellt und hinterher noch ein oder zwei

Ouzo getrunken. Ich bin Alkohol nicht gewöhnt, und er hat mich nach Hause gebracht und ...« Sie brach ab.

»Und ist gleich dageblieben?«, vervollständigte die Kommissarin.

Ein kaum wahrnehmbares Nicken. »Ich glaube, ich habe Ihnen schon gesagt, dass mir so etwas noch nie passiert ist?«

Lisa ging auf die in leicht aggressivem Ton gestellte Frage nicht ein. »Haben Sie sich seither öfter getroffen?«

Tanja Kraus sah auf und schüttelte den Kopf. »Er hatte Skrupel. Vielleicht war ich ihm auch zu alt oder es hat ihn gestört, dass ich seine Vorgesetzte war«, antwortete sie gepresst. »Die offizielle Begründung war jedenfalls meine Ehe. Im Fitnessstudio ist er mir aus dem Weg gegangen und auf meine Anrufe hat er unverbindlich reagiert.«

Lisa zog ihren Mantel aus, langsam wurde es ihr zu warm. »Aber dann haben sie sich doch noch einmal im Haus seiner Ex-Frau getroffen?«

»Ja, das war nach dem Fitnesstraining. Einen Tag vor seinem Dienstantritt als Wachmann. Ich habe ihn unter dem Vorwand, noch ein paar Punkte klären zu wollen, zu ›unserem‹ Griechen eingeladen. Diesmal hat er sich nicht lange bitten lassen«, lachte sie freudlos. »War dann auch gut vorbereitet. Er hatte sturmfreie Bude, und der Champagner war ebenfalls kalt gestellt. Die Einzelheiten des Abends habe ich Ihnen gestern ja schon berichtet.« Das klang bitter.

»Und danach?«

»Nichts. Viel Zeit ist ihm ja nicht mehr geblieben ...«

*

»Herr Zaunkamp macht gerade Mittagspause, wenn Sie mir folgen wollen.« Der Filialleiter des Getränkehandels führte Toni und Sebastian in den Aufenthaltsraum. Drei Männer saßen um einen Tisch, vor sich je einen leeren Pizzakarton.

»Herr Zaunkamp, kommen Sie mal bitte zu mir«, rief der Chef von der Tür aus.

Der Jüngste des Trios, ein schmaler Typ mit braunem Lockenkopf, erhob sich. Er sah die beiden Kommissare nicht sonderlich überrascht an, als die ihre Ausweise zückten und sich vorstellten.

»Haben Sie vielleicht einen Raum, in dem wir ungestört miteinander sprechen können?«, wandte Toni sich an den Filialleiter. Der führte sie unter den neugierigen Blicken der übrigen Kollegen in sein Büro und räumte eilig einige Aktenordner von den Stühlen der kleinen Sitzecke. Danach entfernte er sich widerstrebend.

»Bitte«, bedeutete Toni Fred Zaunkamp, Platz zu nehmen.

»Was wollen Sie von mir?«, wandte der sich an Sebastian. Der reagierte nicht.

»Kennen Sie einen Dennis Dragowski?«, begann Toni stattdessen.

»Dragon. Klar, war ein Kumpel von mir.«

»War?«

Zaunkamp versuchte nervös, eine seiner kurzen Locken um den Finger zu wickeln. »Er ist doch tot. Kam ja im Radio. Sind Sie deswegen hier?« Wieder blickte er nur Sebastian an.

»Die Fragen stellen wir!«, ging Toni dazwischen. »Was haben Sie am Wochenende in Hannover gemacht?«

»Was wohl? Ich wollte meinen Kumpel Dennis besuchen.«

»Und, haben Sie ihn getroffen?«

»Nee, hat nicht mehr geklappt.«

Toni beugte sich vor und musterte ihn eingehend. »Besonders traurig scheinen Sie darüber ja nicht zu sein.«

»Was wollen Sie eigentlich von mir? Soll ich Ihnen was vorheulen?«

Sebastian nestelte nervös an seinem Notizblock, den er vor sich auf den Tisch gelegt hatte.

»Und was ist eigentlich mit dem?«, wurde Zaunkamp laut. »Ist der stumm, oder was?«

»Halten Sie sich mit Ihren unverschämten Äußerungen zurück und beantworten Sie die Fragen meiner Kollegin!«, begehrte Sebastian auf und wurde rot. »Wenn Sie so weitermachen, belange ich Sie wegen Beamtenbeleidigung.«

Er sieht süß aus, wenn er sich aufregt, dachte Toni, laut sagte sie: »Sie haben es gehört. Sie bewegen sich auf ganz dünnem Eis. Im Übrigen sind Sie meines Wissens seinerzeit nicht im Guten von Ihrem sogenannten Kumpel geschieden, als der mit reiner Weste davongekommen ist und sie in den Knast gewandert sind. Laut Akte hatten Sie ihn der Mittäterschaft bezichtigt, was er abgestritten hat.«

»Das sind doch alte Geschichten.«

»Die nach wie vor ein gutes Mordmotiv abgeben. Wo waren Sie in der Nacht von Freitag auf Samstag?«

»Wollen Sie mir was anhängen? Dann will ich meinen Anwalt sprechen.« Zaunkamp griff nach seinem Handy.

»Versuchen Sie doch einfach, meine Frage zu beantworten«, schlug Toni vor.

»Ich habe versucht, ihn anzurufen, um mich mit ihm zu verabreden«, gab Zaunkamp zu. »Aber er hat nicht abgenommen. Und ich wusste ja, dass er nachts arbeiten musste. Deshalb bin ich in eine Kneipe gegangen. Habe was gegessen und getrunken.«

»Kann das jemand bezeugen?«

»Da waren so ein paar Typen bei mir am Tisch. Aber ich weiß keine Namen.«

»Und wie heißt die Kneipe? Vielleicht kann sich jemand vom Personal erinnern.« Toni hatte wenig Hoffnung, aber sie würden es versuchen. Für einen Haftbefehl reichte das vorerst aber nicht.

*

Nach der Frühbesprechung war Peter den restlichen Vormittag mit organisatorischen Aufgaben und Schreibkram beschäftigt. Zum Mittagessen gönnte er sich eine Portion Erbseneintopf in der Polizeikantine. Zugegebenermaßen nicht gerade eine Diätmahlzeit, aber bei den momentanen Temperaturen schmeckte etwas Deftiges einfach besonders gut. Frisch gestärkt machte er sich anschließend auf den Weg nach Vahrenwald zur Adresse von Dietmar Heisenberg. Er hatte darauf verzichtet, sich anzumelden. Ein Überraschungsbesuch bescherte einem oft einen unverfälschteren Einblick in das private Umfeld des Zeugen oder mutmaßlichen Täters. Dafür musste man es aber manchmal hinnehmen, vor verschlossener Tür zu stehen.

Der Älteste der Wachmänner, von dem sie bisher am wenigsten und nur über Dritte erfahren hatten, reagierte nicht auf Peters Klingeln, und es fand sich auch kein auskunftsfreudiger Nachbar, der ihm etwas über dessen Verbleib sagen konnte. Es blieb Peter nichts anderes übrig, als die nächste Adresse auf seiner Liste anzusteuern. In der Südstadt bei Hans-Jürgen Kühlmann hatte er mehr Glück. Der Chef der kleinen Wachmanntruppe bat den Hauptkommissar herein.

»Ich bin beim Frühstück. Normalerweise schlafe ich um

diese Zeit noch.« Er klang eher resigniert als vorwurfsvoll und führte Peter in die Küche. »Kaffee?«

Auf dem Tisch stand ein Teller mit einer Scheibe Knäckebrot und etwas Hüttenkäse, daneben eine Tasse Kräutertee. Die Kaffeemaschine war aus, und der Hauptkommissar lehnte dankend ab.

»Aber ich brauche jetzt einen.« Kühlmann nahm eine Dose aus dem Schrank und machte sich an der Anrichte zu schaffen. »Ich mache eigentlich Diät«, erklärte er mit dem Rücken zu Peter. »In einer Stunde habe ich ein Probetraining im Fitnessstudio.«

Peters Blick fiel auf einen Prospekt der MediFit, der zusammen mit dem Telefon neben der Teetasse lag.

»Meine Frau hat schon sieben Kilo abgenommen.« Der Wachmann drehte sich um und maß Peter mit einem kritischen Blick. Unwillkürlich zog der Hauptkommissar den Bauch ein.

»Dennis Dragowski hat auch bei MediFit trainiert«, schlug Peter den Bogen zu seinem aktuellen Anliegen.

»Ach, tatsächlich? Nun, eigentlich nicht verwunderlich. Er hat früher da gearbeitet. In Osnabrück.«

Peter nahm Kühlmann seine Gleichgültigkeit nicht ganz ab. Tatsächlich schien dem Wachmann die Erwähnung Dragowskis in Zusammenhang mit dem Fitnessstudio irgendwie unangenehm. »Sie sind doch sicher nicht zu mir gekommen, um sich mit mir über Fitnesstraining zu unterhalten?«, fragte er jetzt.

Peter machte sich in Gedanken eine Notiz und ließ sich noch einmal minutiös den Ablauf in der Mordnacht schildern. Wenn Kühlmann die Wahrheit sagte, dann hatte er keine Gelegenheit dazu gehabt, Dragowski umzubringen. Seine beiden jüngeren Kollegen gaben ihm abwechselnd ein Alibi. Maurers Telefonat und damit das einzige längere Zeitfenster, in dem er alleine gewesen war, hatte nach Kühlmanns Erinnerung deutlich vor 1 Uhr stattgefunden und die kurze Zeit, die er gebraucht hatte, um die an den Aufenthaltsraum angrenzende Messehalle zu kontrollieren, würde nicht für den Mord gereicht haben. Sofern seine Angaben stimmten, was es noch zu überprüfen galt. Diesbezüglich waren in der Frühbesprechung ja schon Zweifel laut geworden. Immerhin war der Chef der kleinen Wachmanntruppe neben seinem dienstältesten Mitarbeiter der Einzige, der laut offiziellem Übergabeprotokoll seinerzeit ein älteres Schlagstockmodell erhalten hatte.

Aber auch hier nahm ihm Kühlmann den Wind aus den Segeln: »Ein Schlagstock ist schließlich keine Handfeuerwaffe. Wenn wir im Aufenthaltsraum waren, lagen die immer auf einem Sideboard, und man hat sich eben einen gegriffen, wenn man seine Runde gedreht hat.« Wie zum Beweis holte er aus seinem – wenigstens abgeschlossenen – Garderobenschrank einen der neueren Schlagstöcke mit einem schwarzen Punkt am Griff. »Ich kann Ihnen nicht sagen, seit wann ich den habe«, nahm er Peters nächste Frage vorweg und zuckte bedauernd mit den Schultern, »und ich fürchte, bei Dietmar werden Sie diesbezüglich auch nicht mehr Glück haben.«

»Herr Heisenberg ist der einzige Kollege, der Freitagnacht nicht in den Aufenthaltsraum gekommen ist?«, brachte Peter die Sprache auf den ältesten der Wachmänner.

Kühlmann nickte. »Er ist nicht mehr der Jüngste und seit der Geschichte mit seiner Tochter nicht mehr so belastbar. Deswegen habe ich ihm einen Innenarbeitsplatz zugeteilt. Da hatte er seine Ruhe und konnte seinen Gedanken nachhängen.«

Peter bezweifelte, ob das die richtige Methode war, jemanden vor Depressionen zu bewahren, aber er verkniff sich eine Erwiderung. Kühlmann war kein Psychologe und möglicherweise mit der Situation überfordert. »Was genau ist mit seiner Tochter vorgefallen?«, hakte er nach.

Die Kaffeemaschine gurgelte.

»Sie hat sich das Leben genommen.« Kühlmann stand auf und holte zwei Becher aus dem Schrank. »Sie jetzt doch einen?«

Peter nickte.

Der Wachmann schenkte ein. »Sie hatte schon einen Selbstmordversuch hinter sich. Da hatte sie sich vor eine Straßenbahn geworfen.« Verständnislos schüttelte Kühlmann den Kopf. »Danach war sie lange im Krankenhaus, die haben sie buchstäblich wieder zusammengeflickt. Milch?«

»Ja, bitte.«

»Damals war Dietmar ziemlich verzweifelt. Aber seine Tochter hat sich wieder gefangen. Ist von zu Hause ausgezogen und hat ein Studium begonnen, Geoinformatik.« Er schob Peter eine Tasse hin. »Für Dietmar und seine Frau war das nicht einfach, das Kind wollte plötzlich weg aus Hannover. Aber sie war ja nicht aus der Welt und ist richtig aufgeblüht. Ich hab sie mal gesehen, als sie Dietmar abgeholt hat. Ein hübsches Mädchen, trotz ihres Handicaps.«

»Sie war behindert?«

»Ihr Bein war nach dem Unfall verkrüppelt. Sie musste Schmerzmittel nehmen und regelmäßig Gymnastikübungen machen. Das hat sie mir damals sogar erzählt.« Er biss sich auf die Unterlippe. »Sie machte einen so fröhlichen Eindruck.« Er nahm einen Schluck Kaffee. »Als ich gehört habe, dass sie sich das Leben genommen hat, konnte ich es erst gar nicht glauben. Wissen Sie, ich habe selbst zwei Töchter in dem Alter.« Er sah auf die Uhr. »Jetzt muss ich mich aber bald auf den Weg machen.«

Peter erhob sich. Das Gespräch war zwar anders verlaufen, als geplant, aber er hatte trotzdem das Gefühl, einiges über Kühlmann erfahren zu haben. »Vielen Dank für den Kaffee.«

*

»Clooney! Clooney, komm!«, schallte Frau Bilgurs Stimme durch die langsam einsetzende Dämmerung, begleitet vom Klappern der Leckerlidose.

Die drei Katzen im gegenüberliegenden Gebüsch beobachteten jede Bewegung der Tierfreundin.

»Clooney, wo bist du? Es wird bald dunkel.«

Die Gerufene erhob sich und machte einen langen Hals. Ihre Ohren wackelten nervös, die Schnurrhaare zitterten vor Anspannung.

»Wenn du jetzt nach Hause gehst, wirst du Suleikas Freund verpassen«, gab Socke zu bedenken.

Die Grautigerin schluckte. »Das sind die Knuspercrispies mit Leberwurstgeschmack.« Sie machte einen Schritt nach vorn. Ihr Schwanz zuckte und traf Socke an der Schulter.

»Überleg es dir.«

»Du hast auch hier deine Pflichten. Wir müssen das Revier vor diesem Eindringling schützen«, mahnte Mikey streng.

Frau Bilgur suchte mit den Augen den dunklen Park ab, aber ohne ihre Brille war das mehr eine mechanische als eine erfolgversprechende Geste. Begleitet vom neuerlichen Klappern der Leckerlis machte sie schließlich auf dem Absatz kehrt und ging in ihr Haus zurück.

Clooney entfuhr ein bedauerndes Maunzen, aber sie hatte sich sofort wieder unter Kontrolle. »Später«, beruhigte sie sich selber. »Wenn ich nachher um ihre Beine streiche, holt sie die Dose bestimmt wieder heraus. Das macht sie eigentlich immer …«

»Psst!«, unterbrach Mikey, ohne den Blick von der Hecke auf der anderen Straßenseite abzuwenden. Dort näherte sich ein dunkler Schatten. Suleika, die ein paar Meter weiter auf ihrer Mauer saß, hatte wohl ebenfalls etwas bemerkt. Sie erhob sich, trippelte nervös und sprang auf den Fußweg. Die Katzen spitzten die Ohren.

Ein großer schwarzer Kater stand plötzlich vor der Perserin. »Mau«, begrüßte er sie mit tiefer Stimme.

Suleika gab ihm ein ungestümes Nasenküsschen.

»Wie schamlos sie sich ihm an den Hals wirft.« Angewidert schüttelte Clooney ihre rechte Vorderpfote.

»Los!«, gab Mikey das Kommando.

Der große Unbekannte versuchte, zu entkommen, aber die drei waren schneller. Mikey baute sich vor ihm auf und Socke schnitt hinter ihm den Weg ab. Clooney näherte sich mit geringfügiger Verzögerung von der Seite.

»Wer bist du und was tust du hier?«, verlangte Mikey zu wissen. Sein Rückenfell war aufgestellt und verlieh ihm eine beeindruckende Größe.

Allerdings nichts gegen den Schwarzen, dessen lange Haare ihn wie eine riesige dunkle Fellkugel aussehen ließen. »Wer sind die denn?«, wandte er sich barsch an Suleika.

»Das sind meine Nachbarn.« Die Perserin klang schrill. »Tut ihm nichts, er ist ganz harmlos.«

»Was redest du da?« Der Langhaarige peitschte nervös mit dem Schwanz um sich.

»Sie redet immer Blödsinn.« Clooney wagte einen Schritt in seine Richtung und schnupperte neugierig.

»Das ist unser Revier, und wir mögen es gar nicht, wenn sich Fremde hier rumtreiben. Du kennst die Gesetze. Ich erwarte zumindest einen Antrittsbesuch«, maßregelte Mikey den Eindringling.

»Er kommt aus einer Zucht. Sieh ihn dir doch an. Er hat noch nie auf der Straße gelebt. Woher soll er denn wissen, wie es da zugeht. Er ist ein edler Rassekater!«, mischte sich Suleika wieder ein.

»Natürlich weiß ich, wie es da zugeht«, fuhr der große Kater ihr über die Schnauze. Er erwiderte noch einen Moment Mikeys Starren, dann senkte er den Blick. Die Umstehenden entspannten sich.

Clooney trat ein wenig näher und schnüffelte. »Du warst im Hotel«, konstatierte sie dann.

»Da bin ich nach meiner Flucht untergekommen. In einer der Abstellkammern hinten.«

»Flucht?« Das kam von Socke. »Ich habe es geahnt. Du bist der vermisste Norwegische Waldkater von der Tiermesse.«

»Champion vom Dunkelforst«, stellte sich der Fremde vor.

»Ich bin Clooney von da drüben«, die Grautigerin blickte vage in Richtung ihres Heims.

»Angenehm. Freut mich sehr, dich kennenzulernen.«

»Sie ist eine ordinäre Europäisch Kurzhaar«, konnte sich Suleika nicht verkneifen.

»Wer ist denn hier ordinär? Ich habe gesehen, wie du ihn vorher abgeschleckt hast. Das ist …«

»Ich bin Mikey, der Revierchef«, brachte Mikey die beiden keifenden Katzen mit erhobener Stimme zum Schweigen, »und hinter dir, das ist Socke, mein Stellvertreter.«

Champion drehte sich um und blinzelte dem Weißpfotigen zu. »Leute, ich wollte euch wirklich nicht zu nahe treten. Aber dieses Dasein in Gefangenschaft war die Hölle. Ich habe schon mein ganzes Leben auf eine Möglichkeit gewartet, zu entkommen, und die Messe war eine einmalige Gelegenheit dafür.«

»Und warum machst du dich dann, kaum dass du raus bist, ausgerechnet an Suleika ran?« Clooney konnte es nicht recht glauben.

»Ich habe es leider nicht geschafft, mich ganz alleine durchzuschlagen. Bei dem Wetter momentan«, verlegen betrachtete der Norwegische Waldkater seine Vorderpfoten, »ich brauchte jemanden, der mich für den Anfang unterstützt.«

»Du hast die Maus gestohlen, ich wusste es«, fauchte Clooney Suleika an.

»Ich dachte, es ginge dir um mich und nicht um das Futter, das ich dir besorgt habe«, richtete die sich mit erstickter Stimme an den großen Kater.

»Das natürlich auch, aber ...«, versuchte Champion zu retten, was noch zu retten war, aber die Perserin war schon beleidigt auf ihre Mauer zurückgesprungen und schaute demonstrativ in eine andere Richtung.

»Pah! Wie kindisch«, kommentierte Clooney und rückte noch ein Stückchen enger an den stattlichen Kater. Die Tage im Freien hatten sein langes Fell besonders dicht werden lassen. Neben ihm nahm sich die pummelige Grautigerin geradezu zierlich aus. »Du hast sicher Hunger?«

»Den habe ich allerdings. Du bist sehr einfühlsam.«

»Für so etwas habe ich ein Gespür«, schnurrte Clooney.

»Pah!«, kam es von der Mauer.

»Ans Essen könnt ihr gleich denken. Aber wir haben zunächst ein anderes Anliegen«, erinnerte Mikey.

»Genau«, ergriff Socke das Wort. »Champion, du hast sicher bereits erfahren, dass ein Mann auf dem Messegelände ermordet wurde.«

»Menschensachen interessieren mich nicht.«

»Er wurde in der Nacht, als du ausgebrochen bist, getötet. Vielleicht hast du etwas gehört oder gesehen?«, ließ Socke sich nicht beirren und nahm sich vor, den Norwegischen Waldkater bei nächster Gelegenheit nach einem Orientalen namens Hashiro zu befragen.

»Ehrlich gesagt, das mit dem toten Mann habe ich gar nicht mitbekommen. Aber ich werde versuchen, mich an die Nacht zu erinnern. Ein voller Magen würde mir dabei sicher helfen.«

»Du kannst mit zu mir kommen«, bot Clooney an.

Champion spitzte erfreut die Ohren. Die anderen beiden Kater sahen die Grautigerin erstaunt an. Suleika entfuhr ein weiteres »Pah!«

»Na also, dann wäre das geklärt.« Clooney machte Anstalten, zu gehen.

»Halt!«, hielt Socke sie zurück. »Er kommt besser mit zu mir. Wir müssen ihn Peter vorführen.«

»Wie bitte?« Champions Schwanz zuckte nervös.

»Warum denn das?« Mikey und Clooney blickten verständnislos drein.

»Peter muss wissen, dass der Mord nichts mit dem Diebstahl des wertvollen Rassekaters zu tun hat. Er zieht sonst vollkommen falsche Schlüsse.«

»Wer ist Peter?«, wollte Champion wissen.

Die Katzen klärten ihn auf und schmiedeten gleich einen Plan. Zu Clooneys Bedauern sah der vor, dass Champion zunächst mit Socke mitgehen sollte. Die Kater wollten im Gebüsch warten, bis Chris nach Hause käme. Die würde als Tierärztin sofort erkennen, dass es sich bei Champion um einen reinrassigen Norwegischen Waldkater handelte, und die richtigen Konsequenzen ziehen. Dessen war Socke sich sicher, schließlich hatten sie und Peter sich gestern noch über den verschwundenen Kater unterhalten. Während der Wartezeit wollten Mikey und Clooney für etwas

Verpflegung sorgen. Das gab den Ausschlag, und Champion willigte ein.

»Wir müssen nur aufpassen, dass sie dich nicht gleich einfängt. Sie wirkt harmlos, ist aber ziemlich schlau«, schärfte Socke ihm ein.

»Schlau bin ich auch«, gewann der Norweger wieder Oberhand.

»Das stimmt. Du bist ganz alleine aus der Messehalle geflohen«, himmelte Clooney ihn an. »Bei Gelegenheit musst du mir mal erzählen, wie du das geschafft hast.«

»Pah!«, hörte man von oben.

*

»Kann ich Sie kurz sprechen?«, fragte der Mann im weißen Kittel. »Dr. Rafado« stand auf seinem Namensschild, und so stellte er sich Dietmar Heisenberg auch vor.

»Gibt es etwas Neues von meiner Frau?«, erschrak Dietmar. Neuigkeiten waren zumeist Verschlechterungen.

»Nein. Beruhigen Sie sich, Herr Heisenberg.« Der Arzt legte seine Hand auf Dietmars Arm. »Ich bin neu in der Abteilung. Ich komme aus der Forschung und habe den Fall Ihrer Frau übernommen. Wollen wir uns kurz setzen?« Er deutete auf eine Sitzgruppe am Ende des Flurs.

»Können Sie ihr helfen?« Dietmar verachtete sich selbst für seinen bettelnden Tonfall.

»Das kann ich Ihnen nicht versprechen. Zunächst einmal möchte ich mir ein Bild von dem Fall machen.«

Es gefiel Dietmar nicht, dass man seine Gertrud als »Fall« bezeichnete. »Was möchten Sie wissen?«, forderte er knapp.

»Laut unseren Unterlagen ist Ihre Frau seit über 20 Jahren wegen Depressionen in Behandlung. Das erste Mal nach der Geburt der Tochter, was ziemlich häufig vorkommt.«

Das wusste Dietmar inzwischen. Aber bei den meisten Frauen lag der Grund für diese sogenannten Wochenbettdepressionen an einer hormonellen Umstellung und war leicht in den Griff zu bekommen.

»Bei Ihrer Frau war der Verlauf schwerer, und es gab mehrere Rückschläge.«

»Das weiß ich alles«, unterbrach Dietmar den Arzt. Was wollte der eigentlich? Gertrud ging es nicht besser, wenn man ihre Situation ständig von Neuem wiederholte. Es schien ihm ein Ausdruck von Ratlosigkeit, wenn die Ärzte das taten, und das machte ihn wütend.

»Kurz: Ihre Frau war nach einigen minder schweren Rückschlägen medikamentös gut eingestellt. Was mich interessiert: Was hat den aktuellen derart schweren Schub ausgelöst?«, brachte es Dr. Rafado auf den Punkt.

»Aber ... aber das wissen Sie doch«, stammelte Dietmar jetzt fassungslos. Er würde es nicht übers Herz bringen, erneut alles bis ins letzte Detail zu erzählen.

»Ich wollte es von Ihnen hören«, sagte der Arzt jetzt sanft.

Abgehackt begann Dietmar zu berichten: »Unsere Tochter – Iris. Sie hat sich das Leben genommen. Sie war 25. Sie hatte ebenfalls Depressionen. Es war nicht der erste Versuch. Aber der letzte ist ihr gelungen.« Seine Stimme war nur noch ein Flüstern.

»Und Ihre Frau gab sich die Schuld am Tod Ihrer Tochter?« Dr. Rafado legte ihm abermals seine Hand auf den Arm.

Dietmar schüttelte ihn ab: »Was denken Sie? Meine Tochter war unglücklich verliebt. Das wussten wir beide. Wir konnten ihr nicht helfen.« Er sprang auf und begann, unruhig auf und ab zu laufen. »Gertrud hat es noch härter getroffen, sie hat ihr diese teuflische Krankheit vererbt!«

»Herr Heisenberg, glauben Sie das auch?«, wieder dieser unerträglich verständnisvolle Ton.

»Was?«, schrie er.

»Dass Ihre Frau am Tod Ihrer Tochter Schuld trägt?«

*

Edeltraud Hempel betrachtete die Liste, die sie gerade aufgestellt hatte. Alles Züchter, die Champion als Deckkater angefragt hatten. Sie hatte noch bis zum heutigen Abend gewartet, aber jetzt war es an der Zeit, diesen Leuten abzusagen. Schließlich mussten die rechtzeitig umdisponieren, wenn die Rolligkeit der entsprechenden Katze bevorstand. Sie seufzte. Natürlich würde sie versuchen, den Anfragestellern die Dienste von Diabolo anzubieten, immerhin Champions Sohn. Aber sie bezweifelte, ob die Züchter darauf eingehen würden, und selbst wenn, wäre das Geschäft natürlich längst nicht so lukrativ.

Inzwischen schlichen sich leise Zweifel in ihre Überzeugung, dass Champion gestohlen worden war. Aus diesem Grund hatte sie eben noch diverse Tierheime und Katzenhilfestellen durchtelefoniert. Alles ohne Erfolg. Keine Spur von dem Norwegischen Waldkater. Die Tatsache, dass sie Champion bisher noch nicht mit einem Chip hatte versehen lassen, machte die Sache nicht einfacher. Die Helfer bei den angerufenen Organisationen versuchten, sie zu trösten. Geschichten von Katzen wurden ihr aufgetischt, die nach Wochen, Monaten, in einem Fall sogar Jahren wieder aufgetaucht waren. Aber sie glaubte nicht daran und was würde ihr das auch bringen? Sie befürchtete fast, dass ihr prämierter Kater tot war. Entweder, weil er ausgerissen und überfahren worden war, oder weil ihn Hastoweit, der bestechliche Preisrichter, hatte verschwinden lassen, um seine Unkorrektheit zu vertuschen. Sie war selbst überrascht, wie wenig ihr das ausmachte. Sie war beileibe kein herzloser Mensch und sie liebte ihre Schützlinge wie ihre eigene Familie, aber Champion blieb in dieser Sippe das Schwarze Schaf. Sie hatte nie Zugang zu ihm gefunden, und so trauerte sie ihm auch nicht nach. Versonnen betrachtete sie das Foto von Diabolo, das sie vorher geschossen hatte. Sie plante, es den Interessenten zu schicken mit dem Hinweis, dass es sich um einen direkten Nachkommen des eigentlich angeforderten preisgekrönten Rassekaters handelte.

Sie griff nach dem Telefon und begann, langsam die erste Nummer auf ihrer Liste einzutippen. Und gleich morgen würde sie Diabolo zum Tierarzt bringen und ihn chippen lassen. Sie hielt in ihrer Tätigkeit inne und nahm noch einmal das Bild des Jungkaters zur Hand. Er sah seinem Vater zum Verwechseln ähnlich. Sie löschte die noch nicht ganz eingegebene Nummer und wählte stattdessen eine andere.

*

Ausgerechnet heute ließen sowohl Chris als auch Peter auf sich warten. Socke und Champion saßen im Gebüsch, und inzwischen kannten sie beide fast die ganze Lebensgeschichte des anderen. Socke hatte sogar seine Frage nach einem Kater namens Hashiro loswerden können. Leider erinnerte sich der Norwegische Waldkater nicht, etwas über ihn gehört zu haben. Er habe bei Ausstellungen oder ähnlichen Veranstaltungen keinen Umgang mit den anwesenden Katzen gepflegt, die er als »degeneriert« bezeichnete. Socke wusste zwar nicht, was das bedeutete, musste sich aber mit der Antwort zufriedengeben. Mikey versorgte den hungrigen Waldkater zwischenzeitlich mit einer fetten frischen Maus, und Clooney schaffte tatsächlich die Hälfte des Katzenwürstchens herbei, das Frau Bilgur ihr auf die Schwelle gelegt hatte. Von Suleika war kein Härchen zu sehen, sie hatte sich grußlos zurückgezogen.

»Wenn alles vorbei ist, kommst du mit zu mir zum Abendessen«, entschied Clooney, als der Magen des Schwarzen leise knurrte.

Endlich hörte Socke das vertraute Motorengeräusch. »Das ist Chris. Also wie verabredet. Sobald sie hier vorbeikommt, springst du auf die Mauer und spazierst darauf entlang. Dort oben kann sie dich sehen, aber es ist zu hoch, um dich richtig zu greifen. Klar so weit?«

»Da kommt ein Hund«, hatte Champion andere Sorgen. Sein Nackenfell sträubte sich. Mit Hunden hatte er keine guten Erfahrungen.

»Das ist Angelique, die ist harmlos. Die ist ja kaum größer als du«, versuchte Socke, ihn zu beruhigen. »Außerdem ist sie an der Leine. Los!«

Beherzt überquerte Champion den Weg und sprang auf die Mauer. Chris steuerte derweil zielstrebig auf die Haustür zu. Socke strich ihr um die Beine.

»Socke! Wie schön, dass du mich begrüßt. Willst du mit rein? Du hast bestimmt Hunger.«

»Miau!«

Die Tierärztin hob den Blick und entdeckte den großen schwarzen Waldkater. »Das ist doch ... eindeutig nicht Suleika!«

»Miau!«, bekräftigte Socke, und das war der Fehler.

Angelique hörte ihn von der Straße und begann zu kläffen. Keiner hatte mitbekommen, dass Jasper im Garten jenseits der Mauer seinem Weltschmerz nachhing. Die Stimme seiner untreuen Geliebten war zu viel für den Riesenschnauzer, er stieß ein geradezu wölfisches Heulen aus. Champion, der den Hund hinter sich bisher gar nicht wahrgenommen hatte, machte einen erschrocken Satz nach vorn. Leider direkt in die Arme der Tierärztin, die wie immer blitzschnell reagierte und den großen Norweger festhielt. Da half kein Zappeln und Kratzen. Chris trug dicke Winterkleidung und gefütterte Handschuhe. Außerdem hatte sie die Technik drauf und wusste, wie man mit einem renitenten Kater umging. Sie klemmte sich Champion gekonnt unter den linken Arm und öffnete mit der anderen Hand die Haustür. Aus dem Augenwinkel registrierte sie neben Socke erstaunt noch weitere Katzen aus der Nachbarschaft, was sie aber nicht weiter irritierte. Begleitet von Jaspers Wehklagen, Angeliques Bellen und mehrstimmigem Maunzen schob sie sich samt ihrer Last ins Innere der Wohnung. Gerade, dass Socke noch zwischen ihren Beinen mit hineinschlüpfen konnte, dann fiel die Tür ins Schloss.

※

Peter legte den Hörer auf und lehnte sich zurück. Soeben hatte Chris ihn angerufen und von dem pelzigen Überraschungsgast berichtet. Obwohl sie es natürlich nicht mit 100-prozentiger Bestimmtheit hatte sagen können, bestand doch kaum ein Zweifel daran, dass es sich bei dem Kater um den vermissten Champion handelte. Das Tier war eindeutig ein reinrassiger Norwegischer Waldkater und glich dem Verschwundenen aufs Haar. Mehr Beweise bedurfte es eigentlich nicht. Der Hauptkommissar sah auf die Uhr. Es war längst Feierabendzeit, aber er wollte der Züchterin noch schnell die gute Nachricht zukommen lassen, bevor er nach Hause fuhr.

»Du bist ja auch noch da.« Fritz streckte den Kopf zur Bürotür herein.

»Gleichfalls.«

Der ältere Kollege trat ganz ins Zimmer. »Ich habe gerade einen Anruf bekommen.«

»Ebenso«, grinste Peter. »Du zuerst.«

»Der verschwundene Kater ist wieder aufgetaucht.«

»Woher weißt du das?« Hatte Chris den Kollegen etwa ebenfalls informiert?

»Die Züchterin hat mich soeben angerufen. Das Tier saß vor ihrer Haustür.«

»Ist sie sicher, dass es der auf dem Messegelände verschwundene Kater ist?« Die Frage war überflüssig, wer, wenn nicht die Besitzerin, konnte das bestätigen.

»Na, sie muss es doch wissen. Sie vermutet, dass der Entführer nicht mit ihm zurechtgekommen ist und ihn direkt bei ihr zu Hause wieder ausgesetzt hat.«

Verwirrt schüttelte Peter den Kopf. »Sehr merkwürdig.«

*

Der Zug hatte 20 Minuten Verspätung.

»Möchtest du noch einen Espresso trinken?«, fragte Sebastian.

»Ein Ouzo wäre mir lieber«, kicherte Toni.

Nach der Befragung von Fred Zaunkamp hatten sich die beiden am Nachmittag noch weitere ehemalige Kollegen des Ermordeten vorgenommen. Man bestätigte, dass Dragowski und Zaunkamp befreundet gewesen waren, und an die Sache mit den Ecstasy-Pillen konnten sich die meisten ebenfalls noch erinnern. Mit dem zeitlichen Abstand und der Tatsache geschuldet, dass Dragowski jetzt tot war, wagten einige der Befragten, Mutmaßungen zu dessen damaliger Beteiligung. Besonders der Betreiber der Disco, in der die beiden gearbeitet hatten, war nicht besonders gut auf das Mordopfer zu sprechen. Er äußerte die Überzeugung, dass Dragowski der Drahtzieher der ganzen Sache gewesen sei. Dessen wesentlich stilleren Kumpel hielt er lediglich für einen Mitläufer, den man über den Tisch gezogen hatte. Dass Zaunkamp von dem Duo eher der passivere Teil gewesen war, bestätigten auch die anderen Zeugen. Beweise für Dragowskis Mittäterschaft konnte allerdings keiner liefern, aber das hatten die Ermittler auch nicht erwartet. Am späten Nachmittag hatte Sebastian Toni dann seinen Kollegen in der Polizeidirektion Osnabrück vorgestellt und anschließend sein Vorhaben wahrgemacht und sie zum Griechen eingeladen.

Mit den Worten: »Italienisch bekommst du sicher jeden Tag«, führte er sie zu einem griechischen Restaurant in Osnabrücks Innenstadt. Bei Moussaka und Giros verging dort die Zeit wie im Flug. Die Gesprächsthemen gingen den beiden nicht aus, und Sebastian fand immer mehr Gefallen an der Hannoveranerin. Aber auch Toni stellte fest, dass der Kollege nicht nur süß aussah, sondern durchaus unterhaltsam sein konnte. Beim obligatorischen Ouzo »aufs Haus« waren die zwei bereits ein bisschen verliebt. Auf dem Weg zum Bahnhof legte Sebastian kühn den Arm um Tonis Schultern, die das gerne geschehen ließ. Jetzt standen sie in der Bahnhofshalle und freuten sich, dass ihnen noch 20 Minuten blieben, bevor sie sich verabschieden mussten. Genau in diesem Moment klingelte Tonis Handy. Nur im ersten Moment erstaunt, stellte sie fest, dass der Anruf von ihrem eigenen Festnetzanschluss kam. Francesco! Selbst 150 Kilometer von daheim entfernt schaffte er es, ihr den Abend zu verderben.

»Pronto!«, blaffte sie in den Hörer. Sebastian sah sie erstaunt an.

»Wo bist du?« Die Stimme, die ihr entgegenschallte, war

ebenso wenig freundlich, aber mitnichten die ihres Cousins, sondern – noch schlimmer – die ihres Vaters.

»Was machst du in meiner Wohnung?«

»Dein lieber Cousin war so nett, mich hereinzulassen. Wo treibst du dich um diese Zeit noch herum?«

»Ich bin dienstlich unterwegs, und das kann noch eine Weile dauern, du brauchst also nicht zu warten.« Toni lächelte Sebastian verschwörerisch zu. »Familie«, formte sie lautlos mit den Lippen und verdrehte die Augen.

»Gut.« Der Tonfall Vitali Boccabellas sagte, dass es alles andere als gut war. »Ich wollte dich nur an Samstag erinnern.«

»Samstag?«

»Ich wusste, dass du es vergisst«, klang er jetzt triumphierend. »Deine Tante Ina wird 60. Du musst kommen.«

Toni nickte gedankenverloren. Normalerweise blieb sie solchen Veranstaltungen fern, und von ihrem Vater ließ sie sich schon gar nichts sagen, aber ihre Tante Ina, die Schwester ihrer Mutter, war nicht nur ihre Patin, sondern auch ihre Lieblingstante, und sie hatte sich vorgenommen, der Einladung zu folgen.

»Francesco kommt nicht mit, er reist morgen ab«, informierte ihr Vater sie mit unüberhörbarem Bedauern.

Toni wiederum machte bei dieser Nachricht einen innerlichen Luftsprung. »Wird ja auch Zeit«, entfuhr es ihr.

»Jetzt hast du keinen Tischherrn. Dabei hatte ich dich mit Begleitung angekündigt.«

»Tante Ina wird's verkraften.« Toni verkniff sich einen Kommentar über die Eigenmächtigkeit ihres Vaters. Die Zeit schritt voran, und sie wollte sich noch von Sebastian verabschieden. Der war ein paar Schritte weitergeschlendert und betrachtete gerade das Zeitschriftensortiment eines Kiosks.

»Auf keinen Fall!«, regte sich Vitali Boccabella auf. »Du kommst nicht allein, was denken meine Geschwister. Rosita und ihr Mann haben drei Kinder, alle verheiratet. Und …«

»Vater!« Sebastian legte erschrocken eine Autozeitung weg und fuhr herum. Toni winkte ab.

»Ich bringe meinen Kollegen Paolo für dich mit. Du kennst ihn, und ich habe schon mal was bei ihm angedeutet …«

»Vater!«, unterbrach Toni diesmal etwas leiser. »Ich werde nicht mit diesem Paolo zu einer Familienfeier gehen.« Sie hatte besagten Kollegen in der Tat kennengelernt, und dieses eine Treffen reichte für den Rest ihres Lebens. Was fiel ihrem Vater nur ein?

»Bitte! Was denken die Leute«, jammerte der gerade. »Ich werde ihn einfach fragen, ob es dir nun passt oder nicht.«

»Gar nichts wirst du tun. Da hätte mein Freund nämlich etwas dagegen.«

Schweigen.

Einen Moment genoss Toni die Stille, dann fuhr sie fort: »Eigentlich sollte es ja eine Überraschung sein, aber damit endlich Ruhe ist: Ich werde euch am Samstag meinen Freund vorstellen.« Damit beendete sie das Gespräch und ging auf ihren Osnabrücker Kollegen zu. Ihr Handy klingelte erneut, gleichzeitig wurde der verspätete Intercity nach Hannover angekündigt. Toni drückte das Gespräch weg und sah Sebastian mit einem bedauernden Schulterzucken an.

»Schade, wir müssen zum Bahnsteig«, meinte der plötzlich ganz verlegen. »Sehen wir uns wieder?«

Toni legte ihm eine Hand auf die Schulter und gab ihm einen sanften Kuss auf die Wange. »Das hoffe ich«, flüsterte sie ihm ins Ohr. »Was hast du am Samstag vor?« Beinahe hätte sie den Zug nach Hannover verpasst.

*

Chris schob den Teller weg. »Lecker!«, lobte sie Peters Kochkünste.
Der Hauptkommissar hatte ein schnelles Wokgericht zubereitet. Besonders die Soße, die er dazu zauberte, machte dieses Essen zu einem von Chris' Leibgerichten.
»Unserem Hausgast scheint es auch geschmeckt zu haben.« Peters Blick wanderte zu dem schwarzen Langhaarkater, der sich auf der Fensterbank zusammengerollt hatte.
»Hühnchen in Gelee, die ganze Dose«, grinste seine Freundin. »Dafür hat Socke kaum etwas gefressen.«
Der Weißpfotige saß in einigem Abstand zu Champion und betrachtete abwechselnd den Norwegischen Waldkater und die wieder mal verschlossene Katzenklappe mit missmutigen Blicken. Wie konnte dieser große Schwarze nur so gelassen daliegen, während sich ganz offensichtlich Unheil zusammenbraute? Nach seiner Gefangennahme war Champion zunächst wie eine Furie durchs Haus gehetzt und hatte Chris, Socke und sämtliche Tiere der Nachbarschaft lautstark verflucht. Fast gegen seinen Willen hatte Socke dagegen angeschrien, während Chris sämtliche Fluchtwege dichtmachte. Darin hatte diese Tierärztin Übung. Danach wartete sie, bis sich die beiden Kater ausgetobt hatten, um sie anschließend vollends mit einer Portion Futter zu besänftigen. Bei dem Norwegischen Waldkater klappte das hervorragend. Socke schimpfte noch ein Weilchen alleine weiter, dann nahm er ebenfalls ein paar Bissen. Zu diesem Zeitpunkt war Peter nach Hause gekom-

men, bestaunte den tierischen Gast und dessen Appetit und machte sich an die Zubereitung der Menschenverpflegung. Jetzt waren alle satt und manche zufrieden.

»Ich kann es einfach nicht glauben, dass das nicht dieser Champion vom Dunkelforst sein soll«, wunderte sich Chris. »Ist denn noch ein weiterer Kater auf der Messe abhandengekommen?«

»Uns ist nichts bekannt.«

»Vielleicht waren die Diebe doch auf wertvolle Tiere aus«, dachte die Tierärztin laut nach. »Wäre zwar etwas eigenartig, wenn man die verschwundenen Kois bedenkt, aber nicht alle Verbrecher sind Intelligenzbestien.«

Peter lachte. »Zum Glück, sonst könnten wir sie gar nicht fangen.«

»Möglicherweise sind noch andere Tiere gestohlen worden, die man euch nicht gemeldet hat.« Socke konnte nicht glauben, was Chris da sagte. Es war zum Mäuse melken, die Menschen ließen sich immer auf die falsche Fährte locken. Wütend betrachtete er den leise schnarchenden Champion. Wie konnte man nur so desinteressiert sein? Schließlich ging es doch auch um ihn!

»Und dann ist etwas schiefgelaufen, und das Ganze hat zu einer Katastrophe geführt«, spann Peter den Gedanken seiner Freundin weiter.

»Hältst du es für möglich, dass der ermordete Wachmann mit dringesteckt hat?«

»Ausschließen kann man gar nichts. Das ist ja das Verflixte an diesem Fall. Viele lose Enden und kein roter Faden.«

»Wie auch immer. Ich nehme unsere pelzige Geisel morgen mit in meine Praxis«, erklärte Chris. »Vielleicht ist er gechippt, und wir finden heraus, wo er hingehört. Ansonsten muss er erst einmal ins Tierheim.«

In Sockes Magen bildete sich ein harter Klumpen.
»Champion, hey!«, zischte er.
»Hmm?«, der Angesprochene öffnete träge ein Auge.
»Was'n los?«, nuschelte er.
»Jetzt sind wir richtig in Schwierigkeiten!«

*

Stefan Maurer betrat den Aufenthaltsraum. »Mann, ist das kalt draußen. Ausgerechnet diese Woche muss es noch mal Winter werden.« Trübsinnig blickte er zum Fenster hinaus.

»Wem sagst du das«, stimmte Hans-Jürgen Kühlmann ihm zu.

Die Temperaturen lagen bei knapp unter null Grad. Zwar hatte es glücklicherweise nicht mehr geschneit, aber der gestrige Niederschlag lag noch immer in Form von grauem Matsch auf den Straßen. Kein besonders sehenswerter Anblick. Maurer wandte sich ab und bediente sich an der Kaffeemaschine. »Trinkst du heute keinen?«

Tatsächlich saß Kühlmann gerade vor einer Tasse Kräutertee. »Entschlackend«, stand auf der Packung, die der Wachmann vorher demonstrativ neben dem Wasserkocher platziert hatte; sehr zur Verwunderung seiner Kollegen. Aber ganz ohne Kaffee würde er die Nacht wohl nicht überstehen. Ihm fehlte Schlaf, und das Probetraining am Nachmittag hatte ihm gehörig zugesetzt. Morgen würde er bestimmt Muskelkater haben. Er spürte jetzt schon jede Faser seines Körpers. Trotzdem ging es ihm gut wie nie. Marietta und er hatten endlich mal wieder miteinander geredet. »Kannst du dir denn nicht vorstellen, dass ich das alles nur für mich mache?«, hatte sie ihn gefragt, als er sein Misstrauen bezüglich ihrer diversen Verschönerungsaktionen äußerte und gleichzeitig mutmaßte, ein anderer Mann sei im Spiel. »Und ein bisschen für dich«, hatte sie leise ergänzt. Sollte das wirklich stimmen? »Ihr Männer traut uns immer gleich das Schlimmste zu!« Diese Aussage war Hans-Jürgen zwar etwas zu pauschal, stimmte ihn aber trotzdem nachdenklich. Als Marietta dann hinzufügte: »Du könntest ruhig mal was für dich tun, anstatt dich über meine Bemühungen zu ärgern«, hatte er sich das zu Herzen genommen und sich noch für den Nachmittag zum Fitnesstraining angemeldet. Jetzt taten ihm sämtliche Knochen weh, und er hatte ziemlichen Hunger, aber seine Laune war bestens.

»Einen trinke ich mit«, verkündete er beinah übermütig.

Stefan Maurer schenkte ein und setzte sich zu ihm. »Hat die Polizei dich heute auch noch einmal vernommen?«

»Hm.«

»Bei mir hat diese Lisa Sanders, die Kommissarin, am frühen Nachmittag vor der Tür gestanden. Mann, die wollte aber alles ganz genau wissen.«

»Du hast ihn immerhin gefunden.« Kühlmann hatte eigentlich keine Lust zu einer Unterhaltung, viel lieber wollte er seinen Gedanken nachhängen. Marietta und er hatten eben, bevor er sich auf den Weg hatte machen müssen, noch über einen spontanen Kurzurlaub am übernächsten Wochenende gesprochen. Ob er einen Musicalbesuch vorschlagen sollte? Oder doch besser Entspannung in einem schicken Hotel?

Maurer hatte andere Sorgen. »Meinst du, sie verdächtigen mich?« In der Tat hatte die blonde Kommissarin sich besonders für die Uhrzeit interessiert, zu der er den Aufenthaltsraum zum Telefonieren verlassen hatte. Schließlich musste Maurer einräumen, dass er sich geirrt haben könne, und es möglicherweise später, als zunächst behauptet, gewesen sei. Lisa Sander wollte daraufhin sämtliche

Einzelheiten, insbesondere den genauen Zeitpunkt seines nächtlichen Telefonats, wissen. Dabei war ihm ihre skeptische Miene nicht entgangen. »Dabei habe ich ihr doch gleich gesagt, dass ich mit meiner Freundin telefoniert habe«, rechtfertigte er sich.

»Hm, ach so.« Sein Kollege war nicht ganz bei der Sache. Ob man so kurzfristig überhaupt Karten für ein Musical bekäme? Vielleicht wäre Wellness das bessere Programm?

»Sie fand die Uhrzeit für ein Gespräch ungewöhnlich«, gab Stefan Maurer derweil die Zweifel der Kommissarin wider, bekam aber keine Antwort. »Meine Freundin arbeitet als Barfrau, da telefonieren wir öfter nach Mitternacht.«

Kühlmann nickte geistesabwesend, ohne etwas zu erwidern. »Sag mal«, brach er nach einer Weile endlich sein Schweigen, »kennst du eine gute Adresse, wo man ein schönes Wochenende zu zweit verbringen kann?«

※

Der schwarze Langhaarkater tigerte unruhig durchs Wohnzimmer.

»Kannst du dich nicht endlich mal hinsetzen?«, maulte Socke entnervt. Er saß mit untergeschlagenen Pfoten auf der Sofalehne und beobachtete seinen Artgenossen.

»Ins Tierheim, sagst du?«

»Ja, genau das habe ich dir jetzt ein paarmal erklärt«, schnaufte der Weißpfotige mühsam beherrscht. »Vorher hättest du es sogar aus dem Mund der Menschen erfahren können, wenn du nicht gepennt hättest.«

»Ist ja gut.« Champion hielt in seiner Bewegung inne und sah Socke schuldbewusst an. »Das viele Futter hat mich müde gemacht, und ich habe seit Tagen nicht mehr richtig geschlafen. Außerdem ist es hier so schön kuschelig warm.« Er setzte seinen Rundgang fort. »Immerhin muss ich nicht zurück zu meiner Züchterin.«

»Sie will dich scheinbar nicht haben. Warum, habe ich nicht so recht verstanden. War es bei ihr denn so furchtbar?«

»Nein, es kommt halt darauf an, was man will. Den anderen Katzen gefällt es dort gut, wir wurden von vorne bis hinten bedient.« Der Norwegische Waldkater baute sich vor Socke auf. »Aber ich bin für die Freiheit geboren.«

»Klar, aber ein warmes Schlafplätzchen und regelmäßige Mahlzeiten sind auch nicht zu verachten.«

»Das kann man auch so bekommen. Mir fehlt nur die Übung.« Endlich setzte sich der Langhaarige und begann sich zu putzen.

»Dann ist das Tierheim für dich nicht das Richtige«, befand Socke. »Mir hat es dort nicht so gefallen. Die Leute sind zwar nett, aber es sind einfach zu viele Tiere da. Und nicht nur Katzen.«

»Hunde auch?« Champions Nackenfell richtete sich unwillkürlich auf.

»Hunde sind sogar mehr dort als Katzen«, gab Socke an, obwohl er es nicht so genau wusste. Auf jeden Fall waren die Hunde lauter.

»Oh nein, ich bin geliefert. Ich muss sofort hier raus, bevor sie mich ins Heim bringen.«

»Meine Rede.«

»Wie kommst du denn normalerweise ins Freie, wenn du mal musst? Gibt es irgendwo ein Schlupfloch?« Panisch sah Champion sich um.

»Durch die Klappe, aber die ist verriegelt. Da kann man nichts dagegen machen, glaub mir, ich habe es versucht.«

Socke dachte an seinen krankheitsbedingten Hausarrest. Es war wirklich unfair, dass man ihn schon wieder eingesperrt hatte.

»Sollen wir Alarm schlagen? Vielleicht lassen sich deine Menschen erweichen?«

»Keine Chance, das habe ich alles durch. Chris ist Tierärztin«, fügte Socke erklärend hinzu.

»Ich weiß, du sagtest es bereits.« Der Norwegische Waldkater klang verzweifelt. Sollte das das Ende seiner Freiheit sein? Was sein momentaner Gastgeber über das Tierheim erzählt hatte, gefiel ihm gar nicht. »Und aus diesem Heim, kann man da fliehen?«

Socke schüttelte nur den Kopf. Zwar versuchten es viele, aber nur eine Katze hatte es tatsächlich geschafft. Das Ganze war vor seiner Zeit gewesen. Singha, einer dreifarbigen Glückskatze, war damals die Flucht übers Dach geglückt. Sie war im Außengehege auf einen Baum geklettert. Das musste recht wacklig zugegangen sein, denn die Äste dort oben waren der Erzählung nach ziemlich dünn gewesen. Mit einem gewagten Sprung landete die Ausreißerin in der Freiheit. Ihr Verschwinden wurde erst ein paar Stunden später bemerkt, und die daraufhin eingeleitete Suche blieb zunächst erfolglos. Noch am selben Abend sägten die Helfer im Tierheim die oberen Äste des Baums ab. Von Singha hörte man erst Monate später. Sie hatte sich dem Vernehmen nach bei einem älteren Ehepaar einquartiert, deren Katze einige Zeit zuvor gestorben war. Über ihren Chip konnte man schließlich die Herkunft der Glückskatze zurückverfolgen, als die sich endlich mal hatte einfangen lassen. Laut den beiden Senioren führte sie ein freies Katzenleben und kam und ging, wann es ihr gerade passte. Singhas Geschichte machte natürlich unter den Katzen im Tierheim die Runde, und viele wollten es ihr gleichtun.

Gelungen war es seither keinem mehr. »Aus dem Tierheim kommst du nicht ohne Menschenhilfe raus«, prophezeite Socke düster und brütete vor sich hin.

Champion drehte einige schweigsame Runden durchs Wohnzimmer. Dann hielt er es nicht mehr aus. »Hey, was machen wir jetzt?«, stupste er den in Gedanken verlorenen Kater ungeduldig an.

»Lass mich doch nachdenken.«

»Ins Tierheim gehe ich auf keinen Fall. Ich möchte frei und ungebunden leben.«

»Ich habe es verstanden. Aber hier kommst du heute Nacht nicht raus. Wie hast du es eigentlich geschafft, aus der Messehalle zu entkommen?«, versuchte Socke den immer noch rastlos umherwandernden Champion abzulenken. Bei diesem Hin und Her konnte man ja nicht vernünftig denken.

»Wie der Käfig aufgeht, habe ich mir schon vorher gemerkt, das war ganz einfach. Und dann musste ich nur noch warten, bis der Wachmann zum Kontrollgang kam. Ich habe hinter der Tür gelauert und bin nach draußen geschlüpft.«

»Und vorher hast du noch die beiden Kois gefressen«, stellte Socke fest.

»Das erste Mal, dass ich mir mein Futter selbst gefangen habe. Ein erhebendes Gefühl!« Selbstzufrieden setzte sich der Waldkater endlich hin.

»War der Wachmann allein? Oder hast du draußen noch einen weiteren Menschen gesehen?« Wenn er schon eine unruhige Nacht verbringen musste, wollte Socke wenigstens seine Mordermittlungen vorantreiben.

»Ich weiß zwar nicht, warum dich diese Menschengeschichten so interessieren, aber ich habe tatsächlich jemanden gesehen.«

»Und? Erzähl schon! Eine Frau oder einen Mann?« Aus Peters Erzählungen beim Abendessen kannte Socke den aktuellen Stand der Polizei.

»Sowohl als auch«, war die geheimnisvolle Antwort.

»Was jetzt?«

»Da war eine Frau, die ist gerade in die gleiche Richtung davongelaufen wie ich. Sie hat geweint und war aufgeregt, deshalb hat sie mich nicht gesehen.«

»Und was war mit dem Mann, den du gesehen hast?«

»Gehört. Ich habe gehört, wie sich der Wachmann mit ihm unterhalten hat.«

KAPITEL 6, MITTWOCH

Fritz ließ sich schwer auf seinen Platz am Besprechungstisch fallen. Keiner nahm Notiz von ihm. Peter blätterte in seinen Unterlagen. Lisa und Toni unterhielten sich angeregt über den Vortag, als hätten sie sich seit Wochen nicht gesehen. Tonis Wangen glühten, ihre kurze Dienstfahrt nach Osnabrück war offenbar ein voller Erfolg gewesen. Fragte sich nur, in welcher Hinsicht. Niemanden schien es zu interessieren, dass der ältere Kollege heute, ganz gegen seine Gewohnheit, nicht mit irgendeiner Leckerei aufwartete. Fritz stöhnte laut und griff sich demonstrativ an den Rücken.

»Geht's dir nicht gut?«, erkundigte sich Peter endlich zerstreut, ohne allerdings den Blick von seinen Unterlagen zu heben.

»Ich bin heute Morgen ausgerutscht. Ich habe mir den Rücken verrenkt.« Neuerliches Stöhnen.

»Ich kann dir einen guten Orthopäden empfehlen«, schaltete sich Lisa ein.

Fritz winkte ab. »Lass nur, es geht schon. Nicht, dass der mich noch krankschreibt.«

»Damit ist nicht zu spaßen. Wenn du zu Hause bleiben musst, dann ist es eben so. Gesundheit geht vor. Uli hat sich für heute ebenfalls wegen seiner Erkältung abgemeldet«, ergänzte Peter.

Toni verdrehte die Augen. Es ärgerte sie, wie ihr Chef den Senior ihrer Truppe verwöhnte. Fritz musste keine Dienstreisen unternehmen, durfte zumeist an seinem geliebten Schreibtisch sitzen, und wenn es ihn juckte, dann kam Peter noch, um ihn zu kratzen. Aber ihr Ausflug nach Osnabrück gestern hatte sie milde gestimmt, und so enthielt sie sich, ganz gegen ihre Gewohnheit, eines bissigen Kommentars, sondern nickte sogar bestätigend.

Fritz, dem diese plötzliche Aufmerksamkeit nun doch unangenehm war, wiegelte ab und wechselte das Thema: »Ist schon gut. Hast du den Frauen von dem heimgekehrten Kater erzählt?«

Peter schüttelte den Kopf. »Ich glaube, da haben wir uns in etwas verrannt«, beendete er seinen Bericht und schloss mit den Worten: »Wir sollten den tierischen Aspekt mal beiseitelassen. Toni, was hast du in Osnabrück rausgefunden?«

Die junge Kommissarin zog ihr Notizbuch hervor und brachte ihre Kollegen auf den neuesten Stand.

Besonders die Aktivitäten des Verdächtigen in der Mordnacht interessierten Peter. »Er war im Mezzo am Raschplatz? Das Alibi solltet ihr überprüfen«, forderte er seine beiden Kolleginnen auf.

Toni nickte. »Klar, aber große Hoffnungen mache ich mir da nicht. Der Laden ist groß und gut besucht. An einem Freitagabend war da bestimmt der Bär los. Noch dazu zu Messezeiten.«

Der Hauptkommissar seufzte. »Es ist auf jeden Fall unsere im Moment heißeste Spur. Mal abgesehen von den Arbeitskollegen des Opfers, aber da fehlt mir der rechte Beweggrund für die Tat.«

Lisa gab den Inhalt ihrer Gespräche mit den beiden jüngeren Wachmännern wider. »Beide hatten theoretisch die Möglichkeit, aber kein erkennbares Motiv. Mit den Schlagstöcken ist das so eine Sache, die wurden munter getauscht«, schloss sie resigniert.

Peter bestätigte mit seinem Bericht über die Vernehmung Kühlmanns diesen Sachverhalt. »Ich knöpfe mir heute noch Dietmar Heisenberg vor«, verkündete er ohne große Hoffnung, immerhin hatte er von dessen Vorgesetzten schon einiges über den Senior der Wachmanntruppe erfahren und befürchtete, dass der viel zu sehr mit sich selbst beschäftigt war, um etwas Ungewöhnliches in der Mordnacht bemerkt zu haben. »Du forschst weiter nach Informationen über die vier Wachleute. Alles, was wir oder die Kollegen in ihrer Datenbank haben, oder was man im Netz so finden kann«, wies er Fritz an. Der griff sich stöhnend an den Rücken, nickte aber.

Schließlich beendeten sie ihre Sitzung. Die Frauen machten sich auf den Weg in das Café hinter dem Hauptbahnhof. Fritz schlurfte gebückt aus dem Raum.

Peter schloss zu ihm auf: »Ich habe es mir anders überlegt, du gehst erst zum Arzt. Ich nehm dich gleich mit. Keine Widerrede!«, fügte er hinzu, als der ältere zum Protest anhob. »Ich muss nur noch schnell telefonieren, dann geht's los.« Bei dem kurzen und eher unerfreulichen Gespräch mit dem Staatsanwalt erklärte Peter vage: »Wir ermitteln in alle Richtungen.«

*

Socke war nervös. Im frühen Morgengrauen hatten er und Champion unter Einbeziehung sämtlicher Informationen einen Fluchtplan für den Norwegischen Waldkater geschmiedet. Der sah zunächst angepasstes Verhalten vor. Die Kater gaben sich Mühe, etwas von ihrem Frühstück, »Rind in Gelee«, zu verspeisen. Appetitlosigkeit wäre aufgefallen. Zu Chris' Erstaunen gelang es anschließend mühelos, Champion in der Katzenbox zu verstauen. Der Kater maunzte zwar ein wenig, aber das grollende Knurren und laute Miauen, das sie von Socke kannte, blieben aus. Der Weißpfotige, der bemerkte, dass die Tierärztin sich darüber wunderte, stachelte seinen Kumpel zu einigen letztendlich aber nur halbherzig ausgeführten Klagelauten an.

»Sie darf keinen Verdacht schöpfen!«, warnte er.

»Miaumimimi!«

»Ist ja gut«, beruhigte Chris. »Das passiert nur zu deinem Besten. Als Erstes werde ich dich in meiner Praxis gründlich untersuchen.«

Das wirkte: »Miaumiaumiauuuuuuuuuu!«

»Schon besser!«, kommentierte Socke.

»Socke, du bleibst hier«, kam es prompt. Chris hatte sich ihre dicken Wintersachen angezogen und langte nach der Transportbox.

Nichts da!, der weißpfotige Kater drängelte in die Eingangstür.

»Na gut, dann komm halt mit nach draußen. Aber deine Klappe ist verriegelt, du musst warten, bis ich zurückkomme, wenn du rein möchtest.«

Keine der Nachbarkatzen hielt sich im Freien auf. Wenn man sie mal brauchte! Dann musste Socke es halt alleine schaffen. Chris fischte mit der rechten Hand nach ihrem Schlüssel. Mit der Linken hielt sie den Griff der Katzenbox fest umklammert. Gerade als sie, wie üblich beim Verlassen des Hauses, abschließen wollte, setzte Socke zum Sprung an.

Zufrieden bemerkte er, wie sein Zielobjekt in hohem Bogen aus Chris' Hand flog. Das Training mit seiner Lieblingsmaus zahlte sich definitiv aus. Schneller als die Tierärztin, die zunächst die Box neben den Fußabtreter stellte, war der Kater beim Haustürschlüssel und beförderte ihn mit einem weiteren gezielten Schlag unter den Kirschlorbeer.

»Socke, das ist kein Spielzeug«, schimpfte Chris und

hockte sich fluchend neben den Busch. Der Kater zog sich zurück und ließ sie bei ihrer Suche in Ruhe. »Ausgerechnet jetzt musst du deinen Jagdtrieb ausleben«, maulte die derweil und angelte blind unter dem Busch nach ihrem Schlüsselbund. In dem Moment, als sie ihn endlich zu fassen bekam, rutschte sie vornüber und fiel hart auf die Knie. »Autsch! Na prima, das gibt ein paar schöne blaue Flecken.« Mühsam richtete Chris sich auf und drehte sich langsam zu der verdächtig ruhigen Katzenbox um. Deren Tür stand sperrangelweit auf, und weder von Champion noch von Socke war eine Schwanzspitze zu sehen. Jetzt konnte man die Tierärztin erst richtig fluchen hören.

*

Beklommen betrachtete Peter den Schnappschuss der jungen Frau. Übermütig lachte sie in die Kamera, und nur der Trauerflor über der rechten oberen Ecke des Rahmens zeigte an, dass diese Fröhlichkeit bereits ein jähes Ende gefunden hatte. Das Foto stand auf einem kleinen Regal inmitten weiterer Erinnerungsstücke und eingerahmt von zwei Kerzen. Das Ganze ähnelte in bedrückender Weise einem Altar. Peter kannte diese Art der Trauer, hatte er doch von Berufs wegen häufiger mit dem Tod zu tun, aber es deprimierte ihn trotzdem immer wieder. Der Tod eines Menschen zerstörte weit mehr als nur das Leben eines Einzelnen. Und was war schlimmer, als sein Kind zu verlieren? Er schluckte. Ihm selbst waren nie Vaterfreuden vergönnt gewesen, aber wer wusste schon, welches Leid ihm dadurch ebenfalls erspart geblieben war?

»Sie war 24 Jahre alt.« Der grauhaarige Wachmann musterte den Kommissar gedankenverlorenen, beinahe wohlwollend. »Haben Sie Kinder?«

Peter schüttelte den Kopf, ihm wollte keine passende Erwiderung einfallen.

»Dabei haben meine Frau und ich gedacht, sie hätte sich gefangen. Das Studium hat ihr Spaß gemacht, und es hat ihr gutgetan, von Hannover wegzukommen. Osnabrück ist ja nicht aus der Welt. Wir haben ihr eine hübsche kleine Wohnung eingerichtet.« Er stockte.

Behutsam versuchte Peter, die Sprache auf die Mordnacht zu bringen.

Dietmar Heisenberg nickte bitter und deutete auf die Sitzgruppe gegenüber der Regalwand. »Ich kann Ihnen nicht viel sagen. Ich war die ganze Nacht in Halle 24. Das habe ich Ihrem Kollegen auch schon erzählt.«

»Haben Sie jemanden gesehen? Ist vielleicht einer der anderen Wachleute vorbeigekommen?«

Heisenberg schüttelte den Kopf und verschränkte die Arme vor der Brust.

»Hatten Sie telefonischen Kontakt? Haben Sie einen Anruf bekommen oder getätigt?«

»Mitten in der Nacht?« Der Blick des Wachmanns war starr auf das Foto seiner Tochter am anderen Ende des Raums gerichtet, seine ganze Körperhaltung signalisierte jetzt Abwehr. Peters Fragen nach seinem Schlagstock beantwortete er vage und einsilbig, über seine Kollegen wusste er angeblich gar nichts zu sagen. Resigniert erhob sich der Hauptkommissar schließlich und bedankte sich für das Gespräch.

»Ein Anruf in Abwesenheit«, teilte ihm sein Handy draußen mit: Chris.

»Er ist abgehauen«, hielt die sich nicht lange mit Vorreden auf.

Der Hauptkommissar brauchte einen Moment, bis er wusste, wen seine Freundin meinte.

»Das willst du gar nicht wissen«, antwortete sie ihm auf seine Frage, wie der Kater habe entwischen können. »Es ist einfach zu blöd … Ach, was soll's. Ich dachte, dich interessiert es vielleicht«, beendete sie gleich darauf das Gespräch.

Peter schaltete den Ton seines Mobiltelefons wieder an und überprüfte die weitere Anrufliste. Von seinen Kollegen hatte sich bisher noch keiner gemeldet. Er beschloss, erst mal eine Pause zu machen und eine Kleinigkeit zu essen.

*

»Wenn wir schon mal hier sind, können wir auch gleich was essen.«

Wie befürchtet, konnte sich im Café Mezzo niemand an den Gast vom Freitagabend erinnern. Dabei hatten sie das Glück gehabt, das Service-Team vom Wochenende beinahe vollständig anzutreffen.

»Hier war so viel los, sorry«, entschuldigte sich der junge Mann, der hinter dem Tresen seinen Dienst versehen hatte.

»Könnte sein, aber ganz sicher bin ich mir nicht«, erklärte die BWL-Studentin, die sich als Bedienung etwas dazuverdiente. Immerhin konnte sie die Namen zweier Kommilitonen nennen, die in der Nacht zum Samstag als Gäste hier gewesen waren. »Vielleicht können die euch helfen.« Toni notierte sich Namen und Telefonnummern.

Selbst der Koch, der gerade eintrudelte, warf einen Blick auf das Foto von Fred Zaunkamp. »Nie gesehen«, war er sich immerhin sicher. »Aber ich bin natürlich die meiste Zeit in der Küche. Eventuell hat Franco, unser Pizzabäcker, was gesehen. Der geht manchmal zum Rauchen raus, wenn Zeit ist.«

Die BWL-Studentin nickte zustimmend. Besagter Pizzabäcker hatte aber heute erst ab 17 Uhr Dienst, und so gönnten sich Toni und Lisa eine Mittagspause, während die nette Bedienung so freundlich war, diesen Kollegen auf seinem Handy anzurufen. »Er kommt gleich vorbei«, verkündete sie. »Er ist eh bei seiner Freundin ganz in der Nähe.«

Toni bestellte sich derweil einen Salat mit gegrillten Hähnchenbruststreifen, Lisa entschied sich für Linsencurry. Während sie noch aßen, betrat der Koch das Cafe.

»Francesco!« Entgeistert ließ Toni ihre Gabel sinken.

»Antonia Boccabella! Hat die Polizei keine anderen Leute?«

»Ihr kennt euch?« Verblüfft schaute die BWL-Studentin von einem zum anderen.

»Kann man so sagen.« Mit einer Handbewegung bedeutete Toni ihrem Cousin, sich zu setzen. »Ich dachte, du bist zurück nach Italien?«

»Ich bin zu meiner Freundin gezogen.« Francesco setzte sich, ohne seinen Mantel auszuziehen.

Lisa grinste und löffelte weiter ihr Curry, ihr Befragungsgeschick wurde hier offenbar nicht gebraucht.

»Freundin? Warum weiß ich davon nichts?«

»Du weißt so einiges nicht.«

»Das scheint mir auch so, seit wann arbeitest du hier? Kannst du überhaupt kochen?«

Francesco schnappte sich mit den Fingern einen Streifen Hähnchen. »Ich arbeite hier als Pizzabäcker!«

»Pizza?«, entgeistert sah Toni ihren Cousin an. »Ich wusste gar nicht, dass du weißt, wie man die macht?«

»Ich bin Italiener!« Pathetisch schlug sich Francesco an die Brust.

»Es schmeckt wirklich lecker!«, sprang ihm seine Kollegin aus dem Service bei.

»Hm.«

Lisa legte ihren Löffel in die leer gegessene Suppenschale

und fingerte nach dem Bild von Fred Zaunkamp. »Kennen Sie diesen Herrn?«

Francesco nahm sich das Foto und studierte es eingehend. »Kann sein.«

»War er am Freitagabend hier«, besann sich Toni wieder auf den Grund ihres Besuchs im Mezzo.

Francesco drehte sich um und deutete auf einen Tisch am Fenster. »Hier hat er gesessen.«

Die Frauen sahen ihn ungläubig an.

»Bist du sicher?«, zweifelte seine Cousine. Sollte ausgerechnet ihr oberflächlicher Verwandter ihnen weiterhelfen können?

»Ziemlich. Er hat Grünkohl gegessen, keine Pizza. Ich habe ihn von draußen beobachtet, als ich eine rauchen war.«

»Du rauchst?«, entfuhr es Toni, den Zigarettengeruch hatte sie bisher den Kneipenbesuchen ihres Cousins zugeschrieben. Jetzt wandten sich ihr sämtliche Blicke zu. »Ist ja deine Sache«, murmelte sie daher.

»Sie sind sich ganz sicher?«, hakte Lisa nach.

»Ich denke schon. So lange arbeite ich hier noch nicht, dass ich da viel durcheinanderbringen könnte. Außerdem habe ich ein gutes Gedächtnis für Gesichter.« Trotzig blickte er seine Cousine an.

Die beschäftigte noch etwas ganz anderes: »Du bleibst also in Hannover?«

※

»Ein Hochstapler?«, presste Suleika hervor. »Na, ich habe es gleich geahnt.« Missmutig sah sie von ihrer Mauer auf ihre beiden Nachbarn herab, die es sich jetzt, da die Sonne ein paar mittägliche Strahlen schickte, in Peters Vorgarten gemütlich machten.

»Klar, deswegen hast du für ihn ja auch die Mäuse gestohlen«, konnte sich Clooney nicht verkneifen.

»Nein, er hat uns die Wahrheit gesagt. Er ist tatsächlich Champion vom Dunkelforst. Die Züchterin lügt«, verteidigte Socke den Norwegischen Waldkater. »Sie konnte ihn nicht leiden. Manchmal verstehe ich die Menschen nicht.«

»Er ist eben ein ungehobelter, wenig umgänglicher Kater, das mögen die Menschen nicht. Er hat keinerlei Manieren«, schimpfte Suleika.

Clooney reckte den Hals. »Ach? Mir ist so, als hättest du gestern etwas anderes gesagt.«

»Da hast du mich missverstanden.«

»Und wo ist Champion jetzt?«, wandte sich Clooney an Socke. »Hat er eine Nachricht hinterlassen?«

Der verneinte. Nach der Befreiungsaktion am Morgen hatte er keine Gelegenheit mehr gehabt, sich mit dem Rassekater abzusprechen. Der war, kaum dass die Tür der Katzenbox geöffnet war, verschwunden. »Es gibt keine Markierung von ihm. Ich weiß nicht, ob er sich hier je wieder blicken lässt«, zweifelte er.

Die Grautigerin seufzte.

»Ich sage ja, kein Benehmen!« Suleika klang verächtlich. »Nicht mal ein Dankeschön.«

»Über der ganzen Aufregung haben wir den Mord ganz aus den Augen verloren«, wechselte Socke das Thema. »Immerhin wissen wir jetzt sicher, dass er nichts mit Champions Verschwinden zu tun hat.«

Clooney gähnte und ließ sich auf die Seite fallen. »Stimmt! Die verschwundenen Fische gehen auf sein Konto. Hab ich mir übrigens gleich gedacht.«

»So, so.«

Die mollige Katze schloss die Augen. »Wir müssen Peter einen Hinweis geben«, murmelte sie schläfrig.

»Er weiß Bescheid.«

»Na, dann …«

»Aber er weiß nicht, wer der Mörder ist.«

»Was ist mit der Frau in der schwarzen Jacke?« Clooney öffnete ein Auge und schielte die Mauer hoch. »Ich bin mir sicher, es war eine Beziehungstat. Manche Frauen benehmen sich in Bezug auf Männer unberechenbar.«

»Du musst es ja wissen«, giftete Suleika.

»Ich bilde mich durch Fernsehen. Und im Gegensatz zu anderen Katzen weiß ich, wovon ich rede, schließlich habe ich es mit eigenen Augen gesehen.«

»Fernsehen ist etwas fürs gemeine Volk …«

»Wer ist denn hier gemein?«

»Ich meine gemein im Sinne von einfach. Plump und …«

Socke blendete das Wortgefecht der beiden Katzen aus und dachte über seine neuesten Informationen nach. Zwar tippte Clooney auf eine Beziehungstat, aber nach allem, was er inzwischen erfahren hatte, war er sich da nicht mehr so sicher. Er ärgerte sich, dass er selber in der Mordnacht nichts weiter mitbekommen hatte. Er war einfach zu sehr mit sich und seinen kalten Pfoten beschäftigt gewesen. Aber wer konnte auch ahnen, dass nur wenige Meter entfernt jemand erschlagen wurde. Er musste die Wachmänner noch einmal unter die Lupe nehmen.

Plumps! »Hoppla!«

Socke fuhr hoch und sah Clooney mit selbstzufriedener Miene und aufgestellten Nackenhaaren auf der Mauer sitzen. Dafür war von Suleika nur noch ein Fauchen hinter derselben zu hören. »Tut mir leid, dass ich dich erschreckt habe«, erklärte die Grautigerin in einem Tonfall, der eben dieses Bedauern Lügen strafte. »Aber du musst dich festkrallen.«

»Mir ist das hier zu albern, ich gehe hinein«, hörte Socke die Perserin keifen, dann entfernte sie sich raschelnd.

Clooney ließ ihren Blick durch den Garten schweifen. »Die könnten mal wieder Futter in ihr Vogelhäuschen füllen, sonst kommt ja keiner.«

»Also, ich werde mich heute Abend noch mal auf dem Messegelände umschauen«, tat Socke kund. »Kommst du mit?«

*

Peter und seine Kollegen machten eher Feierabend als in den letzten Tagen. Nachdem Fritz am frühen Nachmittag dank dem beherzten Eingreifen eines Chiropraktikers schmerzfrei wieder zur Arbeit erschienen war, hatten sich die Ermittler erneut zu einer Beratung zusammengefunden und alle Fakten zum wiederholten Male beleuchtet. Neben Zaunkamps Alibi, das ihn zumindest aus dem engeren Kreis der Verdächtigen ausschloss, wussten sie jetzt, dass Stefan Maurer gerne schnell fuhr und schon mehrmals den Führerschein los gewesen war, und dass Achmed Özgur an einer Demo gegen Studiengebühren teilgenommen hatte. Über den Suizid von Dietmar Heisenbergs Tochter mit einer Überdosis Tabletten in einer Osnabrücker Altbauwohnung lagen inzwischen Kopien der Akten auf dem Tisch. Hier waren sie zunächst alle hellhörig geworden, aber bislang konnten keine Berührungspunkte zum Mordopfer gefunden werden. Osnabrück war schließlich kein Dorf, und als die junge Frau dorthin gezogen war, hatte Dragowski seine Stelle als Türsteher in der Nobeldisco längst aufgegeben. Von Dietmar Heisenberg lagen außerdem zwei Anzeigen gegen seine Nachbarn wegen ruhestörendem Lärm vor. Das eine Mal war ihm die Musik zu laut, und ein anderes Mal hatte ihn das fortwährende Bellen eines Hundes gestört. Auf Peter wirkten diese Anschuldigungen wie Hilferufe. Der Wachmann hatte zu Hause niemanden mehr, mit dem er reden konnte, und versuchte, sich so Gehör zu verschaffen. Einzig der Chef der Wachleute, Hans-Jürgen Kühlmann, war noch nie in irgendeiner Weise aktenkundig geworden. Alles in allem eine Menge von Informationen, die sie aber nicht weiterbrachten. Deshalb vertagte der Hauptkommissar die Sitzung auf den nächsten Morgen. Chris hatte heute um 16 Uhr Praxisschluss, und er freute sich auf einen gemütlichen Abend zu zweit, respektive zu dritt, wenn man Socke mitrechnete.

Seine Freundin freute sich ebenfalls, als Peter so zeitig vor der Tür stand. »Prima, ich habe keine Bereitschaft. Allerdings kommt Arno später kurz vorbei. Er bringt eine Katzenfalle für den entwischten Kater«, informierte sie, aber das störte Peter nicht. Der Pfleger aus dem Tierheim war ein sympathischer Zeitgenosse und angenehmer Gast. »Soll ich uns heute eine Quiche Lorraine machen?«, fragte er nach einem Blick in den Kühlschrank.

»Gerne. Eine Flasche Elsässer Cremant müsste auch noch im Kühlschrank sein. Genau das Richtige als Aperitif.« Sie sah auf die Uhr. »Ist zwar noch ein bisschen früh, aber zur Feier des Tages.« Sie holte zwei Sektgläser aus dem Schrank, als das Telefon klingelte. »Ich habe keine Bereitschaft«, beschwor sie Peter, der das Gespräch annahm.

Am anderen Ende war aber nicht, wie halb gehofft und halb befürchtet, einer seiner Kollegen mit der finalen Erkenntnis zur Überführung des Mörders, sondern Chris' Freundin Thea. Schluchzend berichtete sie etwas von Vergiftung, und Peter vermutete mehr, als dass er es tatsächlich verstand, dass es sich um ihren Kater Morris handelte. Mit bedauerndem Achselzucken gab er den Hörer an seine

Freundin weiter. Die lauschte kurz und verkündete dann resigniert: »Ich muss zu ihr. Wir holen das nach.«

»Tja, so wie es aussieht, wird das wohl eher ein einsamer Abend«, sagte Peter zu sich, als die Tür ins Schloss fiel. Socke glänzte nämlich ebenfalls durch Abwesenheit. Aber gut, so hatte er mal wieder Zeit zum Lesen. Er ging seine Neuerwerbungen durch. Regelmäßig ließ er sich beim Stöbern zum Kauf eines Buchs hinreißen. Weil er mit dem Lesen nicht so schnell mithalten konnte, wurden die Werke zunächst in einer eigens dafür vorgesehenen Ecke des Wohnzimmerregals verwahrt, und da er öfter zum Einkaufen als zum Lesen kam, wuchs der Stapel ständig. Er ließ den Finger über die Buchrücken gleiten. Vielleicht einen Krimi? Bevor er sich entscheiden konnte, klingelte es an der Haustür. Arno, der Pfleger aus dem Tierheim, stand mit der angekündigten Katzenfalle auf der Schwelle. Neben ihm drängte sich Socke laut miauend ins Haus.

»Na, was ist denn das für eine Begrüßung«, amüsierte sich Peter.

»Der ist mir draußen auf der Straße begegnet.« Arno stellte den schweren Kasten ab und schüttelte Peter die Hand. »Das ist gar nicht so leicht, hier einen Parkplatz zu finden.«

»Das liegt an der Messe. Warte noch eine Stunde, dann ist der ganze Spuk vorbei. Willst du was trinken? Bier, Wein, Limo oder lieber was Warmes?«

»Wenn du so fragst, ein Kaffee wäre nicht schlecht.«

Peter machte sich an der Kaffeemaschine zu schaffen, während Arno am Küchentisch Platz nahm. »Chris ist leider nicht da. Ein Notfall. Wenn ich es richtig verstanden habe, hat der Kater ihrer Freundin sich den Magen verdorben.«

»Ach, du Schreck! Und unsere Chris musste ihr natürlich zu Hilfe eilen. Viel Zeit für euch habt ihr auch nicht, oder?«

»Nicht wirklich.« Peter wandte sich zu Arno um und traute seinen Augen nicht. Socke saß auf dem Schoß des Tierpflegers und rieb sein Köpfchen gerade an dessen Kinn. »Was ist denn hier los?«

Arno lachte nur und kraulte dem Kater, der sich inzwischen auf den Rücken geworfen hatte, den Bauch.

»Bei mir lässt er sich so etwas nicht gefallen.«

»Vielleicht liegt es daran.« Mit diesen Worten fischte der Pfleger ein Stückchen Trockenfleisch aus der Brusttasche seines Hemdes, das Socke schnurrend verzehrte. »Wenn es mit den Frauen nur genauso leicht klappen würde«, lachte er.

Peter setzte sich ihm gegenüber. »Erzähl nur, ich hab Zeit.«

※

»Wo bleibst du denn«, begrüßte Clooney ihren Katzenkumpel. »Die Messe hat schon zu.«

»Wir hatten noch Besuch.« Socke hielt sich nicht lange auf, sondern ging ihr voran den Fußweg zum Messegelände entlang. Auf dem Fußgängerüberweg machten sie allerdings halt und betrachteten die vielen Autos, die um diese Uhrzeit nur langsam vorwärtskamen.

»Du riechst nach Trockenfleisch«, schnupperte Clooney. Ihre Nase war fantastisch – vor allem, wenn es ums Essen ging. Selbst hier in der von Abgasen vernebelten Luft machte sie den Hauch von getrocknetem Fleisch an Socke aus. Obwohl der sich geputzt hatte. »Bei mir gab es heute Fisch, ›Thunfisch in Gelee‹«, setzte sie ihr Lieblingsthema fort. »Meine Menschin meint, das hat weniger Kalorien, und deshalb gibt sie es mir.«

Socke folgte mit den Augen einem Motorroller, der sich

zwischen den Autos durchschlängelte. Peter hatte auch so einen, aber jetzt im Winter nutzte er ihn kaum.

»Sie meint, ich wäre zu dick.«

Der Kater schwieg.

»Findest du mich zu dick?« Clooney sah ihn auffordernd an.

»Äh, nö. Du bist stark«, antwortete Socke vorsichtig und hielt die Luft an.

»Eben, ich bin stark! Das ist etwas ganz anderes. Champion hat das auch gesagt.«

Socke atmete auf und musste prompt husten, weil gerade ein besonders stinkender Wagen unter ihnen vorbeifuhr.

»Suleika ist fett!«, erklärte die Grautigerin derweil selbstzufrieden.

»Hat das Champion gesagt?«

»Das sage ich!«

Der Kater wusste von den Menschen, dass Gewicht immer ein heikles Gesprächsthema war. Besonders unter Frauen, wie Arno Peter vorher noch anvertraut hatte. »Hat sich Champion noch einmal blicken lassen?«, versuchte er daher, abzulenken.

»Kein Haar. Aber er ist in der Nähe, ich spüre das.« Die Grautigerin erhob sich. »Komm, wir gehen weiter, mir wird langsam kalt.«

Inzwischen kannten sie den Weg, und Socke wusste, wie man nach der Schließungszeit aufs Gelände kam. Drinnen waren die letzten Aussteller mit Aufräumen beschäftigt oder hielten ein kurzes Schwätzchen. Die Imbissbude zog Clooney magisch an. Der Besitzer verabschiedete sich dort gerade von seiner Helferin und gab ihr noch ein paar Anweisungen. Die Frau hatte sich schon vor ein paar Tagen als tierfreundlich und generös gezeigt, und die Grautigerin konnte nicht widerstehen.

»Geh du schon mal vor. Ich komme gleich ... ich muss erst noch was erledigen.« Wie von einem unsichtbaren Band gezogen, näherte sie sich der Bude.

Socke versuchte, ihr zu erklären, wo sie ihn später finden könne, aber sie hörte ihm gar nicht zu. »Dieses Fischzeug macht doch nicht lange satt«, murmelte sie und strich der Imbissfrau um die Beine.

Der Kater setzte seinen Weg alleine fort. Wenn er Glück hatte, würde seine Katzenfreundin später dazustoßen. Schnell fand er das Fenster zum Aufenthaltsraum der Wachleute wieder. Zu den drei Männern, die er bei seinem letzten Besuch hier hatte beobachten können, waren noch zwei weitere gekommen. Ein Jüngerer mit raspelkurzen Haaren und einem Dreitagebart, der sich gerade angeregt mit dem Dunkelhaarigen vom letzten Mal unterhielt, und ein Grauhaariger mit Brille, der abseitsstand und trübe in seine Tasse starrte. Der andere, etwas ältere Wachmann, den Socke ebenfalls schon kannte, saß am Tisch und schrieb etwas in ein Heft, während der Blonde, der am Freitag mit ihm geplaudert hatte, sich heute mit seinem Handy beschäftigte und schließlich telefonierend ins Freie trat, um sich eine Zigarette anzustecken.

»... leider nicht abholen«, hörte der Kater ihn sagen. Der Wachmann lauschte eine Weile. »Wenn er bei euch Hausverbot hat, wartet er vielleicht draußen auf dich. Nimm dir ein Taxi«, beschwor er seinen unsichtbaren Gesprächspartner und zog nervös an seiner Zigarette. »Versprich mir ...«, er entfernte sich ein paar Schritte. Socke spitzte die Ohren, »... kann er was erleben ...«, verstand er noch, dann drehte der Blonde ihm den Rücken zu.

Währenddessen hatte der älteste der Männer drinnen seine Tasse leer getrunken und machte Anstalten, den Aufenthaltsraum zu verlassen. Die beiden Jungen redeten immer noch, der vierte stand jetzt an der Kaffeemaschine. Socke beschloss, dem Grauhaarigen zu folgen. Ihn hatte er beim letzten Mal gar nicht gesehen und war deshalb neugierig, wo er ihn hinführen würde. Der Mann schlurfte zwischen den hohen Gebäuden hindurch. Ein kurzer Blick zurück zeigte Socke, dass die anderen Wachleute sich noch drinnen aufhielten. Der Blonde hatte ausgeraucht und sich wieder zu seinen Kollegen gesellt. Der Kater würde sie später alle ebenfalls unter die Lupe nehmen. Aber jetzt war erst einmal der Senior der Truppe an der Reihe. Der Mann bewegte sich schleppend und leicht gebückt voran, seinen pelzigen Verfolger bemerkte er nicht. Er hätte, so dachte sich Socke, wohl auch einen weniger vorsichtigen Beschatter nicht wahrgenommen. Vor der Seitentür einer Messehalle machte er Halt, kramte in seiner Jackentasche und zog seine Schlüssel hervor. Der Kater überlegte, ob er ihm nach drinnen folgen sollte, aber allein würde er dann nicht mehr herauskommen, und so antriebslos, wie ihm der Alte vorkam, zweifelte er daran, durch ihn zu neuen Erkenntnissen zu finden. Er beschloss, lieber die Tür von außen und die anderen Wachleute im Auge zu behalten, doch dann erregte etwas seine Aufmerksamkeit. Am Schlüsselbund des Wachmanns, der gerade neben der Türklinke baumelte, hing etwas Rotes. Ein kleiner roter Knochen – aus Plastik –, wie Socke wusste. Der Grauhaarige öffnete die Tür und steckte die Schlüssel samt dem Ding in die Tasche seines dunkelblauen Anoraks. Spontan folgte Socke ihm ins Innere des Gebäudes. Nicht einmal das bemerkte der Mann. Die Tür fiel hinter den beiden ins Schloss, das Licht ging automatisch an. Sie befanden sich in einem kleinen fensterlosen Raum. An der gegenüberliegenden Wand waren einige Haken angebracht, an denen der Wachmann jetzt seine Jacke aufhängte, in eins der blechernen Schließfächer legte er seine Handschuhe und den Schlagstock, dann zog er sich in einen etwas erhöht liegenden gläsernen Kasten zurück. Von dort aus konnte er durch eine Scheibe die große dahinterliegende Messehalle überblicken. Das Licht im Vorraum erlosch, und die Szenerie wurde nur noch durch ein Notlicht schwach erleuchtet. Den Mann schien das nicht zu stören, er setzte sich auf einen Stuhl in seinem Glaskasten und starrte düster in die Halle. Vorsichtig machte Socke sich an der Jackentasche zu schaffen. Er musste dieses Knochendings haben, sein Instinkt sagte ihm, dass es sich um ein wichtiges Beweisstück handelte. Der Kater hätte problemlos im Halbdunkeln sehen können, doch leider ging durch seine Bewegung das Licht im Vorraum wieder an. Der Wachmann drehte sich um, und Socke versuchte, sich blitzschnell aus seinem Blickwinkel zu entfernen. Offenbar erfolgreich, der Mann zeigte keine weitere Reaktion.

Kater und Mann entspannten sich, das Licht blieb an.

Socke reckte sich erneut nach dem Anorak und bekam schnell das begehrte Objekt mit den Zähnen zu fassen, aber leider ließ es sich nicht so einfach vom Schlüsselbund trennen, wie gehofft. Mit dem Kopf in der Jackentasche ruckelte er hin und her. Es dauerte viel zu lange, und seine Bewegungen wurden hektischer. Plötzlich gab es ein reißendes Geräusch, die Jacke riss vom Haken und begrub den zappelnden Kater unter sich. Im selben Moment löste sich der kleine Plastikknochen endlich ab und verschwand in Sockes Backentasche.

»Hab ich dich!«

Anorak samt Kater wurden hochgerissen. Wie es schien, war seine Aktion doch nicht ganz unbemerkt geblieben. Soweit es ihm mit seiner Beute möglich war, schlug Socke Alarm. Leider war seine Position denkbar schlecht, sein Gegner wurde durch den Stoff des Kleidungsstücks vor seinen Krallen geschützt. Der Wachmann hatte keine besondere Mühe, ihn in eines der Schließfächer zu sperren. Socke spuckte seine Beute wütend aus und miaute aus Leibeskräften.

»Halt die Schnauze!«, fuhr ihn sein Bezwinger an. »Hier hört dich eh keiner!«

Socke kratzte an der blechernen Tür und knurrte.

»Mann, du kannst ja Töne von dir geben.« Lachte der Alte etwa? »Aber das nutzt dir gar nichts. Du bleibst erst mal hier drin, und morgen sehen wir weiter.«

Der drohende Unterton war Socke nicht entgangen. Ein Adrenalinstoß durchfuhr seinen Körper. Was hatte dieser Mensch vor? Was war aus dem stillen, phlegmatischen Wachmann geworden?

»Ich habe die Nase voll! Ich will doch nur ein friedliches Leben führen, aber immer macht es mir jemand kaputt! Meine Frau ist in der Klinik und will nichts mehr von mir wissen, und ich muss immer weiterfunktionieren! Immer soll ich nett und freundlich sein!«, lieferte der die Erklärung. »Aber ich kann auch anders!«

Oh, oh! Das klang nicht gerade beruhigend. Der Kater musste sich schnell etwas einfallen lassen, um hier rauszukommen, schließlich wusste keiner, wo er sich befand.

*

Es hatte überraschend gut geschmeckt. Zwar war die Pizza für italienische Verhältnisse etwas zu üppig belegt, aber das entsprach dem Geschmack der meisten Deutschen.

»Hat es geschmeckt?« Die Frau, die heute Abend für den Service im Mezzo zuständig war, kannte Toni noch nicht.

»Danke. Kann ich bitte mal euren Pizzabäcker sprechen?«

»War etwas nicht in Ordnung?«, erkundigte sie sich besorgt.

»Nein, was Privates.« Toni lehnte sich zurück und nippte an ihrem Rotwein. Einer der drei jungen Männer am Nebentisch sah zum wiederholten Mal betont unauffällig zu ihr herüber. Seine Kumpel redeten gestikulierend auf ihn ein. Toni sah der Kellnerin hinterher, die tatsächlich in der Küche verschwand. Gerade als der Mann vom Tisch nebenan sich ein Herz fasste und aufstand, kam Francesco mit wehender Kochjacke auf sie zugeeilt. Ihr Verehrer sank langsam auf seinen Platz zurück.

Ihr Cousin schnappte sich einen Stuhl und ließ sich rittlings darauf nieder. »Was gibt's?« Er verschränkte die Arme auf der Lehne und blickte sie herausfordernd an.

Plötzlich wusste Toni nicht so recht, was sie eigentlich mit ihrem spontanen Besuch hier beabsichtigte. »Bleibst du hier?«, begann sie.

»In Deutschland? Ja. In Hannover? Vielleicht. Im Mezzo? Weiß nicht.«

»Du gehst nicht zurück nach Italien.« Plötzlich musste die Kommissarin grinsen. »Und was ist mit den Badezimmerarmaturen für euer Hotel?«

»Das Hotel meines Vaters«, stellte Francesco klar. »Er wird es verschmerzen.«

»Warum hast du mir nicht gesagt, dass du eine Freundin hast?«

»Hat sich nicht ergeben. Ging alles so schnell.«

»Ist es was Ernstes?«

Ihr Cousin zuckte mit den Achseln. »Ich glaube schon. Aber wenn du denkst, dass wir jetzt gleich heiraten …«

Toni boxte ihn in die Seite. »Schon gut. Ich wollte nur sagen«, sie räusperte sich verlegen, »also wenn du was brauchst …«

»Klar, Cousinchen«, Francesco erhob sich, »wir Schwarzen Schafe müssen doch zusammenhalten.« Auf dem Weg zurück in die Küche rief er der jungen Bedienung zu: »Die Dame ist mein Gast.«

Gerührt nahm Toni einen großen Schluck Wein.

KAPITEL 7,
DONNERSTAG

Es war schon nach Mitternacht, als Chris zurückkam. Peter hatte bis dahin kaum geschlafen. Er hätte den Kaffee mit Arno wohl besser nicht mehr getrunken. Früher hatte ihn das nicht gestört, aber in letzter Zeit merkte er, dass er abends besser auf koffeinhaltige Getränke verzichtete, wenn er die Nacht nicht wach bleiben wollte. Den gestrigen Abend hatte er allein verbracht. Nach dem Tierpfleger hatte sich auch Socke davongemacht und war bis jetzt nicht wieder aufgetaucht.

»Alles in Ordnung? Wie geht es dem Kater?«, erkundigte er sich bei seiner Freundin, als die spät nachts zu ihm ins Bett schlüpfte.

»Der ist in Ordnung. Der eigentliche Notfall war Thea. Sie hat sich mit ihrem Freund gestritten und aus Frust zwei Tafeln Schokolade verputzt. Morris hat wohl ein Stückchen stibitzt, und Thea ist panisch geworden. Schokolade ist Gift für Katzen, aber so viel hat der Kamerad nicht erwischt. Ich habe ihm zwar ein Brechmittel gegeben, aber das hätte es vielleicht gar nicht gebraucht.« Sie gähnte. »Den Rest der Zeit musste ich Thea trösten.« Sie gab Peter einen Kuss und drehte sich zur Seite.

Ein paar Minuten später lauschte er ihren regelmäßigen Atemzügen. Zwischendurch horchte er nach draußen, ob Socke inzwischen heimgefunden hatte, allerdings ohne Ergebnis. Schließlich stand er auf, um sich zu überzeugen, dass der Kater nicht doch unbemerkt zur Klappe hereingekommen war. Nirgends war eine Spur von ihm im Haus zu finden. Der Futternapf mit dem Trockenfutter, an dem er sich üblicherweise nach der Rückkehr von seinen Streifzügen gütlich tat, war unberührt. Es war ihm doch hoffentlich nichts passiert?

Peter setzte sich aufs Sofa im Wohnzimmer und sah hinaus in die Nacht. Das letzte und bisher einzige Mal in diesem Winter war der Kater am vergangenen Freitag so spät nachts nach Hause gekommen, und da hatte er sich vorher am Schauplatz eines Mordes herumgetrieben. Und schon kreisten seine Gedanken um die Arbeit. Sie mussten morgen auf jeden Fall die Umfelder der Wachmänner und deren Chefin weiter unter die Lupe nehmen. Ihr Alibi für die Mordnacht konnte zeitlich nicht genau eingegrenzt werden. Unruhig wanderte Peter in die Küche und sah unschlüssig in den Kühlschrank. Ob ein Bier ihm noch zu etwas Nachtruhe verhelfen würde? Eine halbe Flasche Rotwein von vorgestern stand ebenfalls noch auf der Anrichte. Seine Oma hatte ihm ja immer heiße Milch mit Honig gemacht. Lange war es her, und damals hatte es geholfen, aber er hatte keine Lust, um diese Zeit mit einem Topf zu hantieren. Schließlich entschied er sich für den Rotwein und setzte sich mit seinem Glas wieder ins Wohnzimmer.

*

Nacht! Um ihn herum herrschte stockfinstere Nacht! Socke hatte Mühe, seine Panik unter Kontrolle zu halten. Als Kater war er es gewohnt, auch bei wenig Licht hervorragend zu sehen, aber hierher drang nicht der geringste Schimmer, und dagegen war er selbst mit der besten Sehschärfe machtlos. Es war, als sei er blind. Er schloss die Augen und versuchte sich auf seine anderen Sinne zu konzentrieren. Es roch ganz schwach nach Mensch und übermächtig nach Metall, was kein Wunder war, bestand sein Gefängnis doch rundum aus Blech. Bei der kleinsten Bewegung stieß er an eine der ihn umgebenden Wände. Seine Kehle wurde eng, und er bemühte sich, gleichmäßig ein- und auszuatmen. Wie lange befand er sich bereits in diesem Schließfach? Er lauschte. Von draußen war schon seit geraumer Zeit kein Ton mehr zu vernehmen.

»Wenn du nicht die Schnauze hältst, drehe ich dir morgen früh den Hals um!«, hatte der Wachmann ihm schließlich gedroht, als Socke sich mit lautem Miauen und Kratzen an den Wänden seines Käfigs bemerkbar gemacht hatte. Daraufhin war der Kater verstummt und verfolgte jetzt eine andere Strategie. Wenn er sich ruhig verhielt, würde ihn sein Kerkermeister vielleicht vergessen und am Ende seiner Schicht hier zurücklassen. Dann bestand die Chance, im Laufe des Tages einen anderen Menschen auf sich aufmerksam zu machen. Doch die Stille raubte ihm zunehmend den Verstand.

Plötzlich bildete er sich ein, von einer schrecklichen Krankheit befallen zu sein, in deren Folge er nach und nach seine Sinne verlor. Erst sein Augenlicht und nun das Gehör. Ihm entschlüpfte ein angstvolles Maunzen, gleichzeitig beruhigte sich sein Herzschlag, als er sich selbst hörte. Er versuchte, sich möglichst entspannt hinzulegen und dabei vorzustellen, er laure vor einem Mauseloch. Jagen erforderte Ausdauer und die Fähigkeit, auf den Punkt zu reagieren. Eigenschaften, derer er sich, wie jede Katze, rühmte. Ja, er war ein erfolgreicher Jäger.

Geduld!, beschwor er sich selbst. Nur keine Panik aufkommen lassen. Jetzt galt es erst einmal, die Nacht zu überstehen, um morgen im richtigen Moment für was auch immer fit zu sein.

Er ahnte nicht, dass Dietmar Heisenberg gar nicht vorhatte, ihn am nächsten Tag hier herauszuholen, dafür war er viel zu sehr mit sich selbst und anderen Dingen beschäftigt. Der Wachmann hatte den Kater in einem Anfall von Zorn gefangen, als der ihn und seine Einsamkeit gestört hatte. Jetzt, da das Tier aus seinem Gesichtskreis verschwunden war und seine Ruhe nicht weiter gefährdete, verdrängte er dessen Existenz aus seinen Gedanken. Die Zeit würde sein Problem lösen. Denn was Socke nicht wusste, der Garderobenbereich, in dem sich das Schließfach befand, wurde während der ABF nicht genutzt. Diesen Nebenraum zur Halle 24 würde deshalb unter normalen Umständen frühestens nach Beendigung der Messe in fünf Tagen jemand anderes als der Wachmann betreten. Sollte der Kater bis dahin noch in der Lage sein, sich bemerkbar zu machen, konnte er nur hoffen, dass es dieser Person gelingen würde, das Schließfach zu öffnen, denn den Schlüssel hatte Heisenberg eingesteckt.

*

»Hier bist du.« Chris kuschelte sich neben Peter aufs Sofa und deutete auf das unberührte Glas auf dem Couchtisch. »Alkohol ist aber auch keine Lösung«, flachste sie, um gleich darauf ernster hinzuzufügen: »So schlimm?«

»Ich weiß nicht recht«, bekannte Peter. »An der Arbeit kann es eigentlich nicht liegen, ich mache mir zwar Gedanken über den aktuellen Fall, aber das ist ja jedes Mal so.« Nicht immer wurden Tötungsdelikte aufgeklärt, etwas, was man schnell lernte, wenn man in der entsprechenden Abteilung der Kriminalpolizei arbeitete. »Wahrscheinlich liegt es eher an dem Kaffee, den ich gestern Abend noch mit Arno getrunken habe.«

»Stimmt, ich hatte ganz vergessen, dass er kommen wollte. Hat er die Falle gebracht?«

»Steht vorne im Flur.«

»Dann werde ich sie gleich präparieren. Katzen sind meistens im Dunkeln unterwegs. Vor allem, wenn sie eine Gegend nicht so gut kennen. Da fühlen sie sich sicherer. Vielleicht machen wir vor Tagesanbruch noch einen Fang.« Sie erhob sich.

»Tja, Socke scheint seine Liebe zur Nacht ebenfalls wiederentdeckt zu haben.« Peter machte eine ausholende Bewegung. »Jedenfalls hat er sich seit gestern hier nicht blicken lassen.«

Chris, die gerade den Raum verlassen wollte, hielt inne. »Stimmt, in letzter Zeit hatte er einen anderen Rhythmus. Ich hatte eigentlich den Eindruck, es sei ihm nachts zu kalt, um länger draußen zu bleiben.«

»Deshalb mache ich mir ehrlich gesagt Gedanken. Hoffentlich ist ihm nichts passiert.«

Chris versuchte, ihn zu beruhigen. »Vielleicht liegt es an dem fremden Kater im Revier. Halte mich für verrückt, aber heute Morgen kam es mir beinahe so vor, als hätte Socke die Show mit dem Schlüssel absichtlich inszeniert, um den anderen zu befreien.« Sie wandte sich erneut der Tür zu. »Jetzt koche ich uns erst einmal einen Kaffee, und dann sehen wir weiter.«

Peter blieb noch einen Moment sitzen und hörte sie in der Küche werkeln. Wahrscheinlich hatte sie recht, und Sockes Ausbleiben war ganz harmlos. Tatsächlich hatte er den aufgetauchten Langhaarkater schon wieder ganz vergessen. Möglicherweise suchte Socke bloß seinen neuen Kumpel. Der Hauptkommissar grinste. Und er hatte sich zwischenzeitlich ausgemalt, wie sein Kater eine weitere Leiche gefunden hatte. Offenbar, so gestand sich der Kommissar ein, beschäftigte ihn der momentane Mordfall doch mehr, als er dachte. Tatsächlich hatte er das Gefühl, bereits alle Fakten zu kennen und die Lösung quasi vor Augen zu haben. Aber je mehr er sich bemühte, das Ganze in einen logischen Zusammenhang zu bringen, desto mehr schien ihm der rote Faden zu entgleiten. Er gähnte. Der fehlende Schlaf wirkte sich nicht gerade positiv auf seine Konzentration aus. Er zuckte mit den Schultern und stand auf. Vielleicht würde ein Kaffee seinen kleinen grauen Zellen auf die Sprünge helfen.

»Haben wir noch eine Dose Thunfisch im Haus?«, fragte seine Freundin, als er die Küche betrat.

»Du meinst wegen der Falle? Arno hat eine Dose Fisch mitgebracht«, antwortete Peter belustigt. »Er sagt, der geht am besten.«

»Der Gute denkt eben an alles.« Chris begann, den Frühstückstisch zu decken. Die Kaffeemaschine blubberte. »Fürs Tierheim ist er ein absoluter Glücksgriff und er kann super mit Tieren umgehen.«

Peter öffnete die Besteckschublade. »Das kann man wohl sagen. Du hättest Socke sehen sollen. So habe ich unseren Kater noch nie erlebt. Er ist ihm auf den Schoß gesprungen und hat ihn kaum in Ruhe gelassen. Bei mir hat er das noch nie gemacht«, setzte er ein kleines bisschen enttäuscht hinzu.

Chris lachte. »Tja, Arno hat mit Socke damals nach dessen Unfall trainiert, und du weißt ja, wie das ist. Ein Patient verliebt sich schon mal in seinen Therapeuten, das ist bei Tieren nicht anders als bei Menschen.«

»Was hast du da gerade gesagt?«

»Dass Arno mit Socke trainiert hat?« Chris schaute ihn verständnislos an.

»Nein, das mit dem Therapeuten. Ach, ist ja auch egal. Du hast mir auf jeden Fall sehr geholfen.« Damit ließ er seine verdatterte Freundin in der Küche zurück. Die hörte ihn kurz darauf mit seiner Kollegin telefonieren.

*

Einige Frühaufsteher waren bereits unterwegs, aber der Hauptberufsverkehr hatte noch nicht eingesetzt. Lisa Sander kam schnell voran. Zum zweiten Mal innerhalb einer Woche hatte Peter ihre Nachtruhe gestört. Dieses Mal zum Glück nicht wegen eines weiteren Mordfalls. Ihr Chef klang am Telefon aufgeregt und zuversichtlich. Sie hatten verabredet, sich vor Peters Haus zu treffen, um von dort aus gemeinsam zum Messegelände zu gehen. Um diese Uhrzeit ließ sich problemlos ein Parkplatz finden. Peter wartete bereits auf der Straße auf sie. Er sah übernächtigt aus, und zum ersten Mal fielen ihr seine grauen Schläfen auf. Sie und Peter arbeiteten seit beinahe drei Jahren zusammen und waren ein eingespieltes Team. Während Toni oder Fritz zwischendurch in anderen Sonderkommissionen eingesetzt worden waren, hatten Lisa und ihr Chef immer eine feste Gruppe gebildet. Daher kannte sie den Hauptkommissar gut genug, um zu wissen, dass sein Gefühl ihn selten trog.

»Schön, dass du gleich gekommen bist«, empfing sie der Hauptkommissar und erläuterte ihr seine neueste Erkenntnis. »Sie hat sich angeblich aus Liebeskummer das Leben genommen. Sie war wegen ihres vorigen Selbstmordversuchs in physiotherapeutischer Behandlung, und ihr Vater hat an seinem Schlüsselbund einen Anhänger des Fitnessstudios, in dem Dragowski in Osnabrück gearbeitet hat«, zählte er auf. »Ich glaube nicht, dass er selber trainiert, also hat er den Anhänger wahrscheinlich von seiner verstorbenen Tochter.«

Lisa nickte bedächtig.

»Du hättest sehen sollen, wie es bei ihm daheim aussieht«, versuchte Peter, ihre Zweifel zu zerstreuen. »Er hat fast so etwas wie einen Altar für sie aufgebaut. Er lebt in der Erinnerung an sie.« Die beiden Kommissare setzten sich in Richtung Messe in Bewegung. »Viel mehr ist ihm im Leben ja nicht geblieben, seit seine Frau in die Psychiatrie eingewiesen wurde«, fügte er leise hinzu.

※

Wie viel Zeit war vergangen? Socke stellte sich vor, er lauere vor einem Bau. So konnte er stundenlang verharren, seine ganze Konzentration auf den Moment gerichtet, wenn seine Beute ihr sicheres Nest verließ. Ungewohnt dabei war die vollkommene Dunkelheit, die ihn umgab, und ihn in regelmäßigen Abständen zu Anflügen von Panik veranlasste. Bisher hatte er sich immer wieder beruhigen können, doch diese Eintönigkeit zermürbte ihn. Seine Ohren wackelten nervös. Es schien eine Ewigkeit her, seit sie ein Geräusch wahrgenommen hatten. Doch der Wachmann musste noch in der Nähe sein. In dem Glaskasten, von dem aus er die angrenzende Halle beobachten konnte. War er eingeschlafen? Tot?

Langsam musste es draußen endlich Tag werden und seine Schicht beendet sein. Sollte Socke doch versuchen, sich bemerkbar zu machen? Bevor er darüber eine endgültige Entscheidung getroffen hatte, hörte er ein Geräusch. Der Mann schien den Vorraum zu betreten. Um Sockes Herz legte sich eine eiserne Faust. Würde er ihm jetzt etwas antun? Plötzlich war der Kater wie gelähmt, was dem spontanen Entschluss, sich ruhig zu verhalten, entgegenkam. Es dauerte gar nicht lange, da fiel die Außentür ins Schloss. Anschließend war es wieder still.

Totenstill.

*

Die ersten Aussteller liefen geschäftig auf dem Gelände umher. Die Wachleute hatten sich alle zum Ende ihrer Schicht im Aufenthaltsraum versammelt. Die drei jüngeren standen beisammen und unterhielten sich. Der Chef der Truppe notierte irgendetwas in eine Art Logbuch. Dietmar Heisenberg hatte sich bereits seine Jacke angezogen und war im Begriff zu gehen, als die Ermittler eintrafen. Möglichst beiläufig bat Peter die Männer, noch einen Moment zu bleiben, um mit ihm zu sprechen. Hans-Jürgen Kühlmann schlug den angrenzenden Umkleideraum als ungestörten Platz dafür vor, und Dietmar Heisenberg folgte ihnen ohne Argwohn als erster Gesprächspartner dorthin.

Der Wachmann behielt seine Jacke an, setzte sich aber nach deren Aufforderung neben Lisa auf eine der schmalen Holzbänke, die an den Wänden des fensterlosen Raums aufgereiht standen. Peter blieb lässig neben der Türe stehen. So hatte er die Situation besser im Blick. Man wusste ja nie.

»Herr Heisenberg«, begann Lisa, »wir hätten gerne Näheres über Ihre Beziehung zu Dennis Dragowski erfahren.«

»Ich kannte ihn nicht.«

»Aber Ihre Tochter kannte ihn.«

Der Wachmann fuhr auf. »Woher …«

Peter trat zu ihm und legte vorsichtig die Hand auf seine Schulter. »Er war ihr Therapeut.« Absichtlich formulierte er es nicht als Frage.

Unwirsch schüttelte Heisenberg den Hauptkommissar ab. »Und wenn? Es gibt die komischsten Zufälle.« Sein Blick irrte nervös umher, offenbar hatte er nicht mit dieser Entwicklung des Gesprächs gerechnet. »Was wäre daran schlimm?«

»Sie hat mit ihm trainiert und sich dabei in ihn verliebt«, bot Peter als Erklärung an.

»Aber er hat ihre Liebe nicht erwidert«, ergänzte Lisa. »Oder vielleicht hat er sie zunächst erwidert.« Die Kommissarin versuchte, den Blick des Wachmanns festzuhalten. »Er war, wie wir inzwischen herausgefunden haben, ein Frauenheld. Vielleicht hat er Ihrer Tochter ja zunächst Hoffnungen gemacht?« Sie hielt kurz inne. »Wie hieß Ihre Tochter überhaupt?«

»Iris. Eine wunderschöne Blume und die Göttin des Regenbogens.« Der Gesichtsausdruck des Wachmanns wurde weich, und er wischte sich mit der Hand über die Augen. »Jetzt ist sie am Ende des Regenbogens, wo sie immer hinwollte.«

Lisa schluckte. »Und Dragowski? Waren die beiden ein Paar?«

»Ich weiß es nicht. Wir …« Heisenberg atmete zitternd aus. Einen Moment schien er mit sich zu ringen, dann entspannte er sich. Offenbar hatte er eine Entscheidung getroffen. »Meine Frau und ich haben in ihrer Wohnung ein Foto von den beiden gefunden. Iris wirkte so glücklich. Sie hat ihn regelrecht angehimmelt auf diesem Bild. Das war nur wenige Wochen, bevor sie …« Er schlug beide Hände vors Gesicht und schluchzte.

Lisa und Peter wechselten einen Blick und warteten ab, bis er sich etwas beruhigt hatte.

»Sie haben sich an ihm gerächt«, stellte der Hauptkommissar schließlich fest.

»Iris hat immer beteuert, wie gut ihr die Therapie tue. In

jeder Hinsicht, hat sie einmal gesagt. Als ich Dragowski letzten Freitag gesehen habe, wusste ich, was sie gemeint hat. Er war der Mann auf dem Foto. Wo er vorher gearbeitet hat, wusste ich schon von Hans-Jürgen. Und in welchem Studio Iris in Behandlung war, war auch nicht schwer zu erraten.«

»Der Schlüsselanhänger«, nickte Peter und erntete einen verständnislosen Blick seiner Kollegin. »Sie haben den gleichen Anhänger wie der, der bei dem Toten gefunden wurde.« Den Socke gefunden hat, setzte er in Gedanken hinzu.

»Von Iris, ich habe ihn als Andenken an sie behalten.« Fast stolz kramte Heisenberg in seiner Tasche und förderte einen Schlüsselbund zutage.

※

Wie lange war der Wachmann jetzt weg? Warum kam denn keiner? Schon lange knurrte Sockes Magen, und er hatte jegliches Zeitgefühl verloren. Er erhob sich und stieß augenblicklich gegen eine der Blechwände.

»Miauuuu!« Er war selbst erschrocken über diesen Klagelaut, der seiner Kehle entfuhr. Plötzlich war der letzte Rest von Hoffnung verschwunden. »Miaumiaumiauuuu!« Und damit auch seine Selbstbeherrschung. Panisch kratzte der Kater an der Tür, schnüffelte hektisch über den Boden seines Gefängnisses und stieß sich dauernd den Kopf an den engen Seiten. »Miau! Miau! Miau!« Warum nur hatte er so lange gewartet? Wertvolle Zeit verloren? Jetzt würde er so lange schreien, bis Hilfe kam. »Miauuuu!« Oder, bis er heiser war oder vor Hunger und Durst nicht mehr in der Lage … Nein! Nicht daran denken. »Miau! Miau …«

Lisa und Peter hatten Mühe, mit Dietmar Heisenberg Schritt zu halten. Das Fehlen des Schlüsselanhängers seiner geliebten Tochter hatte den Wachmann vollends die Fassung verlieren lassen. Er war aufgesprungen und hätte Peter beinahe umgerannt.

»Ich muss zurück!«, schrie er mehr sich selbst als den Hauptkommissar an, der ihn am Arm fasste. »Ich laufe euch schon nicht weg«, brüllte er wütend und versuchte, sich aus Peters Griff zu befreien. »Versteht doch, ich muss den Anhänger suchen.« Tränen rannen über sein Gesicht.

Die Ermittler wechselten einen Blick. »Wo wollen Sie denn hin?«, fragte Lisa sanft.

»Zu meiner Messehalle, ich muss ihn dort verloren haben …«, schluchzte Heisenberg. »Von mir aus könnt ihr mir Handschellen anlegen, aber ich muss da hin!«

»Bevor die Kollegen kommen, können wir uns an Ihrem Arbeitsplatz noch einmal umschauen«, bot Peter an, fasste den Wachmann am Arm und nickte Lisa zu.

Die nahm seinen anderen Arm. »Gehen wir.«

War da nicht ein Geräusch gewesen? Einen Moment war Socke wie gelähmt. Was, wenn der Mann zurückkäme und ihn foltern würde. Im Tierheim hatte er, was Quälereien an seinen Artgenossen anging, die fürchterlichsten Geschichten gehört. Er selbst hatte ebenfalls nicht nur gute Erfahrungen mit Menschen gemacht, war aber durch die jüngste Vergangenheit zutraulicher geworden. War das ein Fehler? Aber was hatte er für eine Alternative? Sollte er in diesem Blechkäfig verhungern, verdursten, elendig verrecken?

»Wo könnte es sein?«, hörte er jemanden sagen. War das nicht Peters Stimme, oder hatte er bereits den Verstand verloren?

»Miauuuu!«, konnte der Kater seine Reaktion nicht zurückhalten.

»Was war denn das?«

Die Stimme draußen gehörte eindeutig Peter! Socke schrie um sein Leben.

Irritiert lauschten die Kommissare einer wirren Geschichte des Wachmanns, von einer Katze und dem verlorenen Schlüsselanhänger, begleitet vom Miauen und Kratzen hinter der Schließfachtür, die Heisenberg jetzt endlich öffnete.

Das grelle Licht traf Socke wie ein Blitz, und es dauerte ein paar Sekunden, bis er auf der anderen Seite der Tür drei menschliche Gesichter wahrnahm. Das von Peter, dessen Kollegin Lisa und das des bösen Wachmanns. Von allen Anwesenden erholte sich der Kater am schnellsten von dem Schreck. Mit einem gewaltigen Satz über die Schultern seiner Befreier, bei dem er leider mit den Krallen seiner Hinterpfoten ein menschliches Ohr traf, raste er davon.

»Das ist ja Socke!«, rief Lisa erstaunt. Peter hielt sich fluchend sein linkes Ohr und folgte ihrem Blick. Der Kater kratzte an der Außentür und blickte sich gehetzt nach den Kommissaren um.

»Da ist er.« Erleichtert nahm Dietmar Heisenberg den roten Schlüsselanhänger in Form einer kleinen Hantel aus dem Schließfach.

Peter sah von einem zum anderen und schüttelte verwundert den Kopf. Zu seiner eigenen Überraschung freute er sich über die Tatsache, dass Socke wieder aufgetaucht war, mehr als über die Auflösung des Mordfalls.

Von draußen waren Stimmen zu hören. »Ich glaube, die Kollegen sind da«, holte Lisa ihn aus seinen Gedanken.

※

Als die Uniformierten den Raum betreten hatten, war der Kater entwischt. Peter hatte offenbar den Wachmann als Mörder entlarvt, für Socke gab es nichts weiter zu tun, es drängte ihn zurück in sein Revier. Außerdem hatte er Hunger und Durst, und eine Mütze Schlaf konnte er jetzt auch gebrauchen. Leichtfüßig bog er in den Karl-Schurz-Weg ein. So wie er Chris kannte, stand bestimmt ein gefüllter Napf für ihn bereit. Sie war zwar manchmal hinterhältig, gab ihm bittere Pillen und sperrte ihn im Haus ein, aber sie wusste für einen Menschen erstaunlich gut, was in ihm vorging. Manchmal war es geradezu beängstigend, wie sie seine Gedanken erriet. Diesbezüglich musste Peter noch viel lernen. Aber die beiden waren seine Menschen, er gehörte zu den beiden und nicht zu einem großen Unbekannten namens Hashiro, der sich nach seiner Zeugung offensichtlich nicht mehr um ihn geschert hatte. Als der Kater das begriff, wurde ihm plötzlich leicht ums Herz. Beschwingt bog er um die Häuserecke.

»Miauuuuu! Lasst mich raus!«

Neben der Eibe stand der Drahtkäfig, den Arno gestern vorbeigebracht hatte. Socke hatte sich das Ding gar nicht näher angeschaut, zu sehr war er von der Anwesenheit seines geliebten Therapeuten abgelenkt gewesen. Jetzt war die Klappe des Kastens geschlossen, und drinnen saß:

»Clooney? Was machst du denn da drin?«

»Wonach sieht es denn aus?«, antwortete die mollige Grautigerin missgelaunt.

»Das ist eine Katzenfalle«, erinnerte Socke sich vage an das Gespräch zwischen Peter und Arno, er war zu diesem Zeitpunkt damit beschäftigt gewesen, die Aufmerksamkeit des Tierpflegers auf sich zu lenken und hatte nicht so sehr auf das Gespräch geachtet.

»Danke für den Hinweis. Könntest du mich jetzt bitte rauslassen, bevor es jemand mitkriegt?«

»Bevor wer was mitkriegt?«, kam es von oben.

»Zu spät!«, zischte die Grautigerin.

»Hallo, Suleika.« Unschlüssig sah Socke zwischen Käfig und Mauer hin und her.

»Was machst du denn da drin?«, interessierte sich nun auch die Perserin für Clooneys missliche Lage. Die fauchte nur.

Socke untersuchte derweil die vordere Klappe der Falle. »Hm, das ist komplizierter als bei einer normalen Katzentransportbox, das kriege ich nicht auf.«

»Man benötigt einen Schlüssel«, wusste Suleika. »Das sieht man sofort. Warum hast du nicht genauer hingeschaut?« Der Triumph in ihrer Stimme war unüberhörbar.

Clooney sank in sich zusammen. »Hier lag so leckerer Fisch, jede normale Katze hätte versucht, sich den zu holen«, betonte sie besonders das Wort »normal« und schielte durch die Gitterstäbe.

»Eine Katze, die ihre fünf Sinne beisammenhat, achtet immer auf Hinterhalte und lässt sich nicht von ihrer Gier leiten.«

»Du musst es ja wissen. Pah! Gier! Ich nenne das gesunden Katzenverstand. Wieso eigentlich fünf Sinne?«

Socke überließ die beiden ihrem Wortgefecht und schlug sich in die Büsche seitlich am Haus vorbei in Richtung Katzenklappe. Hier wurde menschliche Hilfe benötigt. Er hoffte, Chris war zu Hause, und er konnte sie auf Clooneys unangenehme Situation aufmerksam machen. Vielleicht war vorher noch ein kleiner Imbiss drin. So eilig war es ja nun nicht. Pfotengreiflichkeiten zwischen den beiden Streithähnen musste man schließlich bei der aktuellen Sachlage nicht befürchten.

Sein Beobachtungsposten war perfekt. Hier im Unterholz blieb er für Passanten unsichtbar, während er einen ausgezeichneten Blick auf das Haus des Kommissars hatte. Ihm war sofort klar gewesen, dass der Kasten mit dem Futter einen Hinterhalt darstellte. Amüsiert verfolgte er jetzt das Wortgefecht zwischen Suleika und Clooney. Die pummelige Grautigerin gefiel ihm. Sie stand mit allen vier Pfoten fest im Leben und wusste sich gegen die besserwisserische Perserin zu behaupten, auch wenn sie so naiv gewesen war, in die offensichtliche Falle zu tappen. Er würde diese praktisch veranlagte Katze auf jeden Fall im Auge behalten. Ebenso hatte er vor, mit den restlichen Katzen des Reviers in Kontakt zu bleiben, denn ganz ohne Unterstützung würde er sich nicht immer durchschlagen können, das hatte ihn die Vergangenheit gelehrt. Aber alles zu seiner Zeit, und von den Menschen würde er in Zukunft ganz Abstand halten, da konnten die anderen reden, was sie wollten. Champion atmete tief durch. So schmeckte also die Freiheit. Er hörte hinter sich im Gebüsch eine Maus rascheln. Zeit für einen kleinen Imbiss.

※

»Wir sollten uns überlegen, Socke mit ins Team zu nehmen«, lachte Toni gut gelaunt. Gerade hatten Lisa und Peter von ihrem frühmorgendlichen Einsatz berichtet.

Fritz nickte nur, den Mund voll mit Krapfen, die Peter zur Feier des Tages spendiert hatte.

»Tja, damit hätten wir den Fall schneller als erwartet gelöst«, beendete der Hauptkommissar seinen launigen Bericht. »Um elf ist Pressekonferenz, aber das machen

Meike und Dr. Breithaupt alleine. Ich hab sie schon über den aktuellen Stand informiert.«

Fritz schluckte und nahm einen Schluck aus seiner Kaffeetasse. »Dann hat das Verschwinden und plötzliche Wiederauftauchen des Rassekaters nichts mit dem Mord zu tun?«

Peter schüttelte den Kopf. »Wohl eher nicht, obwohl ich mir nicht ganz sicher bin, wie es der Kater bis nach Hause geschafft haben soll.« Er betrachtete nachdenklich die Krümel auf seinem leeren Teller. »Aber egal, Hauptsache, alle Beteiligten sind zufrieden.«

»Vielleicht mal abgesehen von den verschwundenen Kois«, ergänzte Lisa und biss herzhaft in einen Krapfen.

*Weitere Titel finden Sie auf den
folgenden Seiten und im Internet:*

WWW.GMEINER-SPANNUNG.DE

Kater Socke ermittelt:

1. Fall: Schönheitsfehler
ISBN 978-3-8392-1693-4

2. Fall: Schlüsselreiz
ISBN 978-3-8392-1954-6

3. Fall: Katertrunk
ISBN 978-3-8392-2225-6

4. Fall: Katergericht
ISBN 978-3-8392-2539-4

5. Fall: Katzenrausch und Katertausch
ISBN 978-3-8392-0487-0

Weitere Bücher von Heike Wolpert:

Taubertaltod
ISBN 978-3-8392-2760-2

Mörderisches Taubertal
ISBN 978-3-8392-0058-2

WWW.GMEINER-VERLAG.DE
Wir machen's spannend

Anja Eichbaum
Inselnächte
Kriminalroman
496 Seiten, 12,5 x 20,5 cm,
Broschur
ISBN 978-3-8392-0880-9

Ein heißer Sommer auf Norderney: Als ein Kind in den Dünen fast verschüttet wird, ahnt Inselpolizist Martin Ziegler noch nicht, dass dies erst der Auftakt zu einer Reihe dramatischer Ereignisse ist. Wenige Tage später wird an derselben Stelle eine Leiche gefunden – Kevin Jansen, der jüngste Spross einer zerstrittenen Inselfamilie. Bei ihren Ermittlungen stoßen Ziegler und sein Team auf ein Netz aus alten Familiengeheimnissen, dubiosen Erbstreitigkeiten und längst vergessener Schuld.

GMEINER SPANNUNG

WWW.GMEINER-VERLAG.DE
Wir machen's spannend

Ilka Gerdes
Die Müllers und die Pekingente
Kriminalroman
304 Seiten, 12,5 x 20,5 cm,
Broschur
ISBN 978-3-8392-0864-9

Die Müllers stecken bis zum Hals in einer Ehekrise. Sie meditiert mehrmals täglich. Er trägt Westen in der Farbe des Todes. Auf Wunsch ihrer Kinder reisen sie dennoch gemeinsam vom Schwarzwald nach Ostfriesland, einem kauzigen Landstrich, dem beide nur das Schlechteste unterstellen. Dort stolpert Herr Müller beim Strandspaziergang mit Dackelrüden Hildegard über ein dubioses Päckchen, das er kurzerhand einkassiert. Nur wenige Missgeschicke später geraten Herr und Frau Müller ins Fadenkreuz einer unkonventionellen Verbrecherbande. Ein Wettlauf um das Leben und die Liebe beginnt.

GMEINER SPANNUNG

WWW.GMEINER-VERLAG.DE
Wir machen's spannend

Peter Gerdes
Tödlicher Vierer
Kriminalroman
352 Seiten, 12,5 x 20,5 cm,
Broschur
ISBN 978-3-8392-0911-0

Hauptkommissar Stahnke leistet in Oldenburg Amtshilfe bei den Ermittlungen zu einem Mord auf einem ostfriesischen Mittelaltermarkt – und trifft dabei auf einen Rivalen aus alten Ruderer-Zeiten. Wenig später wird seine Kollegin bei einem Mordanschlag verletzt, er selbst läuft in eine Falle und wird vom Dienst suspendiert. Plötzlich wendet sich der Polizeiapparat gegen ihn, Stahnke muss untertauchen, wird steckbrieflich gesucht. Kurz vor seiner Pensionierung liegt seine Welt in Scherben. Hilfe kommt von unerwarteter Seite. Aber wird die reichen?

GMEINER SPANNUNG

WWW.GMEINER-VERLAG.DE
Wir machen's spannend

Ronald Fricke
Lebe nahe bei dir Tag um Tag
Roman
304 Seiten, 13,5 x 21 cm,
Premiumklappenbroschur
ISBN 978-3-8392-0854-0

Mitten im Teufelsmoor, in der Künstlerkolonie Worpswede, trifft die selbstbewusste und ambitionierte Bildhauerin Clara Westhoff auf den Dichter Rainer Maria Rilke, der bei Heinrich Vogeler zu Besuch ist. Aus gegenseitiger Zuneigung wird allmählich Liebe. Schließlich bleibt Rilke, sie heiraten, bekommen eine Tochter. Während Rilkes Weg, so unstet er auch sein mag, vorgezeichnet scheint, findet sich Clara in ihrer Rolle als Künstlerin, Mutter und Ehefrau nicht zurecht. Das Idyll der Künstlerehe droht zu zerbrechen.

GMEINER SPANNUNG

WWW.GMEINER-VERLAG.DE
Wir machen's spannend

Birgit Poppe
Die Malerin im Birkenwald
Roman
288 Seiten, 13,5 x 21 cm,
Premiumklappenbroschur
ISBN 978-3-8392-0862-5

Ella will Künstlerin werden. Als Frau von der Düsseldorfer Kunstakademie ausgeschlossen, begibt sie sich zum Malen in das Künstlerdorf Worpswede zu Fritz Mackensen und Otto Modersohn. Paula Modersohn-Becker wird ihr großes Vorbild. Die Begegnungen und Erlebnisse mit Künstlerinnen und Künstlern wie Clara Westhoff, Hermine und Fritz Overbeck sowie Heinrich Vogeler lassen Ella bald an einer Zukunft mit ihrem Verlobten Karl zweifeln. Auch fasziniert sie der französische Künstler Luc, der ihr von der Pariser Kunstszene erzählt … Kunst oder Konvention? Sicherheit oder freies Leben? Ella muss eine Entscheidung treffen.

GMEINER SPANNUNG

WWW.GMEINER-VERLAG.DE
Wir machen's spannend